舉案齊眉

4 完

風 文創 147

蘇月影 著

目錄

第五十九章

進了月末，陶齊勇終是帶著將士班師回朝。

京城裡的那些百姓們自發掛上的白布撤下，都換上喜慶的紅綢。

陶齊勇的歸來代表著弘朝又能過上安康的日子，幾年的廝殺駐守，終是平定了邊關戰亂，以梁國為首的那些小國短時間內絕無精力再犯。

從城門口到皇宮的路上，道路兩旁都是滿滿的人，都在呼喊著激動人心的歡呼語句。

陶齊勇的駿馬行經之處，下一刻便會有人放起炮仗，噼哩啪啦的熱鬧至極。

皇上特意設了宴席，款待陶齊勇，今日全城都歇假一日，可見其重視的程度。

濟安公府早就料到會是如此，發出的請帖上的時辰都是在申時，待到人都來齊，酉時陶齊勇必定也能從宮中回來。

阮秦風和陶伯全都在宮中的宴席，而後會與陶齊勇一起回濟安公府，所以齊眉和阮成淵兩人先去了濟安公府。

阮老太爺最近總是咳嗽個不停，身子也愈來愈差，即使是喜慶的日子也不便出屋。

濟安公府內十分的熱鬧，齊眉和阮成淵用過午膳就出門了，卻不想所請的那些官家的人，都是攜兒帶女的早就來了。

未嫁的小姐們打扮得花枝招展，而那些少爺們也儘量顯得儒雅。

齊眉看著滿滿的人，先去了正廳，大太太正好要去接老太太，左元夏也在廳裡跟著大太太一起。

自從老太太知曉了陶齊勇要回來的消息，精神便好了些，雖是還會發病，但至少不會像之前那般匆忙，與人交談也不會東一句西一句的不知所云。

「我去吧，娘這會兒也走不開。」齊眉笑著道。

大太太點點頭，正好御史大人一家又來了。居大夫人掀開簾子進來，直接走到她面前就說起了話，陸丞相家的大夫人、輔安伯夫人等都坐在廳裡，她確實走不開。

齊眉給各位夫人們福了禮，除了輔安伯夫人以外，屋裡坐著的都是長輩。

走在去清雅園的路上，樹上的白布也被撤下，如外頭的百姓們一樣，換上了紅綢，不過這紅綢是極好的質地，比之外頭尋常人家的紅色正得多。

子秋和迎夏看著這滿眼的喜慶，喜色也上了眉梢。

迎夏笑著道：「大少奶奶您看，那紅綢子紅得可真好！外頭綢緞莊裡的紅綢色都不好看，府裡掛著的紅綢聽說是罌粟花汁浸出來的，整整浸了三天三夜呢！」

齊眉眼皮又是重重一跳，大哥總算完好無損地回來，她應該高興才是。而且場面這麼宏大，上自老皇帝，下至尋常百姓，無一不對他讚不絕口，夾道歡迎，但心裡總隱隱地生出不安的情緒。

老太太正靠在軟榻上假寐，嚴媽媽掀開簾子通報了聲，老太太便睜開眼。

齊眉福了身，嚴媽媽走動的時候腿腳還有些不便，畢竟大半個月前那一摔摔得可狠了。

老太太瞥一眼，道：「妳腳還是沒好？等會兒宴席妳就不必跟著去了，今兒個府裡人多，若是被毛毛躁躁的小丫頭踩一腳可就壞了。」

「濟安公府裡哪裡有什麼毛毛躁躁的小丫頭，個個都是妥妥貼貼的，都是託老太太的福。」嚴媽媽笑著道。

老太太橫她一眼。「妳就揀我愛聽的說，我哪裡還有什麼福分啊。」說著嘆了口氣，又把齊眉拉到身邊。「這孩子才真真是福分。

「祖母只怕也沒幾日了，但能看到你們幾個孩子都嫁得好、娶得好，再是有阻礙也總能化了，我這心頭也安定下來。」

齊眉故作嗔怪地道：「祖母是要長命百歲的，哪裡就沒幾日了。孫女給祖母求了籤，明兒個就能拿到，定是上上籤。」說著站起身幫她捏肩。「祖母還是趁著這時候多歇息歇息，養養精神，等會兒出去，那些夫人們指定沒個歇停。」

老太太笑了笑。「我發起病來的模樣我自個兒也不知曉，現在難得能好些，自是要多與你們說說話，怎麼也不捨得用來歇息。

「妳是個好命的，都說苦盡甘來。原先祖母那般待妳妳也不氣，每次回來也都一定要陪著祖母。」老太太眼眶裡閃出淚花。

齊眉把帕子遞給老太太，老太太有些傷感的擦拭眼角。「外間也在說，妳是個福星，祖母這幾日能清醒些，說不定是託了妳的福。」

「到時候了。」嚴媽媽忽而提醒著。

老太太心裡一個咯噔。「瞧，這是到時候來接我去了。」

嚴媽媽立馬搧了自己兩個耳光。「都是老奴這張嘴！該死該死！」

「祖母……」齊眉半跪到老太太身前，不過一年的光景，老太太本來還紅光滿面的富態模樣就變成了這般面色蠟黃、體態瘦弱，額上都是皺紋，老態盡顯。

「好了，這好日子我也不說這些喪氣話，怪不吉利的。」老太太撐起身子，齊眉立馬上前扶過。

馬車一路到了花廳，宴席很快就要開始了，老太太剛到，眾人就上前福禮，有人家拿出了一早準備的補身藥品送上，老太太卻始終皺起眉頭，看著人來人往的宴席。

忙碌之間，小廝扯著嗓子興奮的一路跑過來。「大少爺回來了！」

老太太竟是起了身，嚴媽媽忙扶著她坐下。

宮中的宴席直到前不久才結束，陶齊勇沒來得及換衣服，一身戎裝快步走了進來，戰場的廝殺讓陶齊勇俊朗的容貌間，透著不可侵犯的英氣，只是站在那裡，便能讓人怦然心動。

即使官家女眷的桌子都離得很遠，中間還隔了兩道屏風，但那些未出閣的小姐們還是好奇地透過牡丹花月屏風看那個傳說中的男子。

陶齊勇給長輩們福禮，聲如洪鐘，刀刻般的容顏閃耀得讓人挪不開眼，讚賞和細細的探討聲絡繹不絕的從四面八方傳來。

老太太看著花廳內的人，心中忽而湧起一陣腥甜，毫無預兆地倒了下去，還好陶齊勇眼疾手快，立馬就一躍而起，須臾之間便到了老太太身邊，把她穩穩地扶住，周圍的人連驚叫聲都沒來得及發出。

老太太沒有暈倒，只是氣血上湧，大太太滿臉擔憂地過來，讓齊眉送老太太回去歇息。

「都是媳婦不好，不該讓母親出來的。」

大太太滿心的歉意，老太太卻只費勁地動了動手指。

齊眉扶過老太太，馬車很快便來了，到了清雅園，園裡的丫鬟見著老太太忽而病懨懨的模樣，立馬就開始燒水煮茶，臥榻鋪得厚厚的，齊眉扶著老太太斜靠在臥榻上，嚴媽媽拿了引枕來給老太太墊著背。

好一陣子後，老太太緩了一些，動了動唇，齊眉忙把耳朵湊過去，老太太眼眶微微地濕潤起來，齊眉聽得她一字一句地說：「勇哥兒今日回來的氣勢排場，甚至身上的戎裝，都和當年新帝登基，妳祖父……平定了邊關、打退了倭寇的場景如出一轍。」

齊眉的拳頭握了握。

她知曉自己覺得哪裡不對了，大哥大勝歸來，舉國歡慶，上下都是讚譽不斷。祖父當年也是如此，甚至有過之無不及，而祖父還沒來得及高興完，立馬就栽入了文字獄，險些把整個陶家都葬送了。

樹大招風，自古以來都是如此。

郎中很快趕了過來，開了藥，丫鬟煎好了過來，老太太服下後便安穩地睡了過去。

這時候宴席已經結束，賓客們有退席的，但不多，未出閣的小姐們和未娶的少爺們去了花園，其餘女眷都在內室，男子們則去了書房。

大大太好不容易才抽了身，急急地趕到清雅園，柒郎中正對齊眉道：「陶老太太的身子骨一日不如一日，到了如今這個地步看似是有了起色，實則不過是……」

沒有說下去，齊眉也明白了意思。

「郎中是意指……迴光返照？」大太太嚇得不輕。

柒郎中微微點頭。「濟安公府素來看得起在下，所以在下也從不隱瞞。今日陶老太太又吐了血，耗了大量的精氣，只怕……」提起藥箱，柒郎中嘆氣地搖頭。「陶大夫人得事先有個準備了。」

大太太差點兒癱倒在地，怎麼也不相信柒郎中的話。

老太太明明就好了起來，剛剛服過藥也睡得安穩。大太太緊緊抓著齊眉的手。「齊眉妳去攔著柒郎中，再問問他是不是在編胡話！」

「娘……」齊眉把大太太扶起來坐到一旁的軟椅上。

大太太拿起絹帕抹眼淚。「怎麼府裡總是喜事過不得幾天又……」齊眉也濕了眼眶。

這邊哭得厲害，陶齊勇卻是與幾位少爺在亭內暢飲。

少爺們大多都不是什麼厲害的官職，還有幾個與阮成淵一樣，還在文弘學堂裡唸書，所以對立了這樣大功的陶齊勇心存敬畏，也不怎麼敢靠近，只是偶爾過來敬酒。

陶齊勇樂得清靜，桌旁只有他和阮成淵，抬頭打量這個五妹夫，與他這一身剛毅正好相反，阮成淵長得俊秀儒雅，舉手投足之間都透著翩翩公子的氣質。還記得那時候在邊關，他怎麼都沒想到這個傻裡傻氣的傢伙能變成他最疼的五妹的夫君。

阮成淵舉起酒壺，酒壺傾斜的時候濃郁辛辣的酒準確地倒入碗之中，而後他端起來敬陶齊勇。「大舅哥來貪一杯。」

陶齊勇笑著舉起大碗。「好！夠爽快！」

仰脖一飲而盡，陶齊勇擦了擦唇角。「看不出五妹夫一身文氣，肩不能扛手不能提似的，喝起酒來也能這樣豪爽，倒是我小看你了。」陶齊勇笑著道。

在邊關一見，陶齊勇並沒有什麼很深的印象，即使他救下了那些染上瘧疾的人，那也是誤打誤撞，一個傻子罷了，能做出什麼驚天動地的事來？況且長得這麼秀雅，雖然與旁人相比已經算是修長筆挺的身形，還稱得上好看，可與自己相比實在是差了一截。

這是陶齊勇第一次見到恢復了神智後的阮成淵，大抵是人不可貌相，總覺得他不只是那種滿肚子墨水的文人，一口豪飲一碗酒，這是武界之中最為豪氣的做法，既可拉近不熟之人的交流，又可適當的表示敬意。

陶齊勇看著阮成淵，心裡的滿意多了一分。而且這個五妹夫對齊眉算是不錯，濟安公府出了大事，無論是阮家還是阮成淵，每次都會陪著齊眉回來，次數多了再是因得喪事的緣故，多少也不合規矩，但阮家一句閒話都沒有說過。

打量之間陶齊勇又飲了一盞酒，雖然已經是烈酒，但怎麼也比不過在邊關的那些酒，那些才夠醇、夠勁兒。

府裡宴客的酒還是以甜香為主，阮成淵見陶齊勇越喝越多，忙勸道：「大舅哥還是不要飲得這麼多，否則新傷舊患短時間都得好不了。」

這時候陶齊勇的傷口已經隱隱作疼，便也順勢放下了酒盞。

濟安公府這次還宴請了平甯侯一家，所謂「禮尚往來」，平甯侯家與濟安公府的關係再是僵持，這樣大的場面就更要做得圓滑。

陶伯全與平甯侯幾人在書房內說著朝中的事，你一句我一句的暗刀暗箭，旁的人聽得都捏一把汗，以為兩人幾乎都要動起手來了，再一看，這二人面上又是帶著笑意的。

皇上在御前並未賜陶齊勇爵位，而是自然地把他升到了樞密院副使的位置。樞密院正使是平甯侯的人，趁著原先正使空缺的位置頂上去的，是個才德兼備之人。在樞密院做外郎五個年頭，雖不比那些資歷更深的要長遠，都因得自身的能力過人而一躍居於樞密院之首。

陶齊勇暫時沒有獲賜爵位，又立了這樣大的功勞，坐上樞密院副使的位置也挺著胸膛。朝中上下也無人說起過閒話，原來最活躍最喜歡攬事兒的言官們都消停了。

至少在表面上，沒有誰敢去參陶齊勇一本。在陶齊勇大勝歸來之前，輔安伯在御前參了陶齊勇和西王爺一本，而今倒是悠然自得的坐在書房內，跟著眾大官們寒暄。

平甯侯笑著道：「這次陶副使可真真是了不得了，立了這樣大的功勞，外頭的人都只道他會是下一個濟安公。」

「侯爺謬讚了。那小毛頭還早得很，現在只不過是做了該做的事，為國效力罷了。」陶伯全也笑著道，心下卻暗罵，平甯侯爺嘴上是讚譽，實則可不是暗示勇哥兒接下來也會如老太爺那般被打壓，最後戰死沙場還不得善終。

阮秦風插話進來。「哪裡比得過鎮國將軍，英勇神武，家學淵源，不過半年就負了重傷被送回來，可見其忠心。而後輔安伯繼承了爵位，生得一張能言善辯的嘴，當下就想得那般深遠，也是出於孝心使然。」

輔安伯臉一會兒青一會兒白，阮秦風話裡話外的意思他哪裡會不知曉？說鎮國將軍武藝兵法差，所以半年就負了重傷回來，說他吃著鎮國將軍的白飯撿了爵位，什麼事也不做，光想著去參奏陶齊勇他們。

輔安伯捏了捏拳頭，心中鬱火叢生。不過口舌之爭又有何用，如今陶齊勇看似風光，可能風光多久？樞密院可不是什麼清清白白的地方。立了頭功當了副使，被推上絕路還不自知的蠢才！

輔安伯面上浮起了笑意，端起茶盞來喝了一口，醇厚清香，正是皇上御賜給輔安伯府和濟安公府的特級西湖龍井。

酉末之後，賓客們都紛紛的離府。

阮成淵在亭內等了許久，始終不見齊眉過來，心下疑惑起來，便和陶齊勇一起去尋她。

陶齊勇此次歸來，又是一年多沒好好和齊眉說過話，心裡頭總是掛記萬分，去了朱武園，不僅齊眉不在，左元夏也不在。

丫鬟把簾子掀開，屋裡和他離去之時沒有什麼變化，滿室帶著淡淡的香氣，是女子身上特有的，陶齊勇不自覺地捂住胸口，那傷還在隱隱作疼，驀地有著小小的失落感，不知道是沒有第一時間見到齊眉，還是沒有看到左元夏的身影。

兩人成了夫妻這麼幾年，見面的次數竟是屈指可數，與之前不同的是，陶齊勇能清晰地回憶起那個女子身上的香氣，及那平和安寧的容貌，總是安靜地待在他身旁。

左元夏身邊的瑞媽媽聽了丫鬟的通報，急急忙忙趕回來。「大少爺、五姑爺好。」

「大少奶奶和五姑奶奶都在老太太的園子裡。」瑞媽媽道。

陶齊勇蹙起眉。「是祖母身子不適了？」

他剛回府不久，老太太就差點兒暈倒，大抵知曉老太太的狀況，心裡難過起來卻也沒得法子，生老病死是每個人必走的路，老太太到了這個年紀，年輕的時候身子雖是強健，但這次老太爺的事，給她的刺激實在是太大了。

陶齊勇讓侍從備了馬車，立馬前往清雅園。

阮成淵也跟著坐了上去，聽著瑞媽媽說話的語氣，似乎老太太的病比想像中還要嚴重。

齊眉正在外室安撫著大太太，大老爺本是讓人尋陶齊勇過來，沒想到他自個兒來了，身後還有阮成淵一起。

屋裡還坐著陶仲全和陶叔全，陶齊勇心下一沈，二叔、三叔也在。

陶伯全簡單地說了一下老太太現下的情況，大太太在一旁聽著，本是平復一些的情緒又激動了起來。她最見不得的就是陰陽相隔，本是好好的一家人，老天爺要帶走誰，就算是皇帝也是無可奈何。

相比之下，陶伯全幾個男子都顯得冷靜不少，面上的悲痛神色不減，但絕不會像女子那般哭得抽泣。

齊眉也沒有哭，老太太到如今這個地步，她本以為是偶然，前世也是這般，在老太爺去世之後，老太太沒過多久便跟著病逝了。

前世內裡是如何的她已經無從探究，但今生老太太落得這樣的地步，似乎是有人刻意的。

陶齊清！

齊眉眯著眼，陶齊清已經和左元郎回了平甯侯府，並未留下來。

到底是有什麼仇，讓陶齊清要這樣刺激老太太？

若是三叔那房的人這麼做還能說得過去，畢竟並非老太太親生的，鋪子在手裡，但也只是暫時，老太太這幾日清醒的時候也在張羅著分鋪子給二叔一房的事，可陶齊清又是為何要這般？秦姨娘看上去是個軟弱的性子，從來都本本分分的，相反倒是陶周氏要囂張跋扈得多。

在府裡，陶齊清的疏遠一直都是她自己造成的，齊露和齊春也不是大房的，倒是與大家熟絡得很。

前世她為親人流的淚已經太多了，如今眼角再是酸澀眼淚也掉不下來，只不過老太太睡得越來越沈，剛剛叫了幾遍都醒不來，大太太才觸景生情又哭得厲害起來。

「柒郎中是宮中退下的御醫，一直以來母親都是由他來診治，他的話自是錯不了的。」陶伯全嘆了口氣。「明兒我親自去柒郎中那兒一趟，問問清楚了。如若真是他今日說的那般……那府裡早些準備也好。」

陶齊勇的歸來，連一日的喜慶氣氛都沒能維持，眾人的心底又被蒙上了一層陰鬱。

這時候外頭小廝通報。「大少奶奶來了。」

陶齊勇立馬轉過身，女子一頭烏髮被一支玉蕊髮簪鬆鬆的綰了個髮髻，身著素淡的齊胸襦裙，腰間的束帶被精緻的紅漆細線繡成層疊的小梅花，十分雅致又不會覺得過於素淡。

陶齊勇的心重重一跳，似是察覺到他的目光，左元夏給長輩們請了禮後，側頭望向陶齊勇，唇角漾起一絲笑意，陶齊勇急忙別開眼。

「這是我剛剛做好的玉露杏仁糕，吃下去心裡的燥熱許是能消了些，父親、母親、二叔、三叔還有姑子請用。」她獨獨沒有叫陶齊勇。

陶齊勇不知為何心情忽而糟糕起來，他悶悶地坐到一旁，眼前卻是多了兩盤糕點。「這個是你愛吃的。」

她還記得自己愛吃的糕點是什麼?!陶齊勇兩盤都各拈起一塊，入口即化，甜而不膩，是他吃過味道最好的。

「娘都說大嫂的廚藝已經青出於藍而勝於藍了。」齊眉笑著道。

「你身上有傷，吃不得杏仁。」左元夏溫婉地道。

陶齊勇微微頓了下，抬眼望向面前的女子，她是背對著窗，且窗外並沒有什麼陽光，左元夏衝他輕輕地點頭而後牽起唇角形成了一個微笑。

他這才覺得，她的笑容竟是這麼好看，讓他心裡泛起了暖意，把原本的鬱結一點一點的化開。

待陶伯全幾人商議得七七八八，一起看了會兒老太太後便都紛紛各回各屋。

了地上。

齊眉和阮成淵也坐上了回府的馬車，剛離開不久，西間裡就傳出一聲驚叫，陶齊勇倒在了地上。

剛回到阮府，前腳進門，後腳濟安公府的小廝就急匆匆地趕過來。「五姑奶奶，大少爺出事了！」

齊眉嚇了一跳。「出什麼事了？」

離府之前明明還好好的，雖然在邊關的時候似是不少新傷舊患，但是大哥自小習武，受傷一類都是家常便飯的小事。

小廝忙道：「大少爺他暈倒在屋裡，柒郎中午後才來過的，奴才出來之前又見著柒郎中入了府！」

「大哥他不打緊吧！」齊眉實在一下子擔心起來，不自覺地緊緊抓著小廝的胳膊。

小廝還沒來得及跳開，齊眉就離了他起碼有丈把遠。

小廝揉揉眼睛，迷惑地看過去，他沒瞧錯吧，怎麼五姑奶奶出嫁之後還能飛得起來了。

「我們知道了，你回去吧，有什麼情況明日再說。」這是五姑爺的聲音，低沈又有磁性，卻隱隱帶著說不出來的怒意。

小廝心裡覺得奇怪，看了眼不遠處，現下已經入夜，阮府倒是燈火通明的，門口卻有些模糊，越想越覺得有些詭異，既然五姑爺開口了，反正他的任務也完成，想到這便急急忙忙的福身離去。

回到了攏園，齊眉嗔怪地道：「你剛剛是在做什麼，忽然一下把我帶離開，瞧把人嚇得，連滾帶爬地溜了。」

「沒什麼。」阮成淵悶悶地答了句，伸展開胳膊讓齊眉給他換寢衣。

齊眉總是太過掛心於家人，這自是無可厚非的事，卻也太過勞心勞力，反而容易忽略自己的身子。阮成淵知曉自己剛剛過激了些，可就是從心底裡忽而冒出的擔憂，擔憂齊眉的身子。

「還沒什麼，別人是不知曉你有武功的，還好是在自家門口，又只有守門的下人，若是被旁人瞧見了，你可怎麼自圓其說。」齊眉嘀嘀咕咕之間錦袍也被她褪下，阮成淵結實的上身露了出來。和他穿上衣裳的時候不大一樣。

穿著常服時只覺得他身形修長筆直，肩膀也寬闊，把衣裳褪去，露出了習武之人的精壯模樣。

「妳可是在擔心我？」正覺得自己好像太不知羞的時候，阮成淵的氣息還好死不死的呵在她耳畔，齊眉一下子整張臉都是通紅的。

手裡的動作加快，阮成淵卻好像存心和她作對，寢衣的衣襟都是比較寬鬆的，兩腦袋都能鑽過去，這會兒阮成淵卻被包在了寢衣裡出不來，整個人掙扎著，似是要被憋死了一般。

齊眉心下著急，正在手忙腳亂的時候。阮成淵忽而鑽了出來，面上噙著狡詐笑意。

竟然是在捉弄她！今兒一天因得祖母和大哥的事情她已經夠心煩的了，回到阮府還要受他的捉弄。

齊眉賭氣地坐到床榻邊，頭也扭了過去。

阮成淵急急地跟在她身後，也坐在她身邊。「生氣了？」

「今天已經夠多糟心事的，你還要這樣拿我來消遣，前……頭你就笨，如今也好不到哪裡去。」她是真的生氣了，還差點氣昏了頭，「前世你就笨」的話還好在出口前被她嚥了回去。

阮成淵伸手環住她。「我就是見妳心煩，所以才想逗妳開心，是我不好。」說著拉住她的手放到自己臉旁。「生氣的話媳婦就打我一下，肯定能消氣。」

齊眉怔了半天沒出聲，阮成淵以為她不肯原諒，也不知該如何是好，只好把油燈給熄了，摟著她往床榻上躺。

今兒守夜的是初春，從窗戶看著內室暗下來，知道兩個主子都歇下了，便開始鋪自個兒的床。

齊眉聽著外頭傳來隱隱的聲響，心卻跳得如擂鼓一般。

「生氣的話媳婦就打我，打一下就能消點兒氣！打多少下都成，只要媳婦不氣了。」阮成淵衝口而出的話，前世也說過。

前世她還真打了，但也只是掐掐捏捏的，反倒把阮成淵弄得格格笑。

該怎麼說這種感覺呢，就好像是本以為遺忘了老遠的東西，其實一直存在你心底，被激發出來的時候，意外的洶湧。

阮成淵的呼吸已經平穩下來，齊眉還是大睜著眼，不自覺地伸手去描摹他的側臉輪廓——秀挺的鼻子、薄厚適中的唇，睫毛垂下來，閉上的眼眸在睜開時是說不出的漂亮，琉璃的光彩比以前見過的玻璃水晶珠還要動人。

這個人再次成為了自己的夫君，還是共躺在一張床榻上，蓋著薄薄的百子被，齊眉抽回了手，她心裡一直有小疙瘩，習慣性地覺得阮成淵還是當年的那個他。

稚嫩、純真的性子，興奮得不行的抱著她在屋裡打轉兒，因得她生下了熙兒，鬧了半天他才明白過來這是做爹了的意思，有個比他還小的小娃娃是從自己媳婦身上掉下來的肉。

熙兒……齊眉的眼神暗了一下。

不知道她死了後，熙兒怎麼樣了，會不會哭得撕心裂肺，努力伸著小胖手要娘抱抱。

忽而灼熱的氣息噴在面上，還沒反應過來齊眉就被壓在了阮成淵身下，他有些氣息不穩的看著她，亮晶晶的眸子在黑暗的屋內也透著光彩。

「要不要……」說著俯身，吻正要落到她唇上。

「今天很累了。」齊眉伸手推住了他的胸膛。

腦海中還餘留著熙兒的模樣，是她和前世阮成淵的孩子，耳邊彷彿還能聽到熙兒呼喚「娘」的軟軟聲音，此情此景，她怎麼也答不出個「好」字。

火熱的身體一下子冷卻下來，阮成淵被澆了個當頭醒，有些自嘲地扯了扯唇道：「我知道，反正我是不行的。」

有些悽苦的說了這句，阮成淵竟是起身披上外袍走出了內室。

齊眉手撐起身子，看著門簾一起一落，帶入了些冷風，卻只讓她覺得心中有幾分蕭瑟，她沒想過要傷阮成淵的心，真的。

涼涼的風吹得他清醒了一些，齊眉只不過是撫了撫他的臉，他怎麼能以為那是邀請或者默許，未經人事的女子再是成親之前能略知一二，那也是皮毛罷了。

想起來，她的心一直就沒在自己身上，阮成淵苦笑了下。

初春迷迷糊糊的聽到動靜，睜開眼探出頭後嚇了一大跳，差點滾下小床。

「大、大少爺，奴婢該死。」初春撲通一聲跪在阮成淵面前。「奴婢以為、以為大少爺和大少奶奶睡下了，所以才想著閉會兒眼。」心疼大概馬上又要流逝的月錢，初春手都在微微發抖。

「不礙事，是我自己想去書房看會兒書。」阮成淵低聲說了句後就果真去了書房。

初春疑惑地晃了晃腦袋，這麼大半夜的去書房看什麼書？

大少爺恢復了後比原先還要奇怪，不過不罰她的月錢就是最好的了，初春心滿意足的回了小床上。

第六十章

陶齊勇大勝歸來，白布也換上紅綢，濟安公亡故的悲痛也得慢慢地散去。

齊眉沒了理由回娘家，即使是陶齊勇暈倒了，她也不能再這麼大刺刺地跑回去，就算是阮大夫人不怪責，她自己這關也過不去。

何況像她這樣頻頻回娘家已經是十分罕見的事了，白布換了紅綢，濟安公府已經盡是喜氣，濟安公的喪事也一早就完全結束。

齊眉嘆了口氣，失神的想著事。

「哎喲。」猛地被熱水燙到，齊眉急忙甩了甩手，而後捏著耳垂，灼燙的感覺很快被耳朵的涼意消散一些。

「大少奶奶怎麼了？」一旁的廚娘和迎夏都急急忙忙地過來，生怕齊眉傷著哪裡。

「沒事。」齊眉笑了笑。

阮成淵約莫會在酉初回來，辰時陪著阮大夫人去了阮老太爺的園子，阮老太爺說不到幾句就咳嗽起來，身子還是不大好。

午膳她是陪著阮大夫人用的，午後她繡了會兒荷包，心下總是亂七八糟的，索性過來燒菜。

特意做好的菜，晚些阮成淵回來，她再裝作什麼都不知道地賠幾句笑，他應該是能消氣吧……

從沒見過阮成淵生氣，以前他無論何時都是嬉皮笑臉或者一副可憐兮兮等妳安慰的樣子，所以她壓根兒不知道要怎麼哄生氣的他。

也沒想到昨日會突然觸到他的傷疤，本以為他裝瘋賣傻全是因為有什麼大志或者要避開誰，卻不想竟是有這樣難以啟齒的緣由——不舉。最開始她也不信，今生的阮成淵不知為何落下這個病，但今生已經有這麼多路和原來是不盡相同，那麼阮成淵今生或者並非燒糊了腦子而是不舉也有可能的。

她倒是無所謂，只是不會有小娃娃，也不能給小娃娃取熙兒這個名罷了。命裡無時莫強求，難怪阮成淵偶爾會陰晴不定，這都是自然的。

齊眉深深地嘆了口氣，飯菜剛端上桌，冬末就在外頭通報。「大少爺回來了。」

齊眉急忙站起來，阮成淵進來後就被撲鼻的菜味給吸引住了。

齊眉不是沒做過菜餚，而且手藝還很好，大多都是精緻為主，即使小菜也會做得像翡翠白玉一般，怎麼今天……

阮成淵狐疑地看著桌上，韭菜炒雞蛋、山藥粥、白蘑菇排骨湯、臘腸韭菜炒小米飯。這都是什麼和什麼？阮成淵莫名其妙地坐下來，齊眉把筷子遞給他，面上帶著些討好的笑容。

「今兒是什麼農家節日嗎？」飯菜吃到嘴裡，確實十分的美味，但突然完全換了風格的菜色還是讓他覺得奇怪。

「不是，只是覺得這個吃了對身體會好些。」齊眉見他好似並不生氣，也自然地坐下來，原來這麼好哄。

確實山藥、蘑菇、韭菜都是對身子好的，阮成淵也不疑有他，越吃越好吃，本還覺得做多了，最後竟是全都吃光。

齊眉看著他吃完。「以後我經常做這樣的菜餚可好？」

阮成淵自是答應，飯後便去了書房，今日在學堂裡，陶齊勇暈倒的事情傳開了，這個大舅哥雖是武將，但腦子十分靈光，一點就通。

在飲酒的時候他的那幾句話，陶齊勇全都聽了進去。

他在與陶齊勇飲酒時，悄聲說起：「人往高處走，但高處不勝寒，若是在羽翼未豐的情形下這般樹大招風，摔下來就連命都沒有了。」

西王爺的眼光沒錯，陶齊勇性子豪爽，卻不單單是一介武夫。如若不然，陶齊勇不會在聽明白他的暗示之後，當晚就從陶府傳出他暈倒的消息。

濟安公府之所以能被連連打壓還不垮下去，反倒越發平穩地向上走，不是沒理由的。不過他總覺得，濟安公府之所以走著和前世大不相同的路，是有人暗地裡幫忙，不說那人是不是知曉前今，但一定會是個可造之材。

他不是沒和西王爺商量過，西王爺卻一臉木然。「只有你一個謀士，再無其他了。」

不可能，濟安公府一定有人在暗地裡幫助。

那時候濟安公府被平甯侯帶人去抓謀反的證據，前世他清楚得很，最後私下達成了協定，陶府假意歸順了平甯侯。

今生平甯侯卻是被下了個大絆子，連老皇帝也栽了一跟頭，生生地被斬去了李公公這隻左臂。

當時老皇帝還是迷糊不清的，只當濟安公一家子都是難纏不給他臉面的蠢材，這幾年過去，老皇帝卻是慢慢開竅了，知曉原先被斬去的李公公可不是他的左臂，而他所以為的右臂平甯侯，也是野心重重。

這幾日阮成淵睡得並不安穩，總是動來動去的，齊眉問過他一次，他倒是沒有隱瞞。

「我再是藏拙，旁人也非要雞蛋裡挑骨頭。」

也不怪其他人，阮成淵若一直是癡傻的，就是跟在老皇帝身邊做事別人也不會覺得他是個威脅。

可偏偏他初露鋒芒之後便露了身分，那時候他立了大功，人都道癡傻的阮大少爺好運氣，但在此之後，阮成淵卻因得「撞了石頭」而恢復了神智。

兩件事情前後相隔不過數月，時間如此短暫，阮成淵又跟著西王爺這麼段時間，普通百姓或者不會覺得奇怪，只會說阮家大少爺好福氣，可平甯侯這方的人就說不準了，不然也不會阮成淵已經在努力避開風頭，平甯侯一方卻依舊緊咬不放了。暫時平甯侯是對阮成淵做不了什麼大動作，但是那些個小試探只怕是沒有停過。

阮成淵發生的這些事，齊眉沒有親眼見到，但也能從阮成淵平素的模樣看出來，她自是不會直說，拐著彎從阮成淵嘴裡問了出來。

正是一更天的時候，屋裡黑黑的，阮成淵閉著眼，沈聲道：「我從不想妳會嫁給我，但世事難料，皇上聖旨一下，妳我就訂下了姻親，若妳是嫁給那個癡傻的我，又要遭旁人嗤笑。」說著看向齊眉。「我這樣做很蠢，我知道，但我是為了妳，也只是為了妳。」

齊眉的心臟怦怦地跳得厲害。還好是黑夜，臉微微地紅起來也不會被發現。

不知該怎麼回應這樣的告白，她心裡起了漣漪，但更多的是驚愕。

原來阮成淵是害怕她會因得要嫁給一個「傻子」而遭人嗤笑，是不想讓她被旁人說閒話，寧願不顧自己立大功和「恢復」神智的時間相隔過短，容易引起平甯侯一方的懷疑，也要作出恢復神智這樣的決定，只是因為太在乎她了。

這樣的告白，這樣的關愛，齊眉緊緊地搓著被褥。

這下不只阮成淵翻來覆去地睡不著，齊眉也睡不著了，這份情，她當如何回報，抑或是她該如何接受。

進了六月，濟安公府派人過來，老太太一日不如一日，臉色也愈來愈不好，迷迷糊糊睡覺的時候比清醒的時刻要多太多。

而阮成淵也是日日頂著黑眼圈出府回府，像平甯侯那樣的人，若是沒個準信，他寧可錯殺一百也不願放過一個。

齊眉無奈地嘆了口氣，有沒有什麼好法子能讓阮成淵暫時脫身？

於公，阮成淵和西王爺是在算計什麼，她心裡隱隱能清楚。阮成淵是重生而來，雖不知為何要投奔西王爺，但總歸與她的想法不謀而合。幫助西王爺，只有西王爺成了他們的靠山，把西王爺推到頂峰，濟安公府才能在改朝換代之時立於安穩之地，齊眉所想要的舉家安康的未來便也能達到。

而於私，阮成淵是為了她才甘願惹上麻煩，她若是能為他做點兒什麼，不說別的，知恩圖報是誰都知曉的道理。

不單單是成親之前的「平反」，成親當日的盛大場面到如今街頭巷尾也有人在談論，小姑娘們說起來都是一臉羨慕。

前世阮成淵所承諾的給一個最好的成親日，他做到了，雖然兩人心意還未互通，可要說齊眉不感動那也是假的。

過了幾日，齊眉動身去平甯侯府，外人看來也不是什麼大事，平甯侯府的大少奶奶與她本就是姊妹，姊妹之間偶爾走動一、兩次十分自然。

何況陶齊清自從出嫁以後，還沒有誰去看過她。

齊眉帶了些禮，讓小廝都搬到馬車上，子秋扶著她坐上去。

一般她出行都會帶著子秋而不是迎夏，雖然前世一直都是迎夏伴著她，迎夏也確實是忠心無誤，但光有忠心不行，相比起來，還是子秋要好使，不對，聰慧得多。

尤其去平甯侯府，身邊的人不伶俐可不行，迎夏在外頭保不准一驚一乍的，萬一帶來麻煩那可不好收場。

這幾日子秋也帶著她準備的禮代她回了趟濟安公府，正好借著送東西的事打聽了一番，大哥暈倒的事兒也差不多弄清楚了，無非就是吃了左元夏的糕點，忽而誘發了傷口和身子不適，兩眼一黑就倒在了地上。

若是以前齊眉一定會懷疑左元夏居心不良，可這會兒她能肯定絕對不是左元夏下的手，但濟安公府裡也不是隨便進出的地方。

心裡思量之間已經到了平甯侯府，遠遠地陶齊清就出來迎接，齊眉忙過去虛扶住她。

「怎麼好要姊姊來接我。」

禮被下人都抬到了屋裡。「不是什麼名貴的東西，姊姊也知曉如今我的情況，本來想著夫君能承蒙聖上重用，可偏生對於官職之事聖上再未提起，反倒是入了文弘學堂，妹妹倒也不是說文弘學堂不好，能入到宮中辦學的學堂，那也是伴了聖上的光，可夫君那腦子，就是恢復了神智，卻是唸書也唸不好，如今夫君前途渺茫俸祿又低，妹妹就是來探姊姊，也拿不出太好的東西。」齊眉說著捏起絹帕，眼淚就流了下來。「這些還是千挑萬選過的，都是妹妹那兒最好的。」

陶齊清疑惑地上下打量齊眉，半天沒有接她的話，越發不知曉齊眉來這兒是為何，向她示好又是要做什麼。

齊眉啜泣起來。

陶齊清也坐不住了，阮家大少奶奶來她這兒，半會兒不到就坐著哭，外頭那些丫鬟都豎著耳朵要聽熱鬧。她心煩地把下人都遣走。

「說吧，妳來這兒是要做什麼？」只剩下她們二人，陶齊清粗聲粗氣地問道。

齊眉也不再拐彎抹角，坐得離陶齊清近了些。「妹妹是想向姊姊討教一番……」

「討教？我有什麼東西能稱得上討教？」陶齊清一陣愕然，最初始的敵意已經消散了大半，眼前這個五妹妹依舊還是那樣軟懦不堪，動不動就鼻涕眼淚一地，越想越不屑，手往軟椅的扶手上一搭。

「妹妹直接說了姊姊可別生氣，三姊夫原來是不好女色的……」這麼說好像不對，陶齊清的面色一下子沈了下來，齊眉又道：「三姊夫原來是個清心寡慾的，誰也不敢嫁他，可姊姊嫁過來後，卻對姊姊極好，不知姊姊是不是……」

「自然是我魅力大了！」陶齊清本是覺得尷尬，可看齊眉那羨慕的眼神和直白的模樣，都是已為人婦的，又是關起門來說話，犯不著遮遮掩掩。

不過原來這就是齊眉所說的討教，若是能得了夫君的歡心和寵愛，那就是最厲害的法寶，而且誰受寵愛誰下巴都能抬得高些。

陶齊清覺得自己高了齊眉一大截，邊想著下巴邊揚了起來。「怎麼，五妹夫對妳很冷淡？」

「倒也不是，只不過他還總是愛玩自己的，也不怎麼理我，大抵還是孩童的性子……」

齊眉支支吾吾，似是十分不好意思。

陶齊清心裡樂得開了花，齊眉難堪的樣子可真好看，可惜了她把下人都攆出去。

「他本就是個癡傻的，能指望他懂什麼？」陶齊清唾棄的道，而後又覺得太過，咳嗽著掩飾過去。「其實也沒什麼大不了的，該要出手的時候就出手。」

齊眉不明白地看著她，面上透著不懂卻還是很崇拜的神情。「姊姊還請再指點明白些，妹妹不想一輩子就這麼糊裡糊塗的過了。」

再說明白些？那可不行。

陶齊清立馬警覺起來，這齊眉一副誰都無害的模樣，又時不時把她捧高，莫不是來套她的話的！思量之間，又聽得齊眉道——

「若是姊姊不願說，那也就罷了，這些禮就放置在姊姊屋裡，下次若是還有空過來看姊姊，只怕也沒得禮帶了，夫家為了夫君他上學堂，耗了太多力氣，誰想又是個不成器的，還整天都不理人。」齊眉拿起帕子擦眼角。

陶齊清心裡湧起一絲同情，當時再風光又如何，縱觀濟安公府，嫁得最好的倒是她。

得意洋洋地把齊眉送走，陶齊清做起飯菜來也有幾分悠閒，哼起了小曲。

待到左元郎回來，聽得外頭丫鬟說了幾句，便走到屋裡問她。「今兒個阮家那傢伙的妻室來過了？有何事能逗得妳這般開心？」

過不多時，左元郎去了平甯侯的書房。

「當真？」平甯侯老奸巨猾，若是幾句話就能說得他信，也不需要費力繞彎子了。

左元郎連連點頭。「絕對是真的，兒子早說過了，在文弘學堂的時候那阮成淵就一副不爭氣的模樣，再是舉止儒雅頂個屁用！內裡是副空殼子！」

「幾句話你就信了？長媳婦可是阮家那大少奶奶的姊姊。」平甯侯斜了他一眼。

「父親這就不懂了，就是親近的人說的話才真，那不頂用的跟個軟蛋似的，還是蠢得要命只知道玩，這不，把自家夫人都逼得出來跟齊清討教。」左元郎粗俗地說著。

「你還說別人，別人好歹只是蠢鈍才不近女人，你是純粹就沒用。」平甯侯橫他一眼，十分不滿。「不過，你說的是真的？」

「兒子擔保，絕對是真的。」左元郎滿不在乎，擺了擺手。

阮成淵正靠在臥榻上，最近真的好過了不少，也許是與齊眉吐露了苦水後整個人都能慢慢舒坦，又或許齊眉還真是如裡裡外外傳的那般——是個福星。

總之這兩個月的時間都沒人再刻意找他麻煩，他也不用動不動就扮蠢。

自從恢復了神智後再扮難度就高了許多，尺度要拿捏得夠好夠準，平甯侯那一幫都是人精，他若是蠢過頭了，平甯侯那群人絕對不會信；而他若是把自個兒的聰慧給他們瞅那麼一點吧，吃不了兜著走的是他。一旦他露出原來他是裝傻充愣的馬腳，平甯侯一方便會馬上揪著他的錯處不放，最嚴重的，便是會給他冠上欺君的罪名。

現下總算可以只悶在學堂裡，不用應付那些同學堂的少爺們，掐他推他想惹他生氣的那幾個武弘學堂的傢伙就更不必說了。

幾次他都手癢癢的要還手，但他可沒忘記齊眉的囑咐，當然他自己心裡也知曉，萬萬不可被人瞧出有武功，不然就都白費了。

由著那群不知好歹的傢伙推搡，君子報仇十年不晚不是。

何況他們那群拿了點小恩小惠，連事情都整不清楚就過來針對他的人，還不夠資格讓他費心思，理都不想理。

暫時那夥人是消停了，但阮成淵不覺得是真的消停，而是暫時按捺不動罷了。平甯侯只怕是在籌劃另一種方法來試探，最近他連信箋都沒和西王爺通了，連鴿子都「獲利」休假。

他每天就在文弘學堂和阮府間往返，也只是為了一點把柄都不要被誰抓住。

當然，如果阮成淵知曉這暫時的清閒，是因得齊眉去了平甯侯府奔波的緣故，一定會欣喜若狂。但若知曉齊眉用的法子，只怕臉都會脹成豬肝色。

所以齊眉那日回來後閉緊了嘴，什麼都不說，裝作什麼事都沒有發生過。畢竟她再是言語修飾，只說他不懂不明，仔細想想也有些丟人的。

可這法子就是最快的，婦人的嘴就是拴不住的門把，轉頭陶齊清就得意洋洋的告訴左元郎了。

今兒文弘學堂歇假一日，阮成淵偷得片刻清閒，抬眼望向內室，屏風雖是遮擋著，但隱約能見到齊眉忙忙碌碌的身影。也只有窩在這個地方，才能有偷得浮生半日閒的閒情逸致，最關鍵的，還是因得有那個忙忙碌碌的身影在身邊。

今日因他歇假，便主動說回濟安公府看一看。陶齊勇這一暈倒就似是誘發了原先在邊關的那些病症似的，這兩個月時間都沒能出府，在屋裡頭躺著。

所以樞密院副使那位置，他等於是一日都沒有坐過。

朝中已經開始有關於他的傳言。今日阮大老爺回來時鐵青著臉，大夫人剛讓下人把茶端上去，阮大老爺便開始罵起來。「那些個蠢材，平時弘朝有難就個個不見蹤影！如今陶副使不過身子不適需要休養。他們竟是上奏聖上，把幾個月前輔安伯說西王爺和陶副使密謀使計的事給翻出來說，簡直是落井下石。」

「怎麼這個樣子?!」阮大夫人也忿忿不平。「陶副使素來性子耿直爽快，斷不會做那樣喪盡天良的事，那群文官究竟有沒有腦子？濟安公是誰？那可是陶副使的祖父，是西王爺的岳祖父。」

阮秦風橫她一眼。「我也是文官。」

「是，是，老爺您還是文官之首。」阮大夫人賠著笑。這阮秦風明明四十好幾了，有時候還跟小孩子似的。

阮秦風擺擺手。「皇上倒是眼清目明的，狠狠地瞪一眼那群人，道『若是再有戰亂，下次就由你們這群能說會道的言臣一同前去。既說話這般有條有理，想必也能對朝中貢獻一二。』結果那群文官就縮著脖子不出聲，一個個都是膽小怕事！可笑，可笑之極！」

濟安公府裡也正說著這個事，阮成淵和陶伯全坐在書房裡，陶伯全氣得不輕。「最後還有人想站出來說，幸得皇上昨兒個派了御醫來瞧過了，就是新傷舊患一併發了，有了御醫的證詞，誰還敢胡編亂造？」

陶伯全一拍桌子。「何況勇哥兒如此，還不是拜平甯侯爺所賜？」

「這話怎麼說？」阮成淵問道。

陶伯全不屑地哼一聲。「你當勇哥兒是怎麼暈的？都是長媳婦『賢良淑德』，連著學了兩年的糕點，又裝乖巧討勇哥兒歡心，勇哥兒這才毫無防備地吃下了她做的糕點，真是最毒婦人心！」

替罪羊！阮成淵腦子裡一下冒出這個詞，不過陶齊勇不說明，也是謹慎小心的一種，最高的騙術就是連家人也一起騙過去，這樣才能滴水不漏。

只是苦了岳母，本就是柔弱的性子，陶老太太的事還緩不過來，陶齊勇又出了狀況。之所以帶齊眉回來，也是讓她能勸勸岳母。

齊眉確實在安撫著，但安撫的對象卻不是大太太，大太太並沒有如她想像的那般哭得眼睛紅腫泣不成聲，反倒是打起精神在照料老太太，老太太的日子已經不遠了，只怕是沒個幾天。

在這樣關鍵的時刻，大太太責任使然，什麼都不去想，只好好照顧老太太，讓她能走得安詳才是最重要的。

勇哥兒征戰沙場幾個年頭，又自小習武，不會有什麼大事。

大太太是這麼和齊眉說的，而後又把她拉到一邊。「我覺得妳大哥定是有什麼事，兒子女兒都是做母親的身上掉下來的肉，我一看妳大哥那眼神就不是多疼痛，旁人是看不出，但我一看便知。何況妳祖母最近偶爾輕輕與我嘮叨幾句，都是說定要我和妳大哥交代，要懂得避開，把鋒芒藏住，別逞那一時痛快。」

齊眉舒了口氣，硬著頭皮找到大太太的時候，她腦裡想了無數個場景，就是沒想到大太太能有這麼清醒的時候，大抵還是大太太說的，母子連心。

所以齊眉勸慰的對象是左元夏，哭腫了眼睛泣不成聲的人也是左元夏。

陶齊勇躺在西間的內室裡，齊眉去瞧了一圈，她還真的看不出那個躺在床榻上，面如白紙般的人是真是假，左元夏的眼淚不停的落下。

「妳瞧他這模樣，我真是……他偶爾說幾句話旁人都聽不大清楚，這麼兩個月了也都沒下過床，話也……」

「所以是大嫂給大哥擦身子？」齊眉好像沒有抓住重點，不是，她就是抓住了重點。

左元夏本來還因為哭過而蒼白的臉一下變成了大紅蘋果，啜泣聲也一下子沒了。

齊眉餘光瞥到病榻上「奄奄一息」的男子動了動眉毛，唇角飛快地拂過一絲笑意。

「不打擾妳大哥休息，我們去外頭坐著吧。」左元夏起身走了出去。

兩人坐到軟椅上，齊眉不給她哭的機會，又問：「擦身的時候，大哥是不是不著寸縷？」

左元夏一下子被嗆到，剛入口的茶全被噴了出來。

從沒有這麼失態過，左元夏慌忙起身，對齊眉抱歉地說了聲，而後去換衣裳。

齊眉趁著這時候悄悄轉回內室，陶齊勇還是閉著眼，唇色面色都是蒼白得厲害，看上去病弱得不行。

齊眉抬起手一掌就劈了下去，又準又快地擊中他的肚子，陶齊勇一聲悶哼，一下坐直了身子。

「真是青出於藍而勝於藍了，五妹。」齊勇睜眼看著她，英氣逼人的一雙眸子哪裡有什麼病態。

齊眉這身功夫可不都是陶齊勇教的，原先是為了她身子好，如今身子好了，不喘氣了，也能躺下來睡了，轉頭就來欺負他這個大哥。

「白眼妹。」

「大流氓。」齊眉毫不客氣地回嘴。「大哥這麼逗弄大嫂，等大嫂知曉了真相，還不羞死去！」

「有什麼好羞的，我和她就是夫妻。」陶齊勇說得十分自然，片刻後沈下面色。「不僅她不知，家裡人都不知曉，除了妳的夫君和妳以外。」

「成淵也知道？」齊眉疑惑地問了句，想起那日小廝來報信，阮成淵篤定又沈穩的語氣。

「我歸來那日，與他在亭內飲酒，他幾乎是只動唇的說了句，切莫鋒芒畢露，不然摔下來，濟安公府都可能會沒了。」陶齊勇說著捏了捏拳頭。

「當初祖父就是因得功高，如今不少文官上奏大哥，總比又寫詩詞來讚譽的好。可以被貶，但絕不可被捧高。」齊眉認同地道。

陶齊勇嘆了口氣。「所以我誰都不說，少人知道，事情就越真，越真才越能平了可能的紛爭。不與妳大嫂說，也是因得不想她捲進來。」

「大哥對大嫂的態度轉了許多。」齊眉笑著道。

陶齊勇微微地點頭，沒有否認，岔開話題想說些別的。「妳最近身子骨是不是強了不少？剛剛那一劈掌還是有點兒疼的。」

「只是有點兒？」齊眉伸出手就要再來一下。

「別，我胸口這兒有傷。」陶齊勇一隻手就制住了她，不過壓根兒沒使力氣。

「胸口有傷？沒什麼大礙了吧？」齊眉忙收起笑意，關心地問道。

「沒有，若是沒有元夏，只怕我也回不來見你們了。」陶齊勇深深地吐了口氣，憶起在戰場上的驚險。

邊關上戰火喧囂，在濟安公病逝的消息傳出之後，軍中著實亂了幾日，若不是之前隱瞞住，陶齊勇也連著打下幾個小勝仗，只憑他的話，那些將士是不會信服的。

而且原先皇上派遣過來增援的將士之中不乏有心懷不軌之輩，趁著濟安公病逝的消息而肆意在軍中散播謠言。

所幸濟安公身邊的死士沒有隨著他的死亡而離去，反而是站在了陶齊勇這一邊，陶齊勇當場就斬殺了十個胡編亂造的將士，好不容易軍心能聚回來一些。

可到了下一場戰爭，軍心依舊不穩，誰都不會相信一個二十歲不到的毛頭小子，但陶齊勇沒有遇亂則亂，反而定下心神，在這個當口，只要是站在戰場上，如若他能鎮住一方，殺出一條血路，身後的那些將士再是不信任他這個年輕的將領，也會跟著一起上來。何況他絕對不希望，濟安公付出了這麼多的犧牲，最後還是被他親手毀於一旦。

祖父未走完的路，就讓他這個長孫來走下去。

帶著這樣堅定的心情，陶齊勇親自上場打頭陣，一刀一個敵人，從不放棄那些受傷的士兵，但也不會盲目救治。

將士們的心明顯的有所聚攏，再是毛頭小子，但他們所需要的就是一個有經驗、有能力，更重要是有「心」的領導者。於是大夥兒齊心地跟隨陶齊勇上陣廝殺，一路勢如破竹。

在即將要勝利的一刻，陶齊勇體力已經嚴重不支，沒日沒夜的戰鬥讓他不堪重負，咬牙不讓自己倒下卻眼前一片黑。

劍插在泥地裡，手握著劍柄來支撐著自己的身體，陶齊勇只覺得耳邊的聲音和眼前的視線有些模糊起來。

忽而一個身影殺到他面前，就這樣一劍刺中他的心口。

所有看到的將士全都一愣，那個擊殺陶齊勇的敵人鬆開劍柄，看著陶齊勇倒了下去。

「弘國的主將已死！我們徹底勝利了！」

「誰說我死了！我從沒想過有退路，直到前路盡毀也不會回頭，直到你們全死之前，我都不會倒下！」陶齊勇咬著牙吼出聲來。

那敵人還沒來得及看清楚，就被一劍從後背刺入穿透了他的身體，直到死前都沒能看到陶齊勇的表情。

陶齊勇捂著胸口，一滴血都沒有流，眼神銳利又晶亮。一劍殺了幾個在愣神的敵國將士，轉頭衝著身後的將士怒吼。「還傻站著做什麼？還不給老子殺?!」

那些將士們全都高喊起來，拿著刀劍開始奮力廝殺，陶齊勇的話和舉動比任何的強心劑都要好用，熱血沸騰地廝殺。

直到前路盡毀也不會回頭，直到你們全死之前，我都不會倒下！

聽到和看到陶齊勇這一幕的將士們覺得身上霎時間注滿了無盡的能量。即便是沒有聽到，看到身邊的同伴拚盡全力，便也開始不顧一切起來。

「好驚險。」齊眉重重地吸了口氣，只是聽都會手心出汗，戰場上的廝殺遠遠比她所想的要可怕和殘酷太多。

如果說朝堂上的戰爭是談笑間灰飛煙滅，戰場上的廝殺便是一刀一劍、便是一命歸天。

「為什麼敵人明明刺中了大哥，但大哥還是沒事？」齊眉不免問道。

陶齊勇伸手在床下摸索了一會兒，拿出一個小小的香囊。

「這個是……」齊眉探頭看過去。

「是妳大嫂在我臨行前送的，說是一針一線繡好的。」陶齊勇捏著小香囊在手裡轉來轉去。「我在軍中將士心不穩的時候，心煩意亂之下看到了放在箱子裡的這個，而後又翻出了她成親前就做好的金縷玉衣穿上。那一次若是我沒穿的話，現在……家裡真的無法想像。」

齊眉緊緊捉著陶齊勇的手。「別說了。」

「我當時真的也以為自己要死了。」陶齊勇微微把眼睛閉起一些，手裡搓著小香囊，整個西間裡都纏繞著左元夏身上的香氣。

「別說了……」這個聲音卻是左元夏的。

陶齊勇一下子睜開眼，看著左元夏站在面前，尖尖的小臉白白的，唇色亦然。

剛剛她正要進來，卻驚訝地聽到陶齊勇的聲音，意識到他並不想自己知道，心裡有點兒失落，不自覺地要離開卻聽到了在說著自己。

他說是因為她所以才沒有死，這個認知讓左元夏又開心又難過，好像能理解老太太為何會因為老太爺的死而一病不起了。

齊眉見兩人含情脈脈對視的模樣，心知沒她什麼事了，便躡手躡腳地走出了西間去清雅園。

第六十一章

老太太依舊在睡著，眼窩完全陷了進去，整個人都瘦得不成樣子，已經吃不下飯，也沒什麼營養。

齊眉輕輕地嘆口氣，嚴媽媽和大太太正在幫老太太翻身子，老太太不大能動彈，連自個兒翻身也做不到。若果由著老太太這樣直直地躺著，別說這兩個月，只怕連十日都不可能撐下去。

柒郎中也說，都是陶大太太悉心照顧，才能拖上這些時日。

也不知這樣拖著，對老太太來說是好還是壞，齊眉不是無情，但看老太太這樣艱難地活著，實在是一種折磨。

大太太被嚴媽媽扶著坐到了外室，今日睜開眼起就在照顧，大太太也不是什麼身子健朗的人，嚴媽媽的腿傷更是才好得七七八八，齊眉索性讓二人都去歇息一下，她來照顧就好。

大抵是睡得太足夠了，老太太眼珠輕輕地轉動幾下竟是醒了過來，眼皮打開，露出混濁的眼睛，映入眼簾的人是齊眉，老太太一張口就咳嗽個不停，齊眉急忙幫她順著氣，然後轉頭要人端藥進來，但老太太卻是制止了她。

「不用。」老太太的聲音十分沙啞，幾乎說出來的字都是氣音。

「祖母好不容易醒來一次，怎麼都要喝一些藥。」

「好……好不容易醒來一次，就不……喝那些苦苦的玩意兒了。」老太太說得很費力，捉住齊眉的手放到自己臉頰旁。「之前都是妳母親在照顧，倒是……沒想到……一醒來看到的會是……妳。」

「是回來看……回來看祖母的。」齊眉本是想說看陶齊勇，但還是立即打住了念頭，老太太可再受不得刺激。

老太太卻是扯起嘴角，勉強湊出一個笑容。「勇哥兒也暈倒了吧……妳別……別看我老糊塗……我可是知道的。他可好些了？」

齊眉正要回答，老太太又自言自語。「我就想問他……問他一個事，確定了……我也能放心的……」

「祖母！」齊眉打斷了老太太。「勿要說這樣不吉利的話。」

「我這不還沒說。」老太太呵呵笑起來的模樣十分平和，以前總是針對這個、不喜那個，臨到老了才知曉什麼都是空話。

不一會兒工夫，老太太又沈沈地睡過去，約莫到晚膳之前，齊眉再去了趟西間，氣氛和她今日來的時候簡直天差地別。

大嫂臉蛋紅潤潤的，眼角也有笑意，但不過出了西間，又是個憂愁難過的婦人。

齊眉在陶齊勇面前低語了幾句，陶齊勇訝異地看著她。「壓根兒沒有這樣的事！祖父什麼都來不及說就倒下了。」

果然是謠言，齊眉狠狠地捏了捏拳頭，祖母無論最開始待她如何，都是過去的事了，在她和祖母關係越發親密起來後，齊眉對祖母的感情也越發的加深，她不想祖母帶著遺憾走。

「不過祖父臨終前清醒了一瞬，只來得及放了個東西在我手心。」說著陶齊勇拿出來。

「妳瞧，就是這個，我一回來就忙著『暈倒』了，也沒能去問誰。」

一個十分精緻的小荷包，精巧的五仙盆旁還繡著水與小太陽。

「我也不懂這是什麼意思，妳一說起來，正好拿給妳看看，我就會打打殺殺，妳是個聰明的，妳肯定知道。」陶齊勇笑著道。

看了半會兒，齊眉道：「這是祖母的。五仙盆也是器皿的一種，祖母姓溫，水代表氵，小太陽也就是日，所以這小荷包上寓意的就是『溫』這個字。」

弘朝以前十分流行這樣的藏頭飾物或者字畫——女子贈送帶著自己姓氏的東西，就代表了願把一生都託付給那個男子，姓氏都交給了你，更願意冠上你的姓——而不是如今所流行的在花朝節尋求姻緣。

齊眉又囑咐了陶齊勇幾句，如若祖父生前的最後一刻真的沒有喚季祖母的名，那等祖母清醒的時候，一定要讓祖母知曉，讓她不留遺憾的離開。而後齊眉與阮成淵一起回了阮府。

過了幾日噩耗和喜訊同時傳來，陶齊勇「清醒」了，但陶老太太卻不行了。

齊眉匆匆地趕回去，陶伯全、二叔、三叔，所有家裡人都在清雅園裡聚著，無一不帶著沈痛的神情。

誰也沒有說話，偌大的園子裡人明明是滿滿的，卻安靜無聲。

齊眉進了屋子，大太太正在無聲的抽泣，老太太微微地抬起手，丫鬟驚喜地道：「五姑奶奶來了！」

大太太急忙回頭。「妳祖母一直在等著妳來，快，快過去！」

齊眉幾步到了床榻邊，跪在地上，緊緊握住老太太的手。「祖母，祖母？孫女來了。」

老太太費力地撐起眼皮，卻只能睜開一點點。

「勇哥兒今日上午才頭一遭陪著母親，轉眼下午就成了這個樣子。」大太太拿著絹帕不停的擦著眼角。

祖母是終於等到了她想要的答案吧?!想知道祖父離開之前掛念的會是誰，這真的是一件很圓滿的事情。

齊眉看著蒼老的老婦人，感覺手被輕輕地回握。「我要聽……聽那首曲……」

齊眉沈默了片刻，把嚴媽媽叫到跟前來低語幾句，嚴媽媽忍著淚道：「老奴這就去拿。」

祖母在臨終之前，想聽的不過就是那首曲。

祖父親手作的前半段，後頭是齊眉作的那首。

嚴媽媽很快地拿了過來，打開長長的盒子，笛子躺在盒內，還好齊眉這次回來有了準備，把笛子帶上了。

「我想聽……」老太太著急的比劃，無奈手腳都沒有一點力氣，連說話和喘氣都得十分費勁了。

「我知道的，祖母，我知道。」齊眉輕輕地按住她，而後把她扶著坐起來。

不多時，清雅園的人全都被請到園子外頭，園內只剩下老太太和齊眉，長輩們雖是萬分不捨也放心不下，但這是老太太最後的願望，他們為人子孫自是要實現。

六、七月的季節，此時正好是傍晚，絲毫炎熱的氣息都沒有，反倒是徐徐涼風吹拂過眾人的臉頰。

大家依稀能從園子外頭瞥見園內的情形，老太太被搬到軟椅上坐在亭內，齊眉站在池水旁，四周都是盛開的嬌豔花朵，最佳的賞花時刻已過，卻也不妨礙園內爭相綻開的鮮花。層層疊疊的花，涓涓流動的澄清池水，她一身月白素裙，一支玉釵簡單的把頭髮鬆鬆地綰起來，美不勝收。

老太太卻只是努力睜著混濁的眼，美景再好、人再嬌也比不過她心頭的觸動。

激烈壯絕的笛音霎時響透了花園，老太太面上染了一層光彩。

突然一個急衝，快要到底時霎時又往上衝去，流暢地接穩了接下來錯落有致的跳音，跳音漸漸地慢下來，幾乎在所有人都以為要結束的時候，曲調一轉，笛音柔和又清亮，像是大勝歸來的將士在想著心愛的女子時心中的滿腔柔情。又像是廝殺了許久，好不容易偷得一刻清閒，將士不經意地撫上腰間，摸到了妻子給他繡的香囊時唇角立即會浮上的幸福笑意。

老太太的眼漸漸模糊，只有出的氣沒有進的氣了，笛聲已經落不到她耳裡，眼前出現了朦朧的光圈，十分快速，像把她這一生都重播了一遍。

而後一個玉樹臨風的青年俊郎伸出手，笑意吟吟地道：「我來接妳了。」

是年輕時候的老太爺，她第一次見他，他就是這般讓人挪不開眼。以後追著他、跟著他、纏著他，他始終都含著笑意。從不曾嫌她煩人，縱使她膽大包天地跟去了沙場，老太爺也只是怪責一句，而後把她保護得緊緊的。

老太太顫顫巍巍地伸手，努力地靠近了彼岸。

齊眉看到老太太手一鬆，垂落下來，一個小荷包也咕嚕嚕從手心滾落，是老太爺臨終前交給陶齊勇的。

齊眉眼眶裡已經不自覺地被染濕，老太太已經去了，笛聲依舊演奏著，直到一曲終了，齊眉放下笛子，老太太的唇角帶著笑意，去得很安詳。

陶伯全幾人聽到笛聲停止，再也等不下去地衝了進去。

隨之而來都是驚天動地的悲戚哭聲，陶家三子全都濕了眼眶，去年老太爺去了，今年老太爺屍身送回來不過幾月，老太太也跟著去了。

齊眉跟著幫忙的時候，才發現季祖母一直站在園外，怔怔地看著眼前的一切。

「季祖母……」齊眉的聲音帶著點兒哭過後的鼻音。

季祖母微微地點頭，有些茫然的看著前方忙碌的那些身影。「她，輸了。」

祖母確實是輸了，輸給了自己的驕傲和懷疑，若果不是信了別人的胡話，不至於到這樣的地步。

可祖母實則並沒有輸，只有她從頭到尾得到的才是完整的愛，若果她能在這條路上多一分信任和自信，會走得更加的美好。

「我也輸了。」季祖母自嘲地笑了笑，低下頭。「我才是輸得最厲害的那個。」

齊眉雖然並不能完全知曉愛到極致的感覺，但她能明白，愛情本就沒有輸贏，你在對方心裡，對方也在你心裡，那就夠了。

正要說話，忽而季祖母匆匆地離開，齊眉下意識地轉頭，撞上了一雙清澈見底的眸子，阮成淵的眼眸越看越和弘朝的人不一樣，她也是近看了後才知道，阮成淵那黑葡萄一樣的眼眸，外圈裹著淡淡的褐色，並不是純黑的眸子。

或許就是因為這樣，才只要一與他對視便會覺得挪不開眼睛。

「別難過。」溫柔的聲音闖進她的心底。「我在妳身邊。」

齊眉的眼角還是有些濕潤，帶著鼻音的嗯了一聲，忽然覺得有點脆弱起來，輕輕地靠近他的胸膛，寬厚又溫暖，周身都是讓人安心的檀香味。

阮成淵輕輕地撫著她的青絲，柔順無比，這種淡淡的依賴感他十分珍惜，就算得不到她的心，能讓她依靠也是好的。

濟安公府的事一時之間成為了街頭巷尾的話題，濟安公在邊關病逝，陶副使大勝歸來後卻在當日便暈倒了，好不容易好起來，陶老太太卻又去世了。

有人唏噓有人感嘆，更多的是，濟安公府被描摹上了一層神奇的色彩。

漸漸地，矛頭悄悄指向了齊眉。

從她嫁出去後，濟安公府的事情就一件件的糟糕起來，而阮家長子，她的那個傻子夫君卻是恢復了神智。

甚至有迷信的人說得跟真的一樣。「我見過阮家那個大少奶奶，那張臉特別的柔美，不是最漂亮的，但是遠遠看上一眼，你就覺得整個人都舒坦了似的！」

在這樣的時代，迷信和信教都是家常便飯，有了信仰的人無論多苦難，只要雙手合十，平靜的向著心中的信仰讚頌，始終都堅信遠方一定有光明。

但免不了有湊熱鬧的人，甚至還有追著阮家馬車跑的。

齊眉坐在馬車裡，微微蹙眉。馬車外不停的有人在叫著，侍從不好動粗，只能作勢要打人，或者用點兒力氣推開他們。

還是有人掙破了桎梏，直接衝到馬車旁，霎時馬車外就被咚咚地敲響，右側的車簾竟是一下被掀起來，一張過分癡迷的醜惡嘴臉映入齊眉的眼簾，枯燥的手伸進去要抓住她，阮成淵直接一個跨步下了駿馬，把那人提起來摔到地上，而後一腳踩到他胸口，側頭看了眼侍從。「把他送到衙門裡，惡意滋擾官家良婦，該怎麼辦就怎麼辦。」

他清冷的聲音讓周圍的人都打了個哆嗦。

對於這惡意滋擾，阮成淵怒得想揍人，車內齊眉忽而道：「夫君上來吧。」

阮成淵狠狠地瞪了眼周圍的那群人才回了馬車上。「他們太過分了，看著妳脾氣好，看著我好欺負是不是，簡直把妳當福靈石，誰能看一眼或者碰一下，就能走大運似的！」

馬車重新開始行駛，速度比之前要快了許多。

齊眉一直一語未發，回到了阮府，兩人都入了攜園後，她才拉住阮成淵的手。「別生氣了，你聽我說，難道不覺得這些所謂我有福氣的傳言勢頭太大了？而且刻意的成分不少，百姓本就容易被煽動，傳得神乎其神難免會當真。但再當真，沒有分寸甚至不要命的人可不是滿大街都是。」

「刻意？」阮成淵重複了一遍。

齊眉點點頭，拉著他坐到屋裡去，子秋很快端了青梅薄荷茶上來，這是齊眉出門前就泡好的，阮成淵喝了一口，只覺得心頭冷靜了不少。

確實不對勁，他被那群人牽著鼻子走，看著有人衝破了攔阻要衝進馬車裡，他衝動得想揍人，若不是齊眉叫住他，他真的是要打到那人動不了為止。

仔細回想起來，剛剛按著那人的時候，對方的力氣似乎並不小，他被齊眉的事情激得根本沒去思考別的，他這樣生氣，手下使的力氣自然不小，而那人卻還能掙動。

「是不是最近你都沒受過那些人滋擾了？」齊眉又問道。

阮成淵點點頭。「安靜了兩個多月，這半月因得老太太的喪事，來關心的倒是有幾個，今日我正好空閒陪著妳回來，還好我……」

「平時也有人小打小鬧，但是沒有今天這麼激烈。」齊眉眼裡閃過一道精光。「這是在引蛇出洞，引的是你，誘餌是我。如若你當時神智全無，真的下手打殘那個人，之前做的功夫就都白費了。你自小就因得身子的緣故鮮少使力氣，而現下幾拳幾腳就能打殘一個壯漢，怎麼都說不過去。」齊眉看著阮成淵，撫上他的臉頰。「祖母的喪事已經做完，這段時日我都不會再出門了，所以他們今日才會這樣過激的要闖到馬車面前來。」

阮成淵嘆口氣，明槍暗箭他都能躲，卻躲不過這樣的。

「沒事，你並沒有把那人打成什麼樣。」齊眉見他眉頭緊鎖，安慰著道：「晚些給大哥傳個消息，他人不在樞密院，但官職擺在那裡，手上還有不少人，託他查一查，就知今日被送去衙門的人如何了。」

晚上歇息的時候，齊眉輕輕地舒了口氣。

短短幾個月的時間裡，濟安公府就辦了兩場喪事。

阮成淵翻了下身子，背對著齊眉，他也睡不著。

齊眉想起今天白日他生氣的樣子，說是衝動也不為過，輕輕地靠在他背上，小聲問道：「你今日做什麼那麼衝動？平時你也不是這個樣子。」

寬闊結實的背雖是被寬鬆的寢衣覆住，但一靠上去就能有隱隱的安全感傳來。

阮成淵悶了半天不出聲，在齊眉以為他睡著了的時候憋出一句——

「妳是我的媳婦，換作別人我也只會讓身邊的侍從去救罷了。」說著他舒了口氣，好像要說一件極大的事情一樣。「這麼說可能有些奇怪，雖然是夫妻，妳可能覺得我們之間只是掛著個名頭罷了，但是我喜歡妳，想對妳好，想能和妳一直長久的走下去。」

沒有什麼華麗的語言，單單「我喜歡妳」四個字，就讓齊眉心頭重跳了一下。

喜歡嗎？她從沒深想過這個問題。

「妳不用現在接受我，但我相信妳總有一天會願意對我敞開走到妳心裡的路。」

話音落了好一陣，身後沒有回應，阮成淵重新閉上了眸子，無論如何他總算說了出來，把自己的心意告訴她，等到她能對他敞開心胸那天，他便也什麼都不再隱瞞。

忽而腰被觸碰了一下，接著就是柔若無骨的手悄悄地環上他的腰。

阮成淵似是笑了一下，含糊不清地說著謝謝，謝謝她沒有拒絕，謝謝她還給了他繼續走下去的勇氣。

齊眉聽不真切，下一刻齊眉就覺得自己的手被他緊緊的握住，良久都沒有鬆手。

陶齊勇的消息很快就傳了回來，阮成淵帶著消息回來的時候，齊眉正在屋裡做女紅。還未進屋就能從窗外見到她坐在軟椅上，側臉對著外頭，手裡捏著一根銀針，彩線被扯得有些長，她低下頭咬了一口，彩線便斷了，又利索地打了個結，拿起剛剛繡好的小香囊，齊眉滿意地笑了笑。

這個是她用來裝自己那半塊玉珮的香囊。午後拿出來看一眼，沒想缺了個小口子，畢竟一戴也戴了這麼多年的工夫，難免會有些磨損。

正要把半塊玉珮重新放進補好的香囊裡時，忽而聽得外頭子秋的聲音。「大少爺回來了。」

齊眉面不改色地收拾著手下的東西，在阮成淵到她身邊之前把繡盒蓋上，回頭衝他笑了一下。

阮成淵卻把頭探過來，試探地問道：「剛剛是在繡什麼?瞧著挺好看的。」

「都是女子愛擺弄的一些飾物繡活罷了。」齊眉笑著把繡盒捧起來，放到外室的木櫃裡。

回到內室，卻看到阮成淵似是在找什麼東西一般。

「你在找什麼？」齊眉湊了過去。

「記得之前在這裡有看過一本書冊的，可是怎麼這會兒又不見了蹤影？」阮成淵嘟囔著，餘光瞥到齊眉放鬆下來的神色，阮成淵隨意地圓謊，手下在桌上翻了一下。「罷了，大概是我記錯了。」

「大哥那邊有消息嗎？」齊眉瞅了有些凌亂的桌面一眼，挽住他的胳膊，兩人一起坐到臥榻上。

說起這個，阮成淵的面色凝重起來。「有，大舅哥說昨日送去衙門的人昨夜得急病死了。」

「死了？」齊眉訝異的睜眼。

「嗯。」阮成淵點點頭。「白日的時候還好好的，剛剛父親把我叫過去，有人要上奏，說我昨日當街把人打死了。」

「那麼多人都看著，誰都知曉不是你的，難不成空口說白話皇上也能信？」齊眉皺著眉道。

「摺子沒到皇上那兒，輾轉到了御史大人手上，他與我父親商量過，因為摺子裡都是個人的話，而沒有確切的證據。」阮成淵道。

弘朝裡言官上奏，除了直接上殿面聖且有證有據的，其他比如陶大老爺在朝上直接呈遞給皇上血書，再比如輔安伯為首的文官上奏皇上，疑西王爺和陶齊勇有蓄意謀殺的行為。

而輾轉到御史大人手上的摺子通篇義憤填膺，字字句句都是在指責，就是這樣激烈的字句才引起了御史大人的注意，雖然並不是品級高的官員上奏，但卻因為這樣，這個奏摺才會落在御史大人的手上。

「是御史大人攔下了？」齊眉重複著問道。

阮成淵眼眸閃爍了下，抿著唇不說話。

「究竟是攔下，還是原本就沒有那個摺子，御史大人口中品級低的官員姓甚名誰，這都沒有交代。」齊眉點出了重點。

阮成淵認同地點頭。「都是御史大人的片面之詞，而且哪裡那麼快？我昨日才動了手，晚上那人病死，今晨就有摺子了。」

若說手腳快的人做這些並沒有什麼困難的，問題就是在這個手腳快之上。

「是不是平甯侯做的還有待商榷，他做事極少有這樣的漏洞。」阮成淵托著腮。

「無論誰做的，你我兩家都和西王爺有頗深的淵源，很容易被人懷疑算計。而如今太子的謠言漸漸少了下來，外人都說自從有了太子妃後太子也收了心一般。」

阮成淵挑了挑眉。「妳信？」

不知道他為何問這樣的話，沈默了一陣子，齊眉看著阮成淵的眉眼，一片平靜，不由得想起剛剛補香囊的時候，她收起玉珮的動作十分快，但也不知阮成淵是不是什麼都沒瞧見。

齊眉笑了笑，道：「哪裡輪得到我信與不信，太子遠在皇宮，我從未能進去過，都是聽著外頭這些傳言罷了。」

「妳確實不可能知曉，太子他，完全是扶不起的阿斗。」阮成淵冷哼一聲，眸光裡有恨意閃過，那樣不學無術的男子，卻因得身在皇家，成了太子，享受著榮華富貴，這些都是命，而太子卻絲毫不關心百姓疾苦，這樣的人以後繼承皇位，弘朝哪裡還會有安康之時？

齊眉忙捂住他的嘴。「這話可不能在外頭說。」接著又補了句。「屋裡也不要。」

被捂著嘴的阮成淵眼眸一亮，看著齊眉的時候眼裡帶著神采，好似在看著珍寶似的。

齊眉一下子鬆開手。「你又逗弄我。」

「看著妳就是逗弄妳了？」阮成淵把雙手枕在腦後，靠在了臥榻上。

到了用晚膳的時間，今天是吃大廚房裡送過來的菜餚。

之前連著三個月的時間，若是齊眉親手下廚，那就必定是韭菜、蘑菇那一類，好吃是好吃，吃她做的菜餚再多也不會膩。

但齊眉大概是不懂，也不知她哪裡打聽來的，這類食材確實是對身子好，但只對男子的身子好。

阮成淵挾著涼拌脆筍放入口中，每次吃了她做的那些菜餚，到了入夜就睡不著，翻來覆去的只能出去用冷水洗把臉。

初春大概是個不好運的丫鬟，每次都撞上齊眉親自下廚那日守夜，被他嚇過幾次後，再之後輪到初春守夜，她索性就整晚都不要合眼，免得被他這個大少爺嚇出病來。

他得好好想想，要如何和齊眉委婉的建議該換換食材。

第六十二章

御史大人邀了阮秦風一起飲酒，同御史大人一起來的還有太學品正。

兩人都站起來向阮秦風敬酒，一起爽快地一口飲下去。

阮秦風笑著問道：「不知成淵在學堂裡如何了？」

居玄奕如實地道：「普普通通，沒有什麼出色的表現，但也從未惹過事，課業做得不好的都是別家的少爺。」

阮秦風卻並沒有舒心的表情，反而眉頭擰得更緊。「我也不能一直在那裡，聽聞賢侄你最近開始教書，那單單就你所教的內容，成淵學得如何？」

居玄奕最近從協助的位置到總算可以至學堂教書，這是他老老實實熬來的機會，每次教都特別的認真，但學堂裡都是高門子弟，頑劣的、囂張的、文弱的、不出聲的，各種各樣的都有。

只有阮成淵，聽得認真，偶爾還向他討教一、兩個問題，但似乎總是學過就忘一般，問來問去的問題全都是可以舉一反三的東西。

居玄奕猶疑了一會兒，斟酌著道：「阮兄他很認真，但不過還需要努力一些。」

說得模稜兩可，阮秦風自是覺得敷衍，也沒了說話的興致。

御史大人讓居玄奕先回去，等他走過屏風，御史大人開始說起那日的摺子。

阮秦風面色一滯，低聲與御史大人說了起來。

「本就不是成淵做的……定是有人……我也不知會是誰……」

阮秦風的聲音壓得低，站在屏風後的居玄奕聽不真切，扯了扯嘴角，下到一樓往府裡走。

一波未平一波又起，八月的天氣已經十分炎熱，最近濟安公府諸事繁多，才剛辦完老太太的喪事，眾人悲痛的心情漸漸地平復一些。

此時二老爺和三老爺兩房開始有了動作，陶老太太和濟安公都去世了，濟安公府如今高堂不在，只剩下兄弟三房。

三老爺昨日就來找過陶伯全，話裡話外都是要分家的意思。

陶伯全沒有立即回他，直說近日朝堂之事過多，他抽不出身處理這樣的大事。

三老爺這才稍稍安靜下來，而他前腳剛走，後腳二老爺又找上門，陶伯全頓覺心煩得要命，只讓新梅去回了說他身子不適。

陶大太太才剛梳洗完，見丫鬟又進來，陶伯全蹙著眉。「二老爺不肯走？」

新梅忙福身。「不是二老爺，是顏家老闆來了，已經在花廳等著了。」

顏儒青並沒有坐著，而是站在花廳裡，見陶大太太來了，怔了一下。

「顏老闆許久未再來過陶府，也不知此次前來所為何事？」大太太說話十分的客氣。

顏儒青的唇色有些慘白，眼窩也深深地陷了進去，原以為前來的該是陶伯全才是，結果還是陶大太太。

「怎麼做事的？這麼久了茶也沒有上。」大太太看了顏儒青一眼，皺眉斥責了鶯柳一句。

老太太過世後，原本服侍她的四大丫鬟都留在了花廳和正廳，而嚴媽媽則是給了她一把銀子，回鄉養老去了。

老太太身邊這四個丫鬟都是聰明伶俐的人，做事沈穩，有規有矩，即使在待客的時候偶爾出些岔子，有這四個丫鬟在也都能很快地化解。

鶯柳面有難色，顏儒青開了口。「陶大夫人，不是她的錯，是我喝不下東西也吃不下東西。」

陶大太太聽著顏儒青沙啞的聲音，心知有事，忙問道：「怎麼了？」

顏儒青沈吟半晌，道：「宛白她，抑鬱成疾，得了重病，大概沒多少日子了。」

大太太頓了會兒，只微微地嘆了口氣。

「不是來請誰原諒，只是宛白很想蕊兒，所以請求陶大夫人，若是能讓蕊兒回去陪宛白走完最後一小段路，顏某感激不盡。」顏儒青說著拱手，面色尤為的沈痛。

大太太心裡忽而酸了起來，一個人即使心性再壞，心中都總會有柔軟的一個地方，顏宛白自是個不值得原諒的人，但她不過中年卻一隻腳踏入了棺材，已經是最大的懲罰，以前陶家沒落的時候若不是顏家一直幫助，也不知道能不能平靜的度過。既然如此，應下顏儒青的請求，圓了顏宛白最後一個心願，也算是還了他們顏家當年幫助他們陶家的債。

陶蕊換了一身樸素的衣裳，白紗半遮著面，卻掩不住已經生得傾國傾城的絕美容貌。

即使只遠遠的看上一眼，瞧不清相貌，也能知曉是個難得的絕色。

陶媽媽簡單地收拾了包袱，顏儒青顯然是早有準備，心知陶府不會拒絕這個請求，寬敞的馬車停在府外。

陶蕊跟在顏儒青身後，腳步十分快速地出了府門，顏宛白的消息讓她心亂如麻，身邊失去的東西已經太多了，縱使心態再是改變，再多不悅的事情，她也希望身邊至少要留給她最後一點親情的溫暖。

「舅舅，娘應該是沒事的吧？」陶蕊上馬車之前，抱著希望問了顏儒青一句。

顏儒青深吸口氣，搖搖頭。一個跨步上馬。「走吧。」

顏家府邸的氣派不比官家的要少，尤其一些品級低的官員。還沒有顏家這樣大的府，顏家家不大但業大，陶蕊被顏儒青從馬車上牽下來，抬頭便能看到下人們在園子裡忙忙碌碌的身影。

當看到顏宛白蒼白的臉之後，陶蕊再也忍不住地哭了起來，她跪伏在床榻邊，只喊了一聲娘，就再也說不出話。

顏宛白看到陶蕊，費力地扯出一絲笑意。「蕊兒來了，總算來了，娘好怕再也見不到妳。」

「娘，不會的。」陶蕊大哭著，我見猶憐的臉龐任誰看了都會被勾走一大半的魂兒。

顏宛白笑了笑，眼淚也滑了下來。「娘自從回來顏府，心態是真的平和下來了。過去的一切都不是他人的過錯，全是娘自己造成的。太過要強，太得理不饒人，不得理卻還更加囂張。那時候妳父親之所以歡喜我，都是因得我性子與大夫人性子相反。柔情似水的女子是好，但若柔得化成一灘水，看上去就沒血沒肉，哪個男子都不喜歡那樣的妻妾。」

「娘，都是他們的錯！」陶蕊眼眶的血絲又多了些，紅紅的眼眸看上去卻並不嚇人，反而有一種妖冶的美麗。

顏宛白撫摸著陶蕊的青絲。「誰都會喜歡美麗的人事物，蕊兒妳很美、很好看，這是妳的優勢。娘是見不到妳嫁人了，所以先要告訴妳，容貌是妳的優勢也是妳的劣勢。要抓住男子的心，光靠容貌是沒用的，要用適當的法子，慢慢地融進去，不是融到別的地方，而是融到他的骨血裡。這樣才能讓他無法忘懷，即使有誰能入得了他的眼，也再進不去他的心。

「因為他的這裡，將會滿滿當當的都是妳。」顏宛白指了指陶蕊的胸口。

說了老長一段話，顏宛白咳嗽了起來，攤開捂過唇的帕子，上頭全都是血。

「咳了這麼多血！」陶蕊驚呼著要去找顏儒青，怎麼都沒有郎中陪在邊上，顏家的家業請十幾個郎中守在府裡都是綽綽有餘。

「蕊兒，不用去煩妳舅舅。」顏宛白咳嗽著拉住陶蕊的胳膊，拉得緊緊的。「娘已經是藥石無靈。最後一點點日子，就盼妳能夠伴在娘身邊。」

顏宛白笑了笑，是陶蕊從沒見過的笑容，十分的美豔，若是父親能見到這樣的娘，一定會心疼，說不定還會把娘帶回去。

能請到柒郎中的話，一切說不準還有救。

陶蕊邊想著邊站起來，努力要掙脫顏宛白的手。「娘，蕊兒回去找父親，他見到娘的樣子一定會心疼的，這樣娘就能回濟安公府了。」

「蕊兒！」顏宛白撐著床榻，咳得全身都震了一下，費盡了力氣喚出一聲，陶蕊的腳步停在了門口。

「沒用的，妳父親再也不想見到我，若是再不出現在他生命裡，說不準還能留一絲絲的美好。」顏宛白悽苦的笑著，讓陶蕊回到她身邊。

日子悄悄地滑過去，對陶蕊來說度日如年，對顏宛白來說卻是難得清閒的日子。知曉了時日無多，反而心態豁達起來。

半個月的工夫，陶蕊都陪著她，沒有什麼太遺憾的事了，餘下的不過也是她自作孽的悔恨。

「娘有些渴了。」顏宛白抬了抬手指，勉強撐起眼皮。

「蕊兒給娘去端茶。」陶蕊忙走了出去。

顏儒青正從府外回來，第一時間照例來園子裡看顏宛白，卻看到陶蕊滿面淚痕的跑出來，下一刻隱隱聽得屋內有人在喚他，踱步走了進去，顏宛白已經全身虛脫的靠在床榻上，顏儒青忙上前拉住顏宛白的手。「妹妹，還聽得到大哥說話嗎？」

「大哥，宛白的性子不好，也做了很多錯事，最後若不是大哥的包容，宛白只怕會過著萬人唾棄的日子。」顏宛白說得斷斷續續，顏儒青心下了然，不敢打斷她，只求她能有力氣說完。

「蕊兒……性子本是好的，都是我……都是我……」顏宛白又咳出了一灘血。

顏儒青手腳慌亂地拿帕子幫她擦去血漬。

顏宛白唇角帶著血跡，已經是慘白的唇費力地一張一合。「大哥，宛白還有最後一件事想要求你……」

等到陶蕊吵吵嚷嚷地讓丫鬟把茶煮出來，已經打破了不少碗。

老爺的甥女兒，還是濟安公府的小姐，丫鬟們有一百個膽子都不敢怠慢，半個來月的日子都是她說什麼就是什麼。

丫鬟們急急忙忙煮好了，又立馬端著茶，陶蕊一把搶過往園裡趕。

只看得顏夫人也匆匆地過來，看了眼屋裡。「姑子……姑子沒了！」

啪地一聲，手裡的茶盞摔得四分五裂。

陶蕊幾乎是半跌半爬地入到屋裡，抱著顏宛白的屍身。「娘，蕊兒什麼都不要，只要娘能回來！」

她哭得淒厲又悲戚，連外頭的下人也忍不住悄悄地拭淚。

顏宛白病逝的消息傳回了濟安公府，大太太與陶伯全說的時候，陶伯全正在忙著寫冊子，只抬頭嗯了一聲。

大太太又道：「蕊兒會在顏府裡等喪事都辦完再回來。」

陶伯全微微地蹙眉。「犯不著急著回來，讓她在顏府多住一段日子吧。」

濟安公府死了濟安公，又沒了陶老太太，早已寫下休書掃地出門的顏宛白也病逝了。

陶伯全好不容易心緒才得以平復，不願再看到誰哭哭啼啼。

況且顏宛白這人，唉……陶伯全搖搖頭，繼續寫著冊子。

阮成淵在學堂裡聽得有人議論顏老闆家的二妹病逝的消息，回屋子後便與齊眉說了。

「顏宛白都是自作孽不可活，若不是做了那麼多壞事，怎麼會落得這樣的下場？」

齊眉微微點頭，繼續低頭看手裡的書冊。

「很快就要考今年的秋試了，邊關戰亂剛過，為了穩民心、撫臣民，皇上今年特意加開了秋試的會試，最遲明年開春就能有結果。」阮成淵緩緩地說著。

齊眉把書合上了，睜著澄清的眸子看著他。「你想考得好，還是考得不好？」

「這是我要問妳的。」阮成淵伸手攬住她的腰。「考得好，我就能留下來，考得不好，我就得回去西河。」

「就照你希望的吧。」齊眉說道。

若真要幫西王爺，就不要留在西王爺身邊，好不容易脫離了干係，現下平甯侯一方沒那麼懷疑阮成淵是西王爺的人，阮成淵不能再主動去自投羅網，若是再回到西王爺身邊，難保這段時間的偽裝將會全部付之一炬。如此看來阮成淵能留在京城才是最好的，不會刻意去惹人注目，最重要的是，能第一時間獲取平甯侯這方的動態，所謂知己知彼才百戰百勝。雖然明白，但她不想出口左右阮成淵的決定。

摺子的事情自是無疾而終，倒是一丁點風波都沒有掀起來。現在的阮成淵考得好一些也沒有關係，皇上賜一個品級低一些的職位就好。

阮成淵起了身，背對著齊眉。「我還在想，要考得好些，還是差一些。回去西河自是危險，但險中求勝，並不失為計策的一種。」

齊眉看著阮成淵走出去，兩人成親大半年，再加上前世的記憶，實則已經相處了快八年的光景。

秋季的會試就在十月初，算算也只有不足一月的時間。

輕輕嘆了口氣，齊眉讓子秋把簾子拉下來，而後從書冊裡拿出一張平整的小字條。字體雖然不是清秀的類型，但對於一個聾丫鬟來說已經是端正。清濁雖然有耳疾，但自小卻不覺得自己異於常人，勤於練筆，所以陶家選下人入府的時候，即使她自身有殘缺，也樂意把她買入府中。

清濁當初被安排跟著顏宛白回顏府，如今顏宛白病逝，與顏宛白有關的一干下人好的便留下，普通或者差一些的都被顏府的官家給了一些碎銀，打發了出去。

清濁有耳疾，自是分在了打發出府的那一幫裡。她並沒有回老家，而是租下了城郊一個農家的小倉庫住下。

齊眉總覺得，清濁雖是有耳疾，但卻比一些身體健全的人還要來得聰明許多。這樣的人，留在身邊怎麼都能用上。

況且那次有意安排清濁跟著顏宛白回顏府，所交代的事清濁一件都沒有含糊，顏宛白的一舉一動都被她記在心中，用小字條的方式傳遞給齊眉。

或者真的是大難過後的人，顏宛白還真的沒了要去爭奪什麼的心。

說實在話，齊眉不是沒有想過以其人之道還治其人之身。但仔細想一想，當初顏宛白用這樣齷齪的方式犯下種種不可彌補的過錯，遭到整個濟安公府的唾棄，反過來她若是這麼做的話，委實是把自己拉低到和顏宛白一樣的層次上站著。

問過郎中，也知曉顏宛白鬱結成疾，根本沒多久好活了。

清濁傳來的消息，告知顏宛白嚥氣之前，有求於顏儒青，但顏宛白被顏儒青擋住，清濁看不到是說了什麼。

無論是什麼都無妨，該死的人已經死了。

齊眉把油燈蓋掀開，小字條呼地一下燒了起來，慢慢地變成灰燼。風一吹，灰燼也散得毫無蹤影。

重陽節這日，宮廷與民間同樂。皇宮上下一起吃花糕慶祝，而皇帝則是要親自到千秋山登高，以暢秋志。皇室出動的聲勢浩大，御前侍衛警惕的隨在隊伍裡，四周也有各處保護的暗使，宮女們穿著相同的桃粉衣裙，遠遠看去，個個容貌秀麗，與太監們一般，都微微低頭屈身，長長的街上幾乎沒有旁人可以站的位置。聽說這次皇帝只帶了仁孝皇后和德妃娘娘，太子和太子妃一干人等早在皇上登上千秋山之前就已經到了。

按著規矩，天子之臣民子孫要恭候帝王大駕。

待到冗長吵鬧的皇族隊伍總算過去，屬於民間的重陽節歡樂正式開始。

民間流傳著古時的傳說，有個瘟魔，只在重陽這日出現，一旦出現便家家有人病倒，天天有人喪命。在人們痛苦不堪的時候，一名除妖道士從天而降，教給百姓道：「這一日只需佩茱萸、食蓬餌(注)、飲菊花酒，此禍便可盡除。」聽了除妖道士的話，一年一次的災禍日頭一回可以安安穩穩地度過。

再要感激除妖道士的時候卻不見了他的蹤影，只看到一縷煙飛速地化去了天際。

這一日為九月九，《易經》之中記載，九為陽數，兩九相重，故此日被命為重陽。

「大少奶奶，是不是真的有瘟魔啊？」迎夏有些害怕的邊說邊收拾東西。

子秋先敲了下她的額頭。「當然有瘟魔，就看準了今兒要來找妳索命的！」

迎夏一下子嚇得哆嗦起來，齊眉看著兩人玩鬧，笑著搖了搖頭。

阮秦風是朝廷命官，故早攜著阮大夫人隨著太子登上千秋山，阮成淵不過只是文弘學堂的學生，自是能出去體驗民間的節日。

馬車一早就備好了，看著天邊漸漸出現的夕陽，迎夏越發的害怕，手下的動作是前所未有的迅速，出行的時辰都因此而提早了一炷香的時辰。

「大少奶奶，今兒個又要出門了，那時候民間都傳您是福星的事兒也不知過去了沒。」迎夏嘟嘟囔囔地不放心。

齊眉笑了笑，道：「自是沒事了。」

那次明顯是有人刻意而為之，之後當街意欲冒犯她的人當晚就莫名死去，雖然本與阮成

注：蓬餌，即重陽糕。餌，古代之「糕」，為稻米粉或黍米粉所製成。

淵和她無關，但倒是歪打正著地讓那些百姓都不敢再上前，也給他們一頓當頭棒喝——摸不到福星是一回事，畢竟沒有福氣還是小事，沒有命就太可怕了。

齊眉把一早做好的茱萸囊遞給子秋和迎夏。「胳膊上配戴茱萸囊，等會兒到了酒樓再飲下菊花酒，瘟魔就是想害妳都近不了身！」

「多謝大少奶奶。」迎夏接寶貝一樣地接過茱萸囊，喜孜孜的戴上。

馬車駛到府外的街道上，迎夏昂首挺胸的模樣把齊眉逗得格格地笑，放下車簾還是忍不住唇邊的笑意。

「笑什麼？」阮成淵隨口問了句。

齊眉搖搖頭，笑著道：「等會兒是直接去酒樓還是在街上看看？聽著外頭也頂熱鬧的，街邊叫賣菊花酒、茱萸囊，甚至仿製的宮廷花糕的聲音，聽上去都很吸引人。」

阮成淵果決地拒絕。「不成，不可在街上晃悠，坐在馬車上也不行。」

完全把後路給堵了，齊眉吐了吐舌頭，阮成淵還記得前不久那鬧騰的事，雖然之後並沒掀起波瀾，但確實要小心些才為好。

馬車停到了酒樓，倒不是原先出過事的花滿樓，反倒是一個不知名的小酒樓，人比別的地方都要少許多，看上去是生意比較冷清的一個地方。

「怎麼是這裡？」齊眉看了看四周，店小二也是懶洋洋的，不像別的地方，夥計們忙得不可開交。

「感覺這裡不是很熱鬧的樣子。」齊眉儘量說得委婉，哪裡只是不很熱鬧，簡直就是沒什麼人。

掌櫃的聽著響動走出來，還打著呵欠，比唯一的一個店小二還要慵懶閒適，阮成淵和齊眉都穿著較為樸素的衣裳，乍一看上去還不知悠閒的掌櫃是客，還是他們倆才是客。

掌櫃的與店小二耳語了幾句，店小二把縐縐巴巴的毛巾往肩膀上一搭。「客官樓上請。」

「等一下。」齊眉笑著轉頭吩咐子秋。「去把馬車上的花炮仗拿過來。」

「那是什麼？」阮成淵疑惑地問道。

齊眉笑著道：「是原來在莊子裡的時候自己做的東西，花炮仗聲音十分響，比飲菊花酒和配戴茱萸囊驅趕瘟魔都管用得多。」

「大少奶奶我們……」迎夏疑惑地歪著頭，原先在莊子裡，東西都被劉媽媽和梨棠搜刮走了，哪裡還有閒東西做什麼花炮仗？

「我們馬上就拿過來，許久沒放過了，奴婢也很是懷念。」子秋不讓她說完，拉著迎夏飛快地跑了出去。

很快地，外頭響起了炮仗聲，不是特別響，長長的煙霧直沖到雲霄。

說是樓上，只不過是順著梯子走上去的一間小廂房罷了，也是這裡唯一一間房，進去後倒是沒有想像中的霉味，收拾得算是乾淨整潔，窗戶外的街道是城中最偏僻的。

齊眉和阮成淵相對著坐下來，待到店小二離開，齊眉問道：「是不是你約了人？」

阮成淵笑了笑。

「約的是……西王爺？」齊眉邊說邊四處打量，隔著案几和床榻的屏風後走出個男子。齊眉嚇了一跳，立馬躲到阮成淵身後。「這是誰？」

尖嘴猴腮、倒三角眼，猛一看上去，若是到了晚上還不知是人是鬼。

「妳道本王爺是誰？」

聲音一出來，齊眉就微微地舒了口氣。「拜見西王爺。」

蘇邪撫了撫衣袖，又抬手摸了摸臉，粗糙的觸感還真是有些不習慣。「這個面皮戴上連王妃見了都一拳揍過來，何況是妳。」

「西王妃也來了？」齊眉忙問道。

「自是沒來。」蘇邪微微擺手。「讓她在西河待著，路途遙遠，只不過與賢弟商量一些事，帶她來太扎眼，況且她又不會武功，遇上危險也不好對付。」

「倒是你，還把自家夫人帶在身邊，莫不是怕她跑了似的。」蘇邪打趣了一句。

齊眉已經躲去了屏風後，即便是姊夫也不好這樣相見，聽得蘇邪張口閉口的調笑，若非他是王爺，非要好好說他幾句不可。

西王爺和阮成淵在外頭低聲商議著，齊眉坐在床榻上有些百無聊賴。

西王爺這樣隱瞞著身分，一點風聲都不漏地前來和阮成淵商議，無論如何，肯定都是極大的秘事。被她看到了喬裝後的模樣，按著西王爺的性子，能忍受她在這裡大多都是西王妃的緣故。若她不是有個西王妃親妹的身分，只怕西王爺把她扔出去還算輕的，沒一刀殺了就算好的。畢竟無詔不得回京，西王爺這可是冒著違抗皇命的危險。自己本就不是他信任的人，他又要和阮成淵相談要事，她的出現可不在西王爺的預期之中。

如若只有她一人在努力，籠絡西王爺的路只怕會十分的長遠，而不是像如今這般。雖然她和阮成淵還未攤開來說，她現在也還不甚清楚阮成淵的打算是什麼，但就阮成淵主動投靠西王爺這一點，就和齊眉的目標是一樣的。

說起來，她還全然不知阮成淵籠絡西王爺的緣由，被抄家滅門的是陶府，阮府好像並未受波及，不論阮成淵前世是不是裝傻，今生在他們成親之前，她著實看不出阮成淵有什麼需要裝傻的地方——除了不舉——可仔細想起來，不舉這樣的事，犯不著從小就裝瘋……

屋裡有種十分淡的味道，漸漸地，齊眉有些昏昏欲睡起來，倒下的瞬間，聽到屏風後阮成淵的呼喚聲，好像是在叫她。

阮成淵急急地越過屏風，床榻上竟然空無一人，床帳裡還餘留著齊眉身上的月季花香。他和西王爺一直在低聲商談著事情，漸漸地覺出不對之處，廂房內的香味有些異常，阮成淵立馬站起身，他和西王爺都是習武之人，可齊眉不是，急急地邊喚她的名邊越過屏風，竟然已是空無一人。

這時候門被叩響，店小二端著菊花酒和仿製宮廷花糕進來，面色如常地的放下，又懶洋洋地準備往門外走。

阮成淵拿起空的茶盞，猛地砸向店小二，本來還懶洋洋的男子忽而身手凌厲起來，一個掌風劈來，案几就裂成了兩半，茶碗茶壺全都碎裂開來。

下頭傳來掌櫃狠狠的怒罵。「你個蠢東西又砸碎了東西?!」

那店小二不知回身投了個什麼東西下去，掌櫃的登時就沒了聲音，估計不是被砸暈了，就是被嚇住了。

「阮大少爺果真是個會武功的，連屋裡味道有異也能覺察得出來，屋裡還有其他人吧，那位可敢出來露個面？」那店小二微微地笑了笑，拍拍手掌，立時外頭就進來了二十幾個黑衣人。

阮成淵眼裡起了殺意，藏於袖中的軟劍卻依舊沒有抽出來，他的武功很高強，卻決計不可輕舉妄動。他打小便會按時去到寺中，住持與他投緣，又或是前世因果，今生的住持一樣幫了他，他的一身武藝都是由住持所教。

今日是重陽節，人們都集中在熱鬧的城中心，所以他才和西王爺秘密約到這個偏僻的小酒樓，帶著齊眉一起，一是因得她也想出來熱鬧熱鬧，散散心情，二更是因得他獨身一人十分容易引起別人的疑心，卻不想千算萬算還是被撞破了。

他們來之前不該有誰能拿到消息，眼前的這個店小二壓根兒就不是原來那個。有人趕在他們之前就動了手，阮成淵腦子飛速地轉著，對方暫時按兵不動，他也不能輕舉妄動。

剛剛看著那個店小二進門，面上再鬆散閒適的神情也沒能完全掩藏住刻意收斂的腳步，武藝高強的人走起路來都會帶著腳風，這讓阮成淵瞬間起了疑心，假意把空的茶盞扔出去，果然那店小二沈不住氣，一下就暴露了，還唰唰地出來了這麼多人。

「阮大少爺可真是品味獨特，別人都往那鬧市裡擠，你卻非要到這人跡罕至的地方。」店小二笑了笑，一派悠閒。「還有誰人在屋裡，阮大少爺又是與誰相見，躲躲藏藏的不是皇家的作風，出來吧。」

皇家的作風！明顯他們知曉西王爺的行蹤。

西王爺乃獨身前來，想必有兩種可能，一是西河裡有內奸，可西王爺那樣的性子，哪裡會容得下什麼內奸，有所懷疑的早就一刀殺了，絕不放過。

二則是在城中有誰走漏了風聲。

昨日在學堂裡，居玄奕教課業的時候問過他幾句話。

再是回答得滴水不漏，若旁人有心也是無用。

阮成淵瞇了瞇眼，聽力極好的他聽到一樓有些響動。西王爺如今就躲在屏風後，若是廝殺起來，什麼都掩藏不住，這裡再是偏僻，鬧出太大的動靜也會收不了場。

西王爺出現在京城的消息絕對不可走漏出去，這是大罪。王爺無詔不得回京，這次不需要言官，皇上必定會一道聖旨判了西王爺的罪，而阮府也會因得他阮成淵被牽連其中。

阮成淵握緊了拳頭，連齊眉也不見了，若真是要抓他和西王爺，把齊眉擄走做什麼?!可惡！阮成淵的牙齒都咬得喀喀響，奈何他現在怎麼也不能先打草驚蛇，如若這裡的事鬧大起來，他和西王爺私下見面的事暴露，別說齊眉，整個陶家、阮家都會遭罪，他心中再是焦急擔心齊眉也無用。

店小二又道：「阮大少爺不要再裝腔作勢了，若真不是與誰約好了前來，大少爺您的夫人又去了哪裡？」

這時候下面傳來女子清麗的聲音——

「就是這兒！」

緊接著一些瑣碎的腳步，陶齊勇帶著左元夏上來，似是沒有見到眼前這些凶神惡煞的人，陶齊勇笑著道：「賢弟真是抱歉，路上帶了些菊花酒，來得就晚了。」

阮成淵很快反應過來，笑著讓他們進來。「無妨無妨。」

左元夏走得慢些，踱步上來後看到一群圍滿了的人嚇了一大跳。「都帶著刀劍！這是要做什麼？」

左元夏身後探出個腦袋，阮成淵抬眼一看，正是他之前焦慮憂心不見了的齊眉。

齊眉給了他一個安心的笑意。阮成淵雖不明齊眉如何會出現，但知曉事過後她定會解釋，而且她沒事，這真是太好了！

店小二冷哼一聲。「阮大少爺和陶副使又是演的哪齣戲？當我們是路邊小孩兒？」

店小二已經作了手勢，示意來人動手，陶齊勇正端起茶盞，在喝之前，輕輕地吐出一句。「殺。」

在他一盞茶飲盡的同時，那些帶著刀劍的黑衣人連同店小二在內都被忽而冒出來的精兵們殺了個精光。

左元夏嚇得要命，縮在陶齊勇懷裡動都不敢動。陶齊勇面色柔和了下，輕輕拍了拍她的背。

「我今日與五妹夫相邀在此，卻不想入了黑店，一群山野匹夫妄圖打劫，我秉持公法將這些膽大包天，敢在天子腳下施暴的匪徒繩之以法。」陶齊勇的眼眸清亮。「五妹夫放心，事後的那些我自會處理好，絲毫不會波及到阮府和別的有干係之人。」陶齊勇說得含含糊糊，躲在屏風後的男子依舊一動不動，忽而一個小小的東西吸引了他的注意。

齊眉遞了茶給左元夏壓驚，在她飲完之後，陶齊勇便帶著她離開。「你和五妹也快些回去吧，我等會兒回來處理。」

門口一大攤子屍體，除了陶齊勇早已看慣了，其餘的人都是面色不大好，尤其是齊眉，面色慘白慘白的。

她無可避免地想起前世始終深植在心底的那一幕，城門口那些板車輾過地面，板車上都是陶府的人，無論身分尊卑一樣都如牲畜一般被運去亂葬崗。

齊眉深深地吸口氣，阮成淵輕輕扶住她，拜託左元夏先把齊眉帶下去。

待到門關上，屏風後的男子才走了出來。

「你查一查，那老狐狸那邊可是用上了什麼新人？兩次引蛇出洞，手法都是一樣的，一次是小事小鬧，這一次卻是大事大鬧。」西王爺沈聲道。

阮成淵點點頭，又道：「我大概知曉會是誰，等有了準確的消息，定將告知西王爺。」

西王爺撫了撫衣袖，把手心裡一直搓著的東西放到桌上。「這是你那寶貝夫人的吧。」

一個小香囊。阮成淵記得齊眉總是配戴著這個，想來裡頭不過是趨吉避凶的飾物一類，他也從未多注意，那次見齊眉在補這個小香囊，隱約感覺到是個玉珮之類的東西，他試探地問過，她卻只說是一般的飾物繡活。

「正是她的。」阮成淵拿起準備收起來，等回了府裡好還給齊眉。

剛剛齊眉在屏風後，不知是有了什麼臨時的打算，而後忽而不見了，定是此前小香囊掉了出來，而她卻沒有發現。

「賢弟如此疼愛這個夫人，可有想過她心中裝的可不一定是你？」西王爺的眼眸閃爍。「賢弟何不看看這香囊裡裝著的是什麼？」

「這是她的東西，我……」

西王爺直接打斷了他。「居安你可認得？」

阮成淵心裡重重的一跳，面上的慌亂登時一閃而過，西王爺權當是自己所想的那般，嘆了口氣。「這玉珮只有一半，刻字卻是居安，而不是你。」

阮成淵幾下打開香囊，登時手都顫抖起來。

「好了，在這樣的地方實在不宜久留，那個陶副使是個可以重用的，有勇有謀。雖然你那夫人……不過這次能脫險亦是少不了她的功勞。」西王爺重重地拍了拍阮成淵的肩，安慰般地說了句。他是不知齊眉怎麼離開怎麼回來的，但至少在這樣險峻的情況下，齊眉還能處變不驚，像男子那般有勇有謀，巧妙地救下他們，這樣的女子，難怪能讓阮成淵捧在心頭。

阮成淵恍惚地下樓梯，與陶齊勇拜別，上了馬車。

第六十三章

齊眉一直昏睡著，左元夏說她剛剛好似被滿地血肉的場景嚇得不輕。

待到回了府，阮成淵直接把齊眉從馬車上打橫抱下來，一步一步走得極緩。

子秋和迎夏跟在後頭不知出了什麼事，在放完花炮仗後，她們倆就去了隔街飲菊花酒、吃花糕，回到小酒樓卻發現出了大事，竟連陶府的齊勇大少爺跟他的夫人兩人也在。

初春和冬末迎了出來，看著阮成淵恍惚的神情和他懷裡的大少奶奶，用眼神詢問身後的子秋和迎夏，二人皆是搖頭，她們也不知出了什麼事。

阮成淵把齊眉平放到床褥上，她眼睛始終閉著，還有些不安地動來動去，嘴裡呢呢喃喃——

「不要，不要！爹……！不要扔他們。」她額上不斷地冒出冷汗。

阮成淵打開門，外頭小聲議論的四個丫鬟立馬站得筆直。

「大少爺。」

「去打盆水來，幫大少奶奶沐浴，接著換上乾淨的寢衣。」阮成淵吩咐了她們四人一句，便轉身去了書房。

四個丫鬟兵分兩路，很快地就按著阮成淵的吩咐做起來。

書房內亮著油燈，阮成淵怔怔地看著桌上被拼到一起的完整玉珮。

一半是居安，一半是齊眉。

阮成淵怎麼都沒有想到，齊眉也是重生的。阮成淵看著銅鏡裡的自己，是啊，他有兩個名字。居安、成淵，都是他。

前世的記憶洶湧的在他腦中翻騰，前世的他是真的癡傻，什麼都不懂，蠢事一大堆，好事一件都做不到。齊眉在他眼前病發而死，那時他捧著好不容易摘來的月季花，竟是看到了這樣的場景。

齊眉就這樣死在了他面前，當時他覺得天都要塌了，沒想到的是，真正的天塌卻在後頭。

真正翻天覆地的事情，永遠不只陶家所經歷的那些。

阮成淵深吸了口氣，齊眉動過了玉珮，那她應該也知曉自己是重生了，可她卻一直未曾提起過，是對他的不信任？還是別的原因？

難怪濟安公府能一次又一次的逃過劫難，穩步往上走。

阮成淵眼眶有些濕濕的，大男人哭實在是丟人，但誰也沒說大男人就不可以哭。情之所至，眼淚反而能幫人表達許多無法用言語言說的感情。

翌日陶齊勇主動御前面聖，把昨日的事情稟明皇上，皇上自是沒有怪責，反而賞了他白銀。

天子腳下還敢犯案，還是對著樞密院副使和阮大學士的嫡長子，再加上平甯侯府嫁去濟安公府的三小姐，和濟安公府的嫡五小姐，這可不是小事，大臣們議論紛紛。

齊眉幽幽醒轉，看了看外頭的天色，已經大亮了。

腦中一片迷茫，身上倒是乾爽舒適。

「大少奶奶總算是醒了！」守在床榻邊的冬末驚喜地叫道。

初春聽著聲兒端好洗具進來。「等大少爺下了學回來知曉大少奶奶醒了，定是極高興的。」

齊眉按著前額兩側，梳洗完後由著初春給她換衣裳，摸了摸腰間，身上一陣冷汗冒出來。「我的小香囊呢？」

冬末轉身出了屋子，一會兒捧著小香囊進來。「大少奶奶是尋這個吧？大少爺今兒去學堂之前給了奴婢們，說等您醒來後交給您。」

齊眉接過來重新別回腰間，束帶比以前的要寬一些，每次都能正好遮住小香囊。

「還有沒有說什麼？」齊眉似是不經意地問道。

冬末想了想，道：「大少爺說，大少奶奶得空的話可以去一趟書房，他多買了一些書冊，大少奶奶喜歡看書練字，大少爺都記著呢。」

「今日他心情如何？」齊眉微微點頭，又問道。迎夏正幫齊眉綰著髮髻，從來不會扯到她頭髮，卻因得齊眉的動作而失手，齊眉不自覺地蹙起眉頭。

迎夏急急忙忙地道歉，齊眉擺擺手，示意無妨，又問道：「冬末妳說，大少爺今日心情如何？」

冬末悄悄地看了迎夏一眼，迎夏衝她點點頭，冬末才如實地道：「大少爺的心情……奴婢們也猜不準，只不過昨日大少爺回來的時候神情就有些恍惚，好像是有很大的心事，讓奴婢們服侍您，大少爺自個兒就去了書房，一直沒有回來，在書房待了整夜。」

「待了整夜？」齊眉心頭突突地跳起來。

待梳洗完畢後齊眉去了阮大夫人那兒請安，阮秦風的兩個小妾比齊眉去得要早些，齊眉去的時候她們正好坐下。姨太太們起身給齊眉福禮，齊眉也和阮大夫人請過安，阮大夫人讓她一起用膳。

阮秦風雖是娶了姨太太，但他從不是寵妾滅妻的那種男子，當時一前一後的娶這兩個妾，也不過是頂著老太爺和老夫人的壓力。阮成淵癡傻了後，阮老夫人生怕他沒得兒子，一直絮絮叨叨。

阮老太爺也覺得丟人，阮成淵孩提時代那陣子，阮老太爺本是最愛出遊，都再不與那些個走得近的老頭子們一起，因為好面子，他都窩在阮府不出門了。

幾年的時間過去，二姨娘甄氏生了二少爺阮成書，接著大太太也生了一胎，不過是個女娃兒，三小姐阮成煙和四小姐阮成慧則是三姨娘所生。

人丁旺了起來，阮老太爺也挺直了背繼續他的出遊。大抵是過了頭，畢竟身子骨一直不是多好，一年年的過去，待到他的孫兒孫女們長大，他卻是走起路來都會微微喘氣。

二姨娘和三姨娘面上都是恭敬的。三姨娘要怯懦一些，二姨娘恭敬是恭敬，卻是紅光滿面。

阮成慧和阮成書很快地過來請安，二姨娘甄氏忙斥道：「書哥兒你真是越發的不像話了，怎麼能比長輩都來得晚？」

阮成書福身道歉。

三姨娘登時緊張起來，阮成慧也遲了，甄氏卻搶了頭去斥責阮成書。遲了本就無禮，她連斥責都要比旁人慢一步，正搓著帕子，想好了要如何責罵阮成慧，阮大夫人卻是笑著道：「無妨，都是一家人。何須太過拘泥禮數，書哥兒和成慧一起來的，定是有什麼事才耽擱了，對不對？」

阮成書拱手道：「大夫人明鑒，四妹妹在路上跌了一跤，書哥兒遇上了，便等著她換了一身衣裳再一起過來的。」

「瞧，書哥兒這是疼妹妹呢。」阮大夫人又笑了起來。

齊眉一直覺得不大舒服，只因阮成書在進來後，目光就有意無意地落到她身上，原先少有的一、兩次接觸，再加上前世的記憶，她對阮成書全無好感。

索性藉口說身子不舒服，阮大夫人關切地問了幾句，讓丫鬟去請郎中。

「不用勞煩了。」齊眉擺擺手。「媳婦去歇息歇息就好了。」

「妳啊，怎麼都要多注意身子，原先底子就不好，近來濟安公府又這麼多事，來回奔波忙碌，難免妳會身子不適。」阮大夫人囑咐了句，讓小廝備了馬車送齊眉回攬園。出了阮大夫人的園子，齊眉就覺得渾身舒暢了。

阮成書那人，最好再也不要接觸。

回到攏園，阮成淵要到酉初才會下學，現下時辰還早，齊眉便去了書房。

阮成淵沒有什麼時間去買新的書，書房裡定是有要給她看的東西。

齊眉推開書房的門，把丫鬟都屏退了，易媽媽端著茶進來，笑著道：「大少奶奶可是頭一個能隨意進出大少爺書房的人。」

齊眉只看著書桌上，半晌都沒有說話。

另一半玉珮安靜地躺在書桌上，外頭的陽光透過琉璃窗照射進來，斑駁著折射出美麗跳躍的光。

但玉珮卻並沒有因為光而變得更加的美，這個玉珮成色並不是多好的。

易媽媽嗅出了不一般的氣氛，把茶放到一旁，衝齊眉福了禮便退下了。

齊眉把腰間的小香囊取下，和阮成淵的小香囊並排放到一起，兩半玉珮再次拼成一整塊。

仔仔細細地看才發現，這塊玉珮上的刻字其實字體還是帶了點兒稚嫩，她原來從沒有想過這個問題，只因得前世這個玉珮並沒有從阮成淵那裡出現過。

齊眉一直坐在書房裡，想了很多很多事，連飯也不吃，到酉時之前才起身出了書房。

阮成淵準時在酉初回到了攏園，風塵僕僕地趕回來，站到書房前卻猶疑不前。

他把東西都擺在那裡了。他和齊眉所擁有的這個玉珮是完完全全的獨一無二，而這個玉珮一分為二，一半在他手裡，一半在齊眉手中，現下他把自己的這一半擺在齊眉面前，如若齊眉願意把自己的那一半拼上去，就表示她真心願意和他一起走下去。

齊眉是個聰明的人，一定看得懂他要表達的意思，可正因為如此他才會這般緊張。如若他看到的是拒絕，那定不會是弄錯了，或者會錯意，而是齊眉真真切切的答案。

書房周圍的下人都不見了蹤影，易媽媽也找不到，會不會是齊眉此刻人在書房？

阮成淵推開門，帶著期許環視了書房一周，一個人影都沒有，齊眉不在這裡。

深深地吸口氣，餘光不經意瞥到書桌上，整個人都頓住了。

兩半玉珮完整的拼在了一起，他的小香囊和她的小香囊也並排擺著，就好像是兩個相許的人並肩同行，什麼困難都不會怕一樣。

這時候書房的門打開，齊眉站在了門口，正是夕陽西下的時候，背著光的女子看不清表情，卻被灑了一地的夕陽餘暉映襯得溫柔如水。

沒有言語，兩人都怔怔地看著對方。

即使兩人已經拜了天地，可卻始終沒有這樣近的觸碰到對方的心，姻親對很多人，甚至尋常百姓人家來說，都不過是獲得權力或者利益的工具。而於他和她都不是，尤其到了如今，他和她原來都是重生歸來，他們之間有兩世的羈絆。

阮成淵從沒有想過能有這一天，從沒有想過，事情竟然會是這樣，老天爺同時給了他們兩個人重新來過的機會，他和她都要牢牢抓住，他們要活得幸福，要讓身邊的人都幸福。

「妳願意與我並肩同行？」阮成淵還要確定一次，說出來的話很沒用地帶著些顫音。

背著光的女子輕輕點頭。

阮成淵幾步走到她面前，齊眉不知道哪裡拿來的月季花飾物，不是月季花盛開的季節，她沒有阮成淵那麼大的法子，能找到綻放的月季，但她同西王妃學了那麼段時間的女紅，妝奩裡有著以前閒暇時做的月季花飾物，她拿了飾物來也是一樣的。

阮成淵接過去，這時候的場景讓他恍惚憶起今生與她第一次相遇時。

原來真正是這樣的。在廂房裡，她好奇地探頭來看前世的傻子夫君，他感覺到響動回頭，對視的那一瞬，阮成淵覺得好像穿越了千年一樣長久。

如第一次一樣，阮成淵把月季花飾別在她髮髻間。「更好看了，和小仙子似的。」和當初一模一樣的話，說起來心境卻是絲毫不同。

齊眉抿嘴笑了笑，心中那份悸動和幸福流滿了全身，她不確定是不是愛，但她知道和他的這份感情，穿越了前世今生，就像玉珮合在了一起，怎麼都分不開、剪不斷，他和她也不願剪斷，直到絲線纏繞得無法解開才好。

摩挲著玉珮，阮成淵看著齊眉。「妳有何想知曉的，我都能告訴妳，而妳的一切，可否也能毫無保留的說與我聽？」

前進的路上不止她一人，而是有了他並肩同行，之後的路再難，身邊都始終會有對方。

齊眉將過去清清楚楚地說完，阮成淵深深地吸了口氣。

他的路不比齊眉的平坦，要更複雜、更難走。現在只要齊眉問他就答，除了那一件事不可以說，只因得齊眉有可能因此捲入無邊的苦難。

齊眉不自覺地看了眼阮成淵手裡的玉珮，阮成淵微微地苦笑了下。

為了刻這塊玉珮他當初跑了玉石匠那裡多少次，刻壞了別人不少玉，即便不是最上等的玉石，玉石匠也心疼得要命，指著阮成淵鼻子罵。「你這個傻子！真是沒用，給自家夫人送個東西都這麼寒磣！你這醜不拉嘰的字刻上去，再好的玉都成了次品！」

阮成淵很受傷，但是也沒有哭，媳婦說過男子漢大丈夫，哭鼻子算什麼好漢？

去不了玉石匠那裡了，阮成淵有些茫然地四處走，走到山腳，難得地遇上了親自下山化緣的法佛寺住持。

以前他就與住持交好，住持從不會嫌棄他，弄清楚了事情的來龍去脈，住持帶著他上山，親手教他要怎麼刻。

「玉不好……」阮成淵還是分得出好壞。

住持撫了撫長長的鬍鬚。「東西再好再壞，都抵不過心意二字。」

一個多月過去，阮成淵總算能把四個字刻得像模像樣。

捧著玉珮回去想給齊眉看，好讓她開心的時候，卻只看見她哭得像個淚人，這時候阮成淵才隱約明白，宮裡出了大事，換了皇帝，死了皇子，而陶府竟是被滅門了。

他只知道這是很可怕很壞的事，卻不知道要怎麼安慰，想起齊眉以前怎麼才會開心，他毫不猶豫地出去找月季花。

帶著月季花，又緊緊地搓著他一下下認真刻出來的玉珮，回來只看到齊眉死在他眼前。

再之後的路是阮成淵從來沒有想過的。

齊眉病逝的消息很快就傳開了，那時候的阮家，阮老太爺已經逝去幾年。

因得改朝換代，與陶家素來交好的阮府也被牽連其中，只不過阮成淵癡癡傻傻，什麼都不清楚罷了。

面對阮成淵泣不成聲的樣子，阮大夫人面上一片沈寂，手撐著額頭，半晌都沒有反應。

那時候的阮成淵並不知道阮大夫人的冷漠和不關心是為何，他只知道自己可能要失去一個很重要的人了，求著想要阮大夫人去請郎中來，他不大明白死的涵義，但卻知曉齊眉可能醒不過來了。

如果有郎中在，一定能醒過來。

跪在阮大夫人面前求了許久未果，反倒惹得阮大夫人氣急。「你知不知曉你父親已經被革職，府中上上下下都懸著心，不知道接下來的路還能不能走，陶家已經被滿門抄斬，齊眉如今這般那都是命！是命你懂不懂？」

阮成淵茫然地搖頭，眼角還掛著淚珠，他腦子一片混沌，平時都聽不明白的話，現在心情又怕又慌，更是什麼都不懂。

「她十五歲嫁到府裡來，已為人婦，所以才逃過一劫。但陶家前腳才被滿門抄斬，後腳她也跟著病逝，這就是命！躲都躲不過的命！」

阮大夫人恨恨地拍桌。「你給我回園子去，我們已經泥菩薩過江自身難保，死了又如何，死了兩腳一蹬，眼睛一閉，反倒落得清清靜靜！」

聽了這些怒氣橫衝的話，阮成淵只明白了阮家現在也很麻煩，而齊眉沒得救了。

心急火燎地回到園子裡，迎夏正跪在床榻邊哭得不能自已。熙兒也被奶娘抱著在一旁，似乎是感知到母親的離去，臉都哭得變形了，只張著嘴，哭泣的聲音已經發不出來。

齊眉身上蓋上了潔白的長布，園裡下人跪了一地，都在低聲哭泣，不全是因得大少奶奶逝去，而是擔憂阮府接下來的命運。

阮成淵咬著牙，站在原地半會兒，眼睛直直地看著床上的人，而後決然地抱起齊眉上了外頭的馬車，衝出了阮府。

身後下人那些驚慌的聲音他全聽不見，耳邊都是心跳如擂鼓的聲音。齊眉的身體十分冰冷，他緊緊地抱著，希望她能暖和起來，平時就慘白的唇色和臉頰現在看上去也不過是比平時白一些。

馬車一路駛到醫館門口，阮成淵一會兒工夫就被轟了出來。「少爺您真是瘋了啊！抱著個屍體過來，不知道的還以為咱們醫館醫死人了呢！」

阮成淵大吼一句。「她沒有死！沒有死！」

「腦子進水了是不是！晦氣！」醫館的門砰地一聲關上，阮成淵垂下頭，臉貼著齊眉的臉，冰冰冷冷的溫度。「媳婦醒醒，醒醒。」

一點回應都沒有，閉著眸子的女子毫無聲息。阮成淵癱坐在地上，她真的只是睡著了，只是很冷而已。

「媳婦最討厭我哭，每次我一哭妳就會敲我腦袋，現在我哭得這麼難看，這麼大聲……妳敲敲我腦袋……」阮成淵捉起齊眉的手往自己腦袋上砸。

四周幾乎都沒有人去圍觀抱著個疑似女子屍體而痛哭的人，無論是宮中還是城中，因得改朝換代而受牽連的人已經太多太多，沒個一、兩年，誰都不會妄想安定這個詞。

多一事不如少一事，所以大家反而都離阮成淵遠遠的。

遠處又駛來一輛馬車，阮成淵動也不動，只是呆呆的抱著齊眉癱坐在街道上。

「怎麼了？這是怎麼回事？」

暴躁的聲音傳來，阮成淵抬眼看過去，是居玄奕，此時的他剛被封了爵位，亦成了文官之首，在嶄新局面的皇宮裡穩穩當當地坐在高位之上。

「母親說媳婦死了，病發死的。」阮成淵眼神空洞無比。

「死了?!你這個孬種，連自己的夫人都保護不了，只知道哭哭啼啼！」居玄奕暴跳如雷，眼眶一下子猩紅起來，抬腳狠狠地踹了阮成淵一下，伸手就要去抱他懷裡的人。

「不許碰她！」阮成淵惡狠狠地瞪了他一眼，而後站起身把齊眉緊緊地打橫抱著，不顧一切地往城外跑。

「你站住！不要亂跑；很危險！」居玄奕從沒想過阮成淵能跑得這麼快，他一介文官，壓根兒不會武功，跑起來氣喘吁吁，追不上一個幾近瘋狂的傻子。

回到馬車上再去追，卻沒了蹤影。

阮成淵一路瘋跑，跑出了城門，跑到了城郊。

城郊有一座墳山，抱著齊眉坐到了夕陽西下，懷裡的齊眉無論怎麼樣的聲音和顛簸都無法醒來，阮成淵終於明白齊眉是真的醒不過來了。

跟農夫借了一把鏟子，阮成淵咬著牙，一下下地把土鏟起堆到一旁，太陽落山後，土堆完成了一半，待到他挖完抬頭，已經深夜了。

把齊眉抱起來，小心翼翼又無比珍惜地吻了下她的唇，而後放入了土坑。

滿天的星星被夜幕綴飾得美不勝收。

聽易媽媽說過，傳言逝去的人會變成天上的一顆星，鏟子插在土堆裡，阮成淵手撐著，眼睛紅腫地望向天際，齊眉是哪顆星星呢？

阮成淵繼續努力把土堆填回去，腰間的玉珮隨著他的動作晃來晃去。

不遠處開始有吵吵嚷嚷的聲音，阮成淵什麼都聽不見，直到駿馬被韁繩緊勒後仰脖長嘯，阮成淵才抬起頭。

「你回府吧，你家裡也沒了，誰都沒了。」居玄奕看著他，眼神十分的平靜。

「什麼沒了？」他離府才幾個時辰，什麼叫沒了？

居玄奕看穿他心中所想的一般。「你父親、母親，甚至你兒子和一干下人全都被賜死了，知道因為誰嗎？因為你，幾個月前是不是有人來看過你？賜了個字給你是不是？」

阮成淵腦子轟地一下炸開了——是，有人來找過他，穿著異域衣裳的男子，他說他是梁國的使者，然後告訴自己，他不是阮成淵，他真正的名字叫居安。

可那麼說了後，他十分堅決地拒絕去見所謂親生母親的要求，瘋了一樣地跑回家，他才不要跟別人走！他走了就見不到齊眉，見不到家人了！

難道說是因為他的不肯離開，所以家中遭到了報復？阮成淵現下無法負荷居玄奕所說的話，搖著頭，身子也搖搖晃晃，鏟子狠狠地撞了幾次腰間的玉珮，玉珮裂開成了兩半，一半正好落到了齊眉微微張開的手中，阮成淵呆呆的跪下來，手捧著土把坑完完全全填好，而後又瘋了一般地跑了回去。

府裡安安靜靜的，一點兒聲音都沒有，府門口的侍從滿臉血的躺在地上。

夜幕下的阮府如鬼屋一樣，門一開一闔，時不時地發出風吹過的嗚嗚聲。

阮成淵跪在正廳，父親母親倒在了一起，唇角流出黑血。他搖著父親和母親，無法相信擺在眼前的事實，在他出府前，母親還拍著桌子吼他。

四周隱隱有腳步聲傳來，男子們大呼小叫的聲音，絲毫都不遮掩。「還差最重要的那一個！」

「找找，一定就在這府裡！」

母親的手緊緊地攥著個小孩子的手，那是熙兒。阮成淵顫抖的把熙兒抱起來，和齊眉一樣毫無聲息，把腰間的玉珮拿下來卻愕然發現只有半塊了，刻著的正是齊眉名字那半邊。

他心裡絞疼起來的同時——

「找到了。」

隨著響起的低沈嗓音，阮成淵被劍從身後對穿了心口。

倒下之前，他聽到歡呼的聲音——

「通國賊都殺盡了！」

阮成淵閉上了眼，手還緊緊地拿著半塊玉珮。

在混沌裡並沒有過多久，走馬觀花的重播了一生，再睜開眼後，阮成淵愕然發現自己躺在硬硬的石磚上。

而後有人把他抱起來，眼前的景象和面前人的身材，讓他驚覺他現在根本就是個小嬰孩。

過不多久他明白了，他重生了，不是傻子的神智，是正常人的神智，帶著前世的記憶，不論好的或壞的。

阮成淵舒了口氣，他從沒有這樣完整的陳述過自己的記憶，眼角也有些澀澀的，當然，他有些直接說了，有些話只是放在心裡稍稍地過了一遍。

「你……謝謝你。」齊眉把手放到了他手心，心中的感覺不知是感動還是悲傷。

齊眉眼角很快地濕潤了，阮成淵一下子不知道該怎麼辦才好，把她抱到懷裡輕聲細語地哄著。

他這樣的溫柔，前世今生也從沒想過對她的付出要求任何回報，齊眉本就不是硬心腸，一下子就被阮成淵的溫柔化成了水。

「為何你玉珮上刻著居安而不是阮成淵這名字？」緩和了情緒後，齊眉抬起頭疑惑地問道。

「因為當時方丈說，居安音近舉案，而妳又叫齊眉，這樣我們倆的名字拼在一起就是舉案齊眉了啊。」阮成淵笑著說道，不自然的神色一閃而過。

「原來如此。」齊眉窩在他懷裡點點頭，並沒有發現他神色有異。

過了半晌，齊眉細細回想他剛剛那長長的過去。「為何阮家也要被滅門？新帝下的旨還是別人所為？」

「這個我也還在查。」

「你臨死前聽到的那句通國賊都殺盡了，什麼通國賊？賜字又是怎麼回事？」齊眉的問題一個個的冒出來，沒想到她死後阮家也沒能倖免，從阮成淵斷斷續續的描述中，她能聽得出來阮家的謎團比陶家要多太多。

「那不過都是冠上的罪名，與濟安公府一樣。」阮成淵神情平靜地帶過。

天漸漸地亮起來，兩人平躺在床榻上，就這樣說了一整晚。

感激老天爺的恩賜，讓他們能有機會重新再走一次，一樣結局，不一樣的過程。

「所以，西王爺是關鍵之人。」阮成淵坐了起來，瞇著眼望向窗外，此時天邊正漸漸地泛白。

「若不扳倒平甯侯那方的勢力，西王爺縱使能登上帝位，難保之後的事不會重演。」

第六十四章

天邊漸漸亮了起來，十月的秋天，百花齊放的美景要到好幾個月後才能看到，但也是因得有幾個月時間醞釀，花才能開得那樣嬌豔芬芳。

齊眉和阮成淵起了身，因得一宿未睡，兩人的眼圈兒都黑黑的。

阮成淵問起了那日在小酒樓的事。「妳之後究竟是去了哪裡？怎麼又和大舅哥一起上來，我本以為妳是被人擄走了，而且大舅哥怎麼又能尋到這裡？」

齊眉輕輕地舒口氣，把緣由告訴了阮成淵，她從未去過那個小酒樓，所以比阮成淵他們要警覺一些，這麼偏僻的地方，阮成淵定是不會無緣無故的過來，就算沒發生什麼事，她把大哥叫過來，一起飲菊花酒、吃花糕也正好能聚一聚。

先前回濟安公府看祖母和大哥，大哥把祖父臨終前交給他的那個祖母在年輕時繡給祖父的荷包拿出來時，齊眉忽而靈光一閃，這飾物用水和太陽來暗示祖母的姓，這種暗示手法讓相愛的人用來互通心意，她與大哥也可以用來傳遞消息。

她和大哥的感情自是不消說，兩人商議過幾句，只隱隱地說起如今時局並不大安穩，害怕有誰糾纏或是出什麼危險來不及叫人，大哥二話不說就給了她那些花炮仗。

這是他回來後閒來無事自個兒做的，若是有危險，就燃放這個炮仗，只要在城中，他就一定可以聽到或者看到。

齊眉說完，催促著阮成淵，時辰也不早了，接下來兩個人都有事情要做。

阮成淵笑著打斷她。「是得快些換衣裳，不然我那兒也要來不及了。」

二人梳洗完畢後，子秋把簾子挑開，窗戶也支起來一半，帶著涼意的秋風吹進了屋裡，帶著些泥土的香氣，讓人頓覺心曠神怡。

嫩綠的樹葉被淡淡的枯黃色所取代，園內的粗使丫鬟持著掃帚，唰唰地掃著落葉。

阮成淵今日就要去秋試，齊眉給他挑好了衣裳。

頭髮被玉冠束起，內裡穿著團花絲綢圓領長衫，外披長領寬袖白紗褙子，褙子下襬和袖口繡著相同的水墨蘭竹，白紗的飄逸和水墨的雅致顯得身形越發的頎長，手持綠梅的書畫扇，整個人看上去儒雅又書卷氣十足。

「怎麼都是文試，還是要仔細些好，比不得武試裡舞刀弄劍的嚇人。但文試拚的就是仔細和耐心，若是看錯題、會錯意的話，連退路都沒有。」齊眉絮絮叨叨的，把綠梅的書畫扇展開檢查了一遍，才遞給他。

「我傻的時候也好，不傻的時候也好，妳都像個小管家婆似的。」阮成淵笑了起來，眼眸微微瞇起一些，眼角就像流瀉了星光一般。

「怎麼，小管家婆不好？」兩人互相坦誠了一整晚，無論真正的心意是如何，心的距離都一下子拉近了許多，齊眉說起話來也越發的隨意，邊說邊叉著腰。

阮成淵抬手刮了下她的鼻子，頓了會兒表情認真起來，道：「妳還一直未真正回答我這個問題，是想我考得好，還是不好。」

對上齊眉的眸子，阮成淵抿起唇，面上的神情倒是平靜。

半晌沒有得到回覆，阮成淵輕輕地嘆口氣。「我懂，妳我之間兩世夫妻，緣是夠了，分卻還未至。也罷，我回西河幫助西王爺這條路也不會多難走……」

轉身離去的時候步子卻很慢，齊眉的唇微微張了張。

若是阮成淵考得不好回去西河，撇去他們二人都知曉的危險不說，其實齊眉心中一直有另一個答案——她想要阮成淵留下來，雖然她現在還未完全弄清楚自己的心意。

在阮成淵就要走出屋子的時候，忽然身後有急急的腳步聲，而後就被環住了腰，齊眉的臉貼在他寬厚的背上，猶疑了半瞬，聲音小小地說道：「我捨不得你走。」

是依賴他也好，像弟弟一樣喜歡他也好，就算以前的感覺和習慣去不掉都好，只要這個人是阮成淵就足夠了。

尤其若真要幫西王爺，就不要留在西王爺身邊，好不容易脫離了干係，現下平甯侯一方沒那麼懷疑阮成淵是西王爺的人，阮成淵不能再主動去自投羅網，若是再回到西王爺身邊，難保這段時間的偽裝會全部付之一炬。阮成淵只有留在京城才是最好的，不會刻意惹人注目，最重要的是，能第一時間獲取平甯侯這方的動態，畢竟所謂知己知彼才能百戰百勝。

被她環住的男子微微地動了動身子，因為是背對著的，齊眉始終無法知曉在她說了這樣的話後，阮成淵究竟是個怎樣的表情。

正要鬆開手，忽而阮成淵轉身，她反被抱入他的懷中，他的心跳聲十分十分的快。

齊眉去過阮大夫人那兒請安後便回了攏園，讓子秋幾個丫鬟跟著她進廚房。

「大少奶奶又要親自下廚了啊？」冬末笑著問道。

齊眉點點頭，挑揀著今日要用的食材，今日去應試，阮成淵回來必定會比平時還要餓，再者阮成淵又有那樣不可言說的苦惱，她是不可能感同身受，但想起來也覺得委實有些可憐。

待到午後，阮成淵乘的馬車回了府裡，先去了阮大夫人那兒一趟，還未進門，就聽得阮大夫人的聲音。「成淵今日也不知考得怎麼樣，唉……」

二姨娘甄氏在一旁笑了笑。「大少爺自小就『聰明伶俐』，如今恢復了，更是一下筆就能比得過旁人。」

文弘學堂和武弘學堂的官家子弟都有著特權，不需要與那些莘莘學子一般苦苦的一層層往上考，只需參與了最後的應試即可，所以每個官員之家都盼著自家兒子能擠進文弘學堂或者武弘學堂，不過進去又談何容易，能在文、武弘學堂的，都是大官之家的子弟或者皇親國戚家的少爺。官員品級不高的，縱使押上多少黃金賄賂都是無用，還可能有飛來橫禍。

而文、武弘學堂內直接參與最後應試的考生，與其餘的書生不同，是被皇帝召見而親自考驗，至於應考的結果，是不是繼續回文、武弘學堂待著，等到年後就能知曉。

「成書最近也挺用功，想來應是考得不錯吧？」三姨娘笑著問了一句，她生的都是女兒，可惜沒生個帶把兒的。正室的地位自是不可撼動，但在她心裡，姨太太們可不都是給老爺們做妾，偏偏二姨娘生了個帶把兒的就自覺高她一等。

確實也高她一等……二姨娘能和大夫人說得上這些話，而她卻只能賠笑，挑著好話來說。若是說錯話惹到大夫人或者二姨娘不高興，她只會被堵得半天都心裡難受。

這時阮成淵回來了，給阮大夫人福了禮，二姨娘和三姨娘忙站起來福身，看著阮成淵面色紅潤，一身裝扮也尤為好看得體，微微一笑之間簡直到了惑人心智的地步。

「大少爺今兒這般意氣風發，看來是在應試上如魚得水了。」三姨娘把老早就準備的話說了出來。

阮成淵微微點頭。「就是時間有些緊，不然能更好才是。」

「大少爺回來了，成書呢？」三姨娘有些訝異地看了看外頭。「應該是一起回來的才是。」

二姨娘頓了頓，沈下的面色只不過一瞬，而後換上了笑意。「妳這記性真是，成書怎麼能和大少爺比？就成書那樣的資質怎麼都進不了文弘學堂，只能跟著外頭那些滿口《老子》、《詩經》的讀書人一起一層層的往上考。這不，都不在一個地兒呢。不過還好是在京城，一會兒就能到了應試的地方，若是外城鎮的那可麻煩得緊。」

三姨娘不作聲了，知曉二姨娘被她的話整得心裡不快，阮成書雖不是什麼絕頂聰慧的人，但唸起書來也算努力，文武都學，心也不小，偏偏幾次都沒能考好。

原先二姨娘看著阮成淵癡癡傻傻，心裡不知多得意有個正常的兒子，如今阮成淵恢復了神智，一下子把阮成書甩了老遠，二姨娘心裡能開心就奇怪了。

不過三姨娘不能理解，二姨娘的鬱結之處似乎並不只是這個。

阮成淵懶得理兩個姨娘嘰嘰咕咕，和阮大夫人示意後便告辭了。

回了攏園，又聞到了熟悉的味道。

阮成淵先去了廚房，齊眉正忙忙碌碌的，舀上一小瓢油往燒紅的鍋裡一淋，登時嗤啦一聲，而後熟悉的韭菜又被倒了進去，阮成淵無奈地回屋子，韭菜這些食材確實補身，可補得他夜夜難以忍耐又沒有別的法子消火。

正聽得初春和易媽媽在小聲地說些什麼，他本就習武，腳步放輕一些丫頭老媽子壓根兒就感覺不到，而他的聽力又極好，兩人說的話都落入了他耳裡。

「您說大少奶奶廚藝那麼好，今日大少爺也是『大戰』了一場才回來，做些滋補的菜餚定是好吃又補身，怎麼大少奶奶每次都執著那些個韭菜、蘑菇什麼的。」初春已經對這個問題好奇了許久。

易媽媽敲了下她腦袋。「妳個笨丫頭，主子的心意我們去猜什麼，老實點兒，還想被扣月錢？」

初春有些委屈的抿嘴，扣月錢是這個世上最可怕的事之一，但好奇心永遠能戰勝一切。

「好媽媽，您看現在四下無人，也不會有誰聽見，您就告訴了我吧。」

易媽媽那麼說，顯然是知道怎麼回事，而且易媽媽本就不是脾氣差的，待她們素來都和藹。

但易媽媽還是不肯說：「大少爺已經回府了，一會兒就要回來園子裡，別瞎好奇！快去做活兒！」

初春不依不饒死纏爛打，易媽媽被逼得沒辦法，粗聲粗氣地爆出一句。「妳自個兒想想，韭菜蘑菇這一類是補什麼最好的。」

初春還是一臉迷茫，易媽媽也懶得細說，索性扯著她去做活兒了。

後頭偷聽的男子臉卻忽地脹成了豬肝色。

用晚膳的時候，屋裡尤為的安靜，比平時要安靜上許多，齊眉悄悄地抬眼看阮成淵的表情，帶點兒不知為何的怒意，臉也一直紅一陣青一陣。

莫不是今日應試的時候出了什麼岔子，齊眉挾了一點韭菜炒蛋放到嘴裡，味道和以前是一樣的，她的廚藝不說多好，怎麼也是過得去。

但阮成淵今天每樣菜都只挑了幾筷子，眼見著飯菜都要涼了，他碗裡的飯菜也都沒有動過，齊眉主動挾給他的也只勉強應付似地吃一口。

看來應試的時候果然是出了什麼事。「飯菜都涼了，子秋拿去廚房裡先熱在那兒。」齊眉又轉頭笑著衝阮成淵道：「是不是沒有胃口？反正現在時辰也還算早，你什麼時候想吃，讓子秋她們再端過來就是了。」

「不用了。」阮成淵粗聲粗氣的。

齊眉身子一頓，子秋也停在門口不知道該把飯菜端走還是放著。

阮成淵又緩了緩語氣，道：「我不想吃，撤了吧。」

「那我晚些讓廚房燉個湯給你？」齊眉試探地問道，看模樣脾氣還不小，也不知是誰惹得他發這麼大的火。

之前去阮大夫人那兒好像也沒聽說他有心情不好的樣子，一回來卻飯都不怎麼吃，面色也不大好。

「是不是又要燉蘑菇湯一類？」阮成淵問。

齊眉點點頭。「蘑菇燉排骨湯，是不是不喜歡，不喜歡可以換……」

「為什麼妳一下廚就是韭菜或者蘑菇什麼的，即使是大廚房送膳食來也沾著這些邊兒。」

子秋把簾子放下，識趣地退到了外屋。

齊眉搓了搓手。「這些對身子好……」

「對身子哪裡好？」阮成淵一下子湊得離齊眉很近，鼻子都要挨到鼻子的程度，近距離的對視，阮成淵的眼眸尤為清晰，比女子的眼眸都要顯得清澈好看，總覺得下一刻就能被吸進去一般。

齊眉悄悄地挪開眼，不答話。

總不能說是對……好吧，不好意思說是一回事，更重要的是會傷了阮成淵。

阮成淵坐到床榻上，手撐著膝蓋，頭微微低下來看不到是什麼表情。

屋裡又恢復了沈寂。

齊眉慢慢走過去，伸手探他的額頭。「是不是哪裡不舒服，今日你穿得也不是很多，也是我的疏忽，已入十月，秋風涼得很。」

確實他的額頭有些發熱，但又好像不是染上風寒的那種熱氣，齊眉有些糊塗起來。

正要問用不用請郎中時，齊眉忽而被阮成淵一把拖到床榻上，動作看上去粗魯，手下的勁卻是收斂了許多，再加上已是秋天，被褥換成了較厚的，所以雖是被「扔」到床榻上，齊眉倒在床榻上也沒覺得被「扔」疼了。

她莫名其妙地撐起手想起身，阮成淵立馬雙手撐在她身子兩邊。

「韭菜和蘑菇一類都是壯陽的。」話說得這麼直接，阮成淵的面色卻十分平靜，就像是說「我回來了」這樣的話一樣自然。

齊眉的臉一下子炸紅起來，羞得不知道要往哪裡躲才好，阮成淵這審問的眼神，好像是她多想幹什麼一樣。「我……我只是……」每次一遇上這樣的事，平日說話順溜的她就結結巴巴。

骨節分明的大手制住她，不讓她閃躲，眼眸定定的對上她的視線。「妳在想些什麼，是不是一直沒有圓房，所以妳在懷疑什麼？」

女子成親之前都會看圖冊，也會有婆子一類的人來講解，所以不可能什麼都不懂，況且前世兩人又不是沒有過肌膚之親，齊眉定是誤會他不圓房是因為不行。

阮成淵臉青一陣白一陣的。

「我之所以不行房，只是因得那時候濟安公剛剛病逝，我知妳想守孝，再加上我之前也一直以為妳心屬別人。」

「誰？」齊眉稍稍平靜了下。

「文弘學堂那位太學品正。」不想說這個名字，阮成淵彆扭地扭過頭。

「他？」齊眉訝異地重複。

「妳前世就喜歡他，他也喜歡妳，只不過因得別的原因，妳只能嫁給我，我以為今生還是一樣的……」阮成淵眼眸有些暗下去，下一刻卻想起今晨那句「我捨不得你走」的話，清麗柔和的女音像暖泉一樣流入他的心裡。

當初他的誤會，讓齊眉衝他發脾氣，把被褥枕頭都塞到他懷裡把他趕出屋，阮成淵卻十分的高興，抱著被褥枕頭在外頭傻笑。因為他有些明白，事情或者並不是他所想的那樣。

「就像站在溪水旁，潺潺流淌的一直是溪水，但卻不是原來的溪水，上一刻所看到早就順流而下，不過也是虛幻一場。」齊眉輕聲道。

阮成淵沈默了起來，齊眉也不說話。

兩人這樣的姿勢再加上屋裡的沈寂氣氛，顯得尤為的奇怪。

齊眉動了動身子，這樣絲毫動彈不得讓她有些不習慣。

阮成淵眼眸裡閃過一絲喜色，而後卻沈下聲。「不岔開話，妳做那些食材的緣由，老老實實說給我聽。」這關係到男子的尊嚴，阮成淵十分的認真。

齊眉索性眼一閉心一橫，紅著臉把那日的事又複述了一遍，那日阮成淵誤會她想著居玄奕，而她卻是誤會成阮成淵不舉。

「妳……」阮成淵的臉色再次脹成了豬肝。

「沒什麼關係，你我是夫妻，旁人也不會知曉……」齊眉已經不知道要怎麼辦才好了，說也是他說的，問也是他非要問的。

「妳竟然以為我不舉！」阮成淵深深地吸口氣。

齊眉嚇了一跳，臉也跟著紅到一定的境界，腦子裡拚命地想著要怎麼才能安撫好生氣的阮成淵。

沒有多餘的時間再給她思考，阮成淵大手摸到床沿，床帳落下。

俯身上去啄起齊眉的朱唇，甘甜柔軟的唇引得他不停的蹂躪，很輕易的撬開牙關，舌頭滑了進去，齊眉完全無法招架，被動的任由他在唇中肆虐。

鬆開唇，阮成淵除去了自個兒的衣裳，精壯的身軀很快又覆住柔軟的身體，齊眉忽而覺得腰間一鬆，束帶被阮成淵扯開，動作雖然急躁但還不算粗魯。

剝去衣裳，先露出如白玉一般細膩的脖頸，鎖骨線條十分誘人，火熱的唇吮了上去，一個用力，齊眉輕輕地啊了一聲，緊接著大掌在她柔滑的肌膚上撫摩，手到之處都掀起一陣火熱。

漸漸地，齊眉的身子滾燙滾燙的，呼吸急促，張開唇微微地喘息，手無助的放到身子兩側，不知道要怎麼辦才好。

下身一涼，最後的遮擋也被除去，齊眉知道他在看自己，急忙拿手擋住臉。徹底除去衣裳這樣相對也不過寥寥數次，而且齊眉從心底覺得前世的他和今生是不同的，前世他什麼也不懂，像個小弟弟。

今生他是真真正正的男子漢，再不是那個懵懂又癡傻、只會拉著她四處跑或者玩的人。

齊眉整個身子都呈現出一種淡淡的粉紅，似是嬌嫩的花已然開放，青澀又誘惑，只讓人忍不住伸手要去採擷。

在大掌摸上她渾圓的時候，齊眉緊緊地咬住唇，身體的變化她自己最清楚，麻麻癢癢的感覺漸漸擴散到全身。

「想聽到妳的聲音。」阮成淵舔著她的耳垂，在她耳邊呢喃。

低沈又富磁性的嗓音自然的引誘著，灼熱的氣息都噴在她耳旁，只覺得熱熱的又癢癢的。

感覺到她本能的反抗，阮成淵騰出一隻手輕捏住她的下巴，不讓她再咬著唇，被狠狠疼愛過一番的唇特別的紅，紅得妖豔無比，讓人只想嚐個遍。

在他的灼熱抵到接納他的地方的時候，齊眉明顯的身子一僵，不自覺地瑟縮了一下。

侵略的動作停了下來，齊眉遮著眼眸的手鬆開些，正好從指縫中看到阮成淵俊秀的臉，眼眸裡帶著濃濃的情慾。

「我，可以嗎？」他聲音十分沙啞，表情卻認真又有些緊張。

因得被她的誤會而氣得厲害，而後下手粗魯地把她扔到床上要證明自己是「行」的，在即將要進去的時候卻還是停了下來，這不是兒戲，也不是逞能，齊眉頓了一下，阮成淵的眸子即使是被情慾占據，也還是帶著幾分清澈。

齊眉吸口氣，微微點點頭。

下一刻灼熱擠了進去，齊眉覺得下身瞬間被疼痛脹滿，脖子仰起一些，痛吟了一聲後，手緊緊地揪住被兩人早就弄亂了的被褥。

阮成淵沒有猴急的開始動作，進去了後耐心的等著她適應，手和唇都在她柔軟的身體上親吻撫摩。

漸漸地，齊眉的身子再次熱了起來。

阮成淵的脖頸忽而被柔若無骨的手勾住，他再也不忍耐，很快地律動起來。

明明是秋日，屋裡卻滿室春風。

迎夏剛從外頭採買回來，齊眉讓她買的東西都買好了，大大咧咧風風火火地邊問邊往裡頭走。「大少奶……」

下一刻就被捂嘴敲腦袋，還來不及生氣和看清楚，迎夏就被初春給拖了出去。

過了一個多時辰，在外頭忙碌的丫鬟們才看到大少爺出來，讓子秋幾人準備了木桶，盛滿熱水抬進去後，子秋她們又被趕了出來。

至於大少奶奶，直到翌日清晨，迎夏進去後才看到她，疲憊地坐在銅鏡前，手正捂著嘴，小小地打了個呵欠。

文弘學堂和武弘學堂的應試剛過，兩個學堂都放課三日，偷得三天的清閒，阮成淵看似都窩在府裡歇息，其實是一點也沒閒著，連著三日都在書房裡度過。

齊眉端了新做的糕點過去，阮成淵忙放下手裡的事，把她扶到軟椅上坐下。「糕點一類讓下人送過來就是了，妳怎麼自個兒來了？」

「做什麼這麼小心，別人不知道的還以為我有喜了呢。」齊眉撇撇嘴。

從那晚後，她全身都痠痛得厲害，和他抱怨了一次後，阮成淵就如臨大敵全身戒備，什麼都不讓她做。

下人們都在悄悄傳，只怕阮府要添個小小少爺了。

齊眉今日去阮大夫人那裡請安都被問起，最近有沒有覺得哪裡不舒服，會不會想吃酸的。

把糕點端起來放到書桌上。「這幾天都在忙什麼？見你飯也來不及吃。」

「怕還是韭菜炒蛋、蘑菇燉排骨。」阮成淵笑著看了齊眉一眼。

齊眉跺跺腳，直接拿起一個點心往他嘴裡塞。「這是韭菜餡兒的包子，吃了！」

阮成淵反射性地後退一步，卻因得坐在太師椅上而退無可退，齊眉刻意板著臉，瞪著他。

阮成淵只好張開嘴把包子叼走，而後立馬眼睛瞪大。「妳糊弄人，這哪裡是韭菜包，分明是嫩柚鮮花包。」

「要你取笑我，還不嚇你一次。」齊眉得意地拍拍手。

「真好吃。」阮成淵又拿了一個，笑得一臉蠢蠢的。

齊眉瞥一眼桌上。「《弘朝圖志》？這幾天你都在看這個嗎？」

阮成淵用帕子擦了擦手，點點頭，剛剛還玩笑的表情立馬嚴肅下來。「前段日子皇上命太學品正重新修正一遍《弘朝圖志》，也不是什麼大事，但我總覺得會有點兒什麼，想查查裡頭有沒有什麼不對勁的地方。」

「發現了什麼嗎？」齊眉雖是不大理解和居玄奕有什麼關係，但還是站起身湊近了些，和阮成淵幾乎頭挨著頭看起來。

她之前為了掩飾半塊玉珮而隨意把書翻開，正好就是這一本，那時候手忙腳亂的，其實漏洞百出，一晃神翻了一半的頁數，《弘朝圖志》很厚，她再是在書房看了一個白日也頂多只能看個二十來頁罷了。

難怪得阮成淵幾日都待在書房，他已經看得夠快的了，三日的時間就核對完一半，正好就是那日她胡亂翻到的那一頁附近。

阮成淵手一攬，齊眉便坐到了他腿上，低頭翻了翻，眉頭緊緊地鎖起。

她那日看的是西河的圖解，算是匆匆一瞥，但當時西河的畫圖記憶中並不是這個樣子，定是哪兒有了改動的地方。

齊眉拿著原版，也翻到這一頁，和阮成淵兩人一起看。

幾乎是同時，齊眉起了身，阮成淵盯著修訂後的仔仔細細翻閱。

「這塊做了改動！」阮成淵十分肯定的指著圖冊上的一處。

齊眉點點頭。「西河路途遙遠，雖然比不上京城半分，但有一點京城是比不上的。正是因得離得遠，西王爺既是要有所動作，必然私下準備著什麼。」

「對。」互相坦白過後，知曉齊眉也有著和他一樣的目的，阮成淵自是絲毫都不會隱瞞。「即使妳我在這邊，但畢竟我們在明處，阮府再大，妳我也總有出府的時候，再者誰知曉這個府裡有沒有誰混進來過？何況真要做大事，可不是一句話、一個命令就能完成。當時我勸西王爺回到西河，也是考慮了西河地處偏僻，但群山眾多，最適合……」

「練兵。」齊眉抿抿嘴。「我能想到這個，別人也有可能想得到，太學品正如今不管是哪邊的人，至少他腦子夠聰明，猜也能猜得出來。」

「何況平甯侯本就是寧可錯殺一百也不放過一個的人。」阮成淵瞇起了眼。

「既然在西河這一處有了紅色標注，那必須得立即告訴西王爺，他已經被人盯上了，否則若是老狐狸暗地派人過去查看就全完了。」齊眉說著緊張起來。「還有西王妃，她大概對於西王爺的想法，和練兵的事都是不知曉的。」

何況西王妃是濟安公府的二小姐，若真被人看出來西王爺在暗地裡練兵，出事的可不止一人，連帶獲罪的只怕幾百人都不止。

齊眉出了一身冷汗。

阮成淵手托著下巴，微微思索了一會兒，立馬提筆寫起字條。

把字條捲起來拴到鴿子的小腳上，鴿子很快地撲棱起翅膀，飛了出去。

「牠真的能送到嗎？」這不是小事，一個不好就關乎幾百人的生死存亡，齊眉不放心的望向窗外。

阮成淵從身後環抱住她。「放心，信鴿記憶力極強，意志也十分堅強。依靠自身超凡的方向感，不管颳風下雨落雪，路途再遙遠，牠都可以準確地抵達目的地。尤其西王爺有專門訓練信鴿的使者，不會出錯的。」阮成淵安撫著齊眉，知曉她在擔憂什麼。「一切定都來得及。」

第六十五章

齊眉依然很不安穩，翌日學堂恢復上課，阮成淵下學後就帶回來消息，傳言柳城一帶有匪兵作亂，持續了一、兩年的光景，本是小打小鬧，但積少成多，到現在民怨已然極深。

「派了誰去剿匪？」齊眉問道。

「妳肯定猜不到。」阮成淵把外裳褪下，換上了舒適的寢衣。

「輔安伯？反正定不是平甯侯，他不會做這麼直接的事。不過再是匪兵作亂，用不著派朝中的哪個大臣去吧？柳城也不是沒有衙門，那裡的將士莫不都是擺設？」齊眉說著恍然大悟。「這就是個幌子。」

端起茶盞抿了一口，略苦卻又夾雜著絲絲清甜的味道盈滿了她。「我猜……是派了太子過去。」

阮成淵眉毛一挑。「那妳說是誰提出來的？」

「太子自己。」

「太子當時錯過了皇上給他的一個絕好機會，被西王爺領了頭功。民怨極深的話，太子去一趟剿匪不過是做做樣子罷了，從來都是官匪勾結，太子過去，下面的衙門小官收到消息，再和匪兵暗通好，太子過去隨便殺幾個，柳城和樂安寧。接著民心一收太子便能帶著好消息回宮，皇上大喜改變了對他的想法，但柳城過不多久又會恢復原來的樣子。」齊眉說完緩緩地舒口氣，太子這樣的做法，不但收不住民心，還會讓民怨積得更深，而且會讓百姓對朝廷越發的唾棄。

阮成淵不置可否地搖搖頭。「總覺得沒那麼簡單。」

文不能文，武也不好就罷了，還沈迷於玩樂酒色的太子，為何突然自告奮勇地要過去？皇上今日在殿上聽到太子自薦，當下就允了，下朝後也是面帶笑意。

只不過皇上並沒有到龍顏大悅的地步，畢竟已經覺得太子是扶不起的阿斗，是不是真的開竅還要另當別論。

宮中上下都為太子要去柳城的事情忙得翻天覆地，阮成淵絲毫無法知曉平甯侯一方究竟有沒有動作。

不僅齊眉焦灼，阮成淵也有些隱隱的擔心。

當時西王爺在西河盡心盡力，事事都為百姓著想，絲毫沒有皇子的架子，收得的民心穩穩當當。皇上賜了西河給西王爺做封地，在他帶著西王妃回到西河後，百姓們都夾道歡迎。

百姓們心之所向的人是西王爺，這便是他最穩妥的籌碼之一，四處都安插了他的人，一有風吹草動他便能知曉。

阮成淵記得，西王爺隱隱提起過，練兵的地點並不是那麼容易能找到的。

齊眉也修書一封給西王妃，若是能在一個月後收到她的回信，那便代表無事發生，這便是最好的結果。

齊眉二人心緒不寧，濟安公府也正鬧得厲害。

分家的事情一直擱置，二房、三房都各懷心思。

挑選了不少精銳士兵和隱士給太子明裡暗裡做保護，待到送走太子，陶伯全暫時完了一件大事。

坐在正廳內，陶叔全挺直胸背，而陶仲全卻是垂著頭。

陶伯全坐在正位上，問道：「你們二人都想要分家？」

陶叔全點頭。「高堂已不在，而我們兄弟三人各房的子女也都長大了，嫁的嫁、娶的娶，不好再……」

「嫁娶的是我和二弟兩房，聽三弟這話的意思，似是嫌我們兩個兄長礙事不成？」陶伯全面色沈了下來。

陶叔全忙道：「大哥這是哪裡的話，兄弟三人自小一起長大，幾十年的時間都住在一起，嫌礙事一說實在是大哥冤枉三弟我了。」

「冤枉？」陶伯全冷哼一聲，把放在一旁的冊子拿起來。「瞧瞧，幾個月的工夫，你暗地裡做了多少手腳？」

陶叔全把冊子撿起來，一樁樁的記錄著自己近日裡的動作。

「大哥你監視三弟？」陶叔全似是很震驚一般。

上面寫著他何時出門、何時歸來，中間去見了什麼人、做了什麼事。除了在鋪子內的時辰沒有記載以外，其餘的都很清楚，包括他私自和鹽商勾結的事。

「你這個蠢東西！」陶伯全氣得厲害，拿起茶盞就扔到他身上，滾燙的茶水剛剛泡好端上來，就這樣灑了陶叔全一身。

陶叔全動也不動，恨恨地捏著拳。

「顏家是官鹽，另當別論，你和私鹽私通有無，若是出了什麼岔子，牽連的是誰？到時候顏家找上門來，我們堂堂濟安公府，臉要往哪裡擱？」陶伯全恨鐵不成鋼。

陶叔全低垂著頭，索性一語不發。

陶伯全看他一眼，皺起眉頭道：「回屋裡去換身衣裳。」

陶叔全還是一動不動。

陶仲全唯唯諾諾地開口。「三弟，熱茶燙了一身，聽大哥的，趕緊回屋裡去處理一下，當心留下疤。」

「老子是個男人，留疤又有何要計較的？」陶叔全瞪了陶仲全一眼。

陶仲全正要開口，坐在正位上的陶伯全一拍桌子。「閉嘴！」

屋裡霎時安靜下來。

鶯柳和鶯藍新端了茶水上來，腳步輕盈，茶蓋一揭開，新的茶香味就瀰漫了出來。

陶伯全抿了一口，平了平心氣。「三弟你想想，母親在世的時候就說過，讓二弟跟著在鋪子裡學做事，話裡的意思再清楚不過，母親雖是去了，但也不能當母親沒有說過這樣的話。貿然分家，許多事情都扯不清楚，最關鍵的是，你們兩個人都沒有一官半職，京城上下也沒有熟識的大官大戶。」

陶伯全看向沈默不語的陶叔全。「若是把鋪子都分給你，你留在京城，等到有了什麼大事，你找誰去？如今時局好不容易安定一些，這幾年即使出事也頂多是小打小鬧，那等到又不太平的時候呢？商為最低，你明白嗎？第一個被拿著開刀的會是誰？再者，齊賢才進文弘學堂做助教多久？根本位置不穩，這時候家裡動盪一番還了得？」

頓了會兒，陶伯全又道：「若真是要分，我心裡也不是沒有打算。」

陶叔全微微抬起頭，視線只到陶伯全棉鞋的地方。

「一個留在京城打理鋪子，一個就回祖宅去，田莊歸回祖宅的打理。」說著看一眼一聲不吭的兩個弟弟。「要麼就原封不動，要麼就一個留京，一個回祖宅。」

陶仲全想了會兒，道：「大哥，我不分家了，留在大哥身邊總比回去的好。」

「嗯。」陶伯全點點頭，又看向陶叔全。「三弟你呢？」

靜默了半晌，陶叔全才緩緩地道：「都聽大哥的。」

「那就都回去吧。」陶伯全擺擺手，面容有幾分疲倦。

陶叔全回了屋子，陶左氏立馬迎上去。「如何？」

陶叔全沒好氣地複述了一遍，陶左氏搖搖頭。「誰會願意回去種田啊？而且這不明擺著欺負人，之前就刻意說老太太在世的時候提過鋪子要分給二哥，那不就是明著暗著說回祖宅的會是老爺你？母親本就是從祖宅被老爺接回來的，路途遙遠，來一趟已經很不容易了，再大動干戈地回去，母親的身子怎麼受得住？」

「可不是，所以我才說不分家了。」陶叔全嘆了口氣。「不然吃虧的是我們。到底不是一個母親生出來的，總隔了層紙，二哥那樣懦弱無用的男人……母親在世的時候就護著他，如今母親去了，大哥又護著他。

「莫不是這世上，越是無用才會越惹得人去保護？」陶大太太正在屋裡幫陶伯全捏著肩膀。「二弟和三弟到底心還不夠成熟，只想著能分家，而後自己去開創一片天地，老爺您不肯分家，他們心裡定是有所想法，只不過不敢說出來。」

「二弟倒是不會，他自小就是那麻雀膽。三弟卻是個硬性子，今兒鬧了這麼一齣，他心裡定是越發不好受，現下還不知在怎麼說我。」陶伯全搖搖頭。「也罷，隨他們說去，說得唾沫橫飛我也少不了一塊肉，不分家都是為了他們好。」

「若真是分了家，我們都能清靜些。」陶大太太點點頭，笑了起來。說了幾句話，丫鬟進來通報道顏老闆帶著八小姐回來了。

因得朝事和家事的忙碌，陶伯全早就把這茬忘到八百里外了。

顏儒青牽著陶蕊的手進了花廳，陶伯全手一揮讓顏儒青坐下。「上茶吧。」

鶯柳和鶯藍重新煮好了茶，端了上來。

幾個月不見，陶蕊似是安靜了不少，一句話都不說，老老實實的跟在顏儒青身邊，陶伯全不經意地看她一眼，那孩子就瑟縮著躲到顏儒青身後。

「這是怎麼了？蕊兒也會害羞？」陶蕊生得貌美，做什麼動作都有她自己的一番獨特韻味，看在別人眼裡絲毫不會覺得生厭，反而越發的想親近親近她。

陶蕊不答話，往顏儒青身後躲得更厲害了，幾乎都到看不見她的程度。

「蕊兒也是因得家妹……」顏儒青說了一半便不說了，對於他們來說，顏宛白病逝是難過至極的事；但對濟安公府的人來說，根本無關痛癢，甚至會覺得大快人心。

果然陶伯全微微笑了笑，沒有接話，反而岔開了話題。「還要顏老闆親自送蕊兒回來，命人過來通報一聲，夫人會派下人去接蕊兒的。」

顏儒青的眸子縮了一下，潤澤的光彩一瞬間消失。

身後的女子悄悄拉了拉他的衣角，顏儒青這才挺直腰桿，拱手道：「陶尚書實在是太客氣了，顏某跑這一趟自是應該，如今多少人想進來濟安公府看看都沒有機會。」

「濟安公府也不是什麼花園，看看有何用？進來了能不能出去才是最重要的。」顏儒青和顏宛白是親兄妹，顏儒青本就不是陽剛男子那種容貌，粗粗一看，和顏宛白有幾分神似。陶伯全看著他，總生出一股不快的情緒，說起話來也隱隱帶著莫名的火藥味。

顏儒青似是毫不在意，反倒把身後的陶蕊拉到面前。

陶蕊一身雪白的襦裙，一件圓領褙子罩在身上，袖口和衣領處繡著相同的枝條花紋，上頭幾朵小梅花在領口綻放，絲毫都不顯得突兀，反而恰到好處。

梅花香自苦寒來，陶伯全腦子裡不知為何冒出這句古詩。

顏儒青顯然有事相求，陶伯全擺擺手，鶯柳會意地上前帶著陶蕊去到內室，大太太正品了口茶，看到陶蕊進來，招手讓她坐到身邊。

顏儒青咚地一聲跪到陶伯全面前。「陶尚書，顏某原先求過你一次，饒了家妹一命，這是最後一次求你。」

肯。

「顏老闆起來說話吧，這樣跪著實在是……」陶伯全站起身欲虛扶起他，顏儒青卻是不肯。

「只求陶尚書應了顏某。」

顏儒青在京城算是有頭有臉的人物，不少官家都要賣他幾分薄面，原先的陶家更是待顏儒青十分有禮，若不是顏宛白做的那一番事，兩家也不至於鬧成這樣。

好在顏儒青不是個歪心思的人，知曉自己的二妹做了什麼天理不容的事，帶著她回去後感激不盡，更別提無禮鬧事一說。

像顏儒青這樣的人下跪，真真是頭一次，陶伯全無論心裡如何想，還是不能當眾撕了他的面子。再說了，人都死了，把氣撒到別人的身上不是君子所為。

「說吧，你要求什麼？」陶伯全微微地吐口氣，看著地上跪著的男子。

陶大太太拉著陶蕊說起話，陶蕊都是微微笑笑，或者搖搖頭點點頭來回應，沒怎麼開過口，陶大太太摸了摸她的腦袋，也不知要說什麼。

對顏宛白，她心裡是恨得厲害，可陶蕊是無辜的，她什麼都沒有做過，上一代的恩怨總不能牽扯到下一代的身上。

簾子掀開，陶伯全走了進來。「蕊兒出去和妳舅舅說說話，他要告辭了。」

陶蕊聽話的從軟椅上站起來，福身退了出去，乖巧得不得了。陶大太太看一眼新梅，新梅忙跟了上去。

「顏老闆和老爺說了什麼？」陶大太太看出了陶伯全欲言又止。

陶伯全道：「蕊兒如今沒了娘，在府裡也沒人教她，到底是我的女兒，底子怎麼都是不會錯的，所以……」陶伯全看著大太太。「把她過到妳名下吧。」

陶大太太頓住了。

「我已經與顏老闆說好了。」陶伯全說著坐到臥榻上。「以後蕊兒就交給妳了，反正齊英和齊眉都嫁了出去，妳身邊有個貼心的小女兒正好能陪妳說說話，而且蕊兒也到了要訂親的年紀……這些事我一個男人也不懂，妳看著點兒，看看有什麼好人家沒。」

陶蕊正在府門口送著顏儒青。「舅舅……」聲音沙沙的，有些說不出來的委屈，讓人頓時升起一股揮不散的憐意。

「跟在舅舅身邊，難道比在濟安公府裡好？記得，這條路是妳自己選的。」顏儒青摸了摸她的頭。「二妹病逝前把妳託付給我，不讓妳再回濟安公府，我本就打算一直養著妳，再找個好人家把妳嫁了，妳卻非要回來。若是能待在舅舅府裡，濟安公府這邊很好說通……」顏儒青沒有說下去，只嘆了口氣。「也罷，妳也是小大人了，自己的事情自己決定也好。記得若以後受了什麼委屈，妳大可派人告訴舅舅，舅舅一定會幫妳的。」

陶蕊眼角含淚。「這裡是蕊兒住了十幾年的地方，許多地方都有姨娘的記憶，舅舅府裡很好，但是蕊兒捨不得姨娘……」說著嗚嗚地哭起來。

顏儒青心一軟，眼淚差點就滑了出來。

聽著新梅複述剛剛顏儒青和陶蕊的對話，陶伯全和陶大太太都搖搖頭，陶大太太道：「就按老爺說的吧。」

陶蕊站在新安排的園子裡，是齊眉的園子。住在這兒是大太太吩咐的，讓她不要再住原來自己的園子，那兒發生太多事了，而齊眉的園子沒有真正住過人，是嶄新的地方，代表她陶蕊能有一個嶄新的開始。

之前齊眉回府後先是跟著大太太住，而後因得別的原因而改住到朱武園，但齊眉是有自己的園子的，只不過今生的她一直沒有踏足過而已。那個地方是她潛意識裡牴觸的，前世待在濟安公府裡，幾乎大半的時間都是在這個園子裡度過。寂寞、不受關注，努力也是白費，許多不快的記憶都散落在園子各處。

當然這些陶蕊並不知道，她只知道自己成功了。

被新派來的丫鬟青芽扶到內室，另一個丫鬟夕照忙上前。而後陶媽媽領著繡院的繡娘們進來，領頭的繡娘笑意吟吟地說：「八小姐，這是新做好的衣裳，您試一試，看看合不合身。」

「繡院做出來的衣裳都是極好的，哪裡會有不合身的事，倒是勞煩了。」陶蕊十分的客氣，一點兒都沒有小姐的架子，看了一眼陶媽媽，陶媽媽便打賞了碎銀給領頭的繡娘。

領頭繡娘眼睛一亮。「多謝八小姐讚賞，以後八小姐若是有什麼想做的衣裳，只管差人來說便是，只要是八小姐提的，什麼樣兒的都能做得出來。」

陶蕊捏起帕子掩嘴一笑，美得讓人屏住了呼吸。

繡娘都失了神，八小姐小時候胖嘟嘟的，特別可愛又懂事，之後身邊遭了大變，性子竟是沒有歪，反而還越發平和下來。

以前胖嘟嘟的臉早就不見了蹤影，尖尖的鵝蛋臉柳葉眉，一雙鳳眸因得笑意而微微瞇起，纖纖玉手比捏起的帕子還要雪白。女大十八變這話真不假，看著看著，八小姐竟是長成了個傾國傾城的美人兒。

陶蕊站起身來，張開手，讓丫鬟換衣裳。青芽和夕照都是新分給她的丫鬟，聰明伶俐不說，容貌也清秀，看來八小姐的喜事也提上了日程。陪嫁丫鬟至少要相貌端正，青芽和夕照最是符合，可這兩個丫鬟就算是容貌姣好的，但站在八小姐身邊忙活，卻只越發顯得平凡無奇。

換好了衣裳，繡娘扶著陶蕊站到銅鏡前，鏡中的女子體態纖細，柳腰盈盈一握，唇不點而紅，眉不畫而翠，實在是讓人挪不開眼。

「八小姐真真是出水芙蓉，再沒見過這麼美的小姐了。」繡娘這句不是奉承，是打心底裡說出來的誇讚。

待到繡娘們離開，陶蕊靠著臥榻，手放於小團墊上，夕照正拿著小修刀細細地幫她修理著指甲。

都說手是女子的第二張臉，弘朝也有個說法：甲為筋之餘，甲不敷截筋不替。若是指甲長時間不去修理，便會濁氣外露，是要惹禍事的。

青芽捧著膏盒進來，膏盒裡是剛入住到這個園子時，陶蕊要的東西。

粉色的鳳仙花搗爛了，苘麻葉子包起來，再拿正紅的細繩綁起。

青芽跪在陶蕊邊上，夕照起身站到一旁，青芽心思細膩，在搗爛鳳仙花的時候，多加了花的香料。

三個時辰後，陶蕊的指甲上都是淡淡的粉色，乍看上去不明顯，舉手抬足時便會越發的迷人。

連著坐了這麼久，陶蕊有些乏了，揮手讓下人都退下，自個兒閉眼歇息會兒。

在顏府的時候，娘在最後的時光只惦記著她，把她託付給最信任的顏儒青，但這不是陶蕊想要的。

她要名正言順，她要比誰的地位都高，站在頂上俯瞰著那些曾經低看過她的人。

「柳城那邊有了消息。」阮成淵邊褪去錦袍邊道。

「如何？」齊眉拿著寢衣過來，把錦袍遞給子秋，子秋便退了下去。

「果然如我們之前所猜測的一樣，太子一過去便是威風八面，那些匪兵都『聞風喪膽』，殺了幾個鬧事最嚴重的，從太子過去後到如今，柳城都風平浪靜。」阮成淵撇撇嘴。

「太子沒有回京城的意思，還要待在那裡，說要體察民情。」

「已經有了傳言。」齊眉把阮成淵的手從寢衣的袖口穿出來，而後麻利地整理衣襟。

「迎夏昨日就聽到外頭在傳，柳城的百姓都對太子感恩戴德，都說如今是盛世，不僅有明君，而且虎父無犬子，太子也待百姓如自己的孩子一般百般關愛。」

「胡說八道。」阮成淵冷笑了一聲。「太子妃不是還有二月才臨盆？太子有個什麼孩子？他自個兒還是個沒長大的，都已經二十好幾了，卻還整日縱情酒樂，萎靡不堪。」

「而且這真是傳得太快了，不過一個月的工夫，連京城街頭巷尾都知曉，還有小孩兒編了童謠，歌頌太子呢。」齊眉說著搖搖頭。

「待到岳父派去保護太子的將士歸來，我們便能知曉真實的情形。」

陶尚書派遣了隨行保護太子的人，其中有五人都是濟安公生前那班忠士中的人，跟著陶齊勇在戰場上廝殺過，也算是出生入死的兄弟，陶齊勇待他們敬重，而且他本就是個有本事的，那些忠士便都跟著陶齊勇，加上又是濟安公的嫡孫，他們沒有易主，反而是繼續完成濟安公的心願——誓死守護弘朝。

陶齊勇給了陶尚書建議，安排五人混在好幾個隊伍裡，無論在柳城的情形如何，外頭縱使說得天花亂墜，他也能知曉真實的情形。

為了防患於未然，陶齊勇和阮成淵通了氣，柳城的百姓被太子的不作為攪得煩擾不堪，而柳城又多有匪兵在，只要他們派去的人煽風點火一把，太子為了在百姓之中立威，便定能入局。

就算平甯侯一方有法子隻手遮天，到時候只需把早準備好的火種點燃，太子毫無作為的事便能被捅破。

當然這只是權宜之計，若是西王爺那兒練兵之事並沒有敗露，後招便也不需要做。聲東擊西平甯侯會用，他們比他更會。

到了十一月底，齊眉終是等來了西王妃的信箋，第一時間傳話給陶齊勇。

同時宮中亦是收到了消息，太子將於十二月初二動身回京城。

西王妃並不知曉什麼計劃，語氣平和，帶著隱隱的思念，想京城，想濟安公府，想陶大老爺和陶大太太，當然還有她這個五妹妹。

看西王妃的語氣，嫁給西王爺後幾年，她的性子也不再是原先那般清冷，字裡行間不再是硬硬的語氣，帶著點兒柔情和思念。

最後西王妃才說了喜訊，她有了身子。

齊眉高興得很，正好阮成淵現在還未下學，便索性坐著馬車回了趟濟安公府，晚些時候停在阮成淵回來的必經之路上等著便好。

在齊眉到濟安公府前，陶伯全和陶大太太早她一步知曉了這個消息，西王爺也寄了信箋回濟安公府，陶伯全和陶大太太嘴角都牽了起來。

「我這是要做老太爺了。」陶伯全十分高興。

陶大太太也笑著道：「昨天還和老爺抱怨著得要多久才能見到齊英，誰想喜訊一下子就來了，再過幾個月齊英便能名正言順地回來。」

「一起回來的還有小孫兒。」陶伯全滿意地笑道。

新梅進來，在陶大太太耳邊耳語了幾句，陶大太太點點頭，讓她下去了。

「三弟的燙傷已經好得七七八八，我這也算是先斬後奏，讓新梅送了不少從柒郎中那兒拿的好藥材過去，如今才告訴老爺您。」陶大太太說著嘆口氣。「不是我說，老爺下手也太重了，三弟也不是什麼鄉野村夫，再是穿著厚一些的袍子，那茶水多燙人，三弟這次著實被燙得不輕。」

「該的。」陶伯全氣還未完全消。「若不燙一燙他，他哪裡能清醒一些?!」

正說著話，陶叔全便帶著陶左氏過來了，一段時日不見，似是精神了不少，近了冬日，穿著厚厚的斗篷，也看不出燙傷究竟好沒好。

陶左氏在內室和陶大太太說話。「多虧了大夫人的藥材，若是我們自個兒去拿，柒郎中都不一定會給，三老爺的燙傷都好了，疤痕都沒有留下。」

「如此甚好。」陶大太太放心地笑了笑。

「聽說西王妃懷了身子？這可是大喜事。」陶左氏忽而說起了這個。

陶大太太眼角都笑得皺起來。「可不是，剛剛才收了西王爺寄來的信，寫著懷了兩個月了，我說孫兒孫女都好，只要健健康康的，沒有什麼別的要求的。待到西王妃和西王爺抱著小孫兒或者小孫女回來，到時候府裡又要熱鬧好一陣子。」

「先恭喜夫人了。」陶左氏也跟著笑，滿眼都是喜氣。

外頭陶伯全和陶叔全也是氣氛融洽，到底是要抱小孫兒的人了，陶伯全一點兒脾氣都沒有，再加上陶叔全又和他誠心誠意的道歉，都是兄弟，哪有什麼多大的仇恨。

想起剛剛大太太的話，陶伯全道：「大哥也有不對的地方，不該隨便動怒，都是一家人，住在一起都好有個照應，父親扛著這個府幾十年之久，現在換大哥來扛，與父親的心也是一樣的。」

只要府裡的人都能和樂安康便好，但陶伯全深知，這個要求比榮華富貴還要難，所以他只能盡力，盡力做到最好。

「齊賢如今在文弘學堂算是不錯，太學品正前幾日還說他做事勤快，腦子也比別人要清楚些。」陶伯全笑著道。

「是太學品正過譽了。」陶叔全擺擺手，而後抿了口茶。

齊眉陪著陶大太太坐了會兒，話題無非是繞著西王妃有了身孕的事，陶大太太特別高興，笑得整張臉都起了些皺紋。

一晃眼，齊眉從莊子裡回來已經五、六年了，中間發生了許多事，有好的也有壞的。現下她嫁了出去，無論以後的路將如何，她都有人一起並肩攜行。

歲月不饒人，當初還溫婉柔美的陶大太太已經呈現了老態，陶伯全卻還英俊瀟灑，都道是女子比男子老得快。

齊眉把準備好的潤手露拿出來，送給陶大太太。

陶大太太笑著接過去。「娘年紀大了，塗這些個東西也不過是做做樣子罷了，等再過個幾年，就是老人家了。」

齊眉笑著搖搖頭。

陶大太太看著齊眉，把她垂下的一縷青絲收到耳後。「西王妃有了身子，娘不知道什麼時候能抱上妳帶回來的小孫兒或者小孫女。」

齊眉的臉微微地紅了下。

陶大太太笑著道：「瞧妳這臉皮薄的，和娘說這些也會紅了臉。」說歸說，陶大太太也不再催齊眉，小小地嘆息了一下。「妳大嫂也不知為何沒得動靜，比西王妃出嫁的時候都要早嫁來我們府裡，勇哥兒雖是征戰兩年多，但這也回來幾個月了。」

「不要急，孩子要來的時候總是會來的。」齊眉笑著安慰。

「我還沒妳父親急呢，他都問起過我，我哪知道妳大嫂怎麼就沒動靜。」陶大太太搖搖頭。

齊眉知曉對於父親來說，自是更期盼大哥和大嫂生下的孩子，畢竟親疏都不一樣，她和西王妃所生的孩子那是外孫或者外孫女兒，多了個外字總是隔層紗一般，況且嫁出去的女兒就是潑出去的水，孩子都隨夫家姓。

「喜事都是一樁樁的來，沒準兒過不多久大嫂就有了。」齊眉把潤手露打開，抹了淡淡薄薄的一層在大太太手上，細細地均勻塗抹。

過了會兒又讓子秋去把她帶來的栗子糕端過來，出門前做的，雖然花了些時辰，但特意拿著手爐妥妥地圍著，端上來還帶著熱氣。

陶大太太吃到嘴裡，真是甜到心坎。

陶齊勇這時候不在府裡，而是在樞密院，左元夏本是一個人在西間。聽得齊眉回了的消息，急急忙忙地趕過來。

福了禮後，笑著拉過齊眉的手。「最近可好？」

「挺好的，大嫂要不要嚐點兒栗子糕？從夫家做好了帶過來的，還沒有涼下來。」齊眉笑著道。

陶大太太也招手讓左元夏過去，剛坐穩了，便親手遞了栗子糕給她。

左元夏吃了一個。「果然是很好吃，我的廚藝總是不及姑子半分。」

齊眉笑著擺擺手，她們哪知道，她不過就是因得前世閒得慌，沒人理，沒處去，只能窩在閨房裡，書看遍了。廚藝都嘗試遍了，不然今生哪裡能什麼都會。

陶大太太見左元夏只吃了她拿去的一塊，忙又遞了一個過去，道：「妳多吃點兒。瞧這身子骨瘦瘦小小的，平素用膳也是，吃得芝麻綠豆那麼點兒，要有孩子，好歹身子底要打紮實不是。」

左元夏被大太太的話嗆到，栗子糕吃了一半，嗆得狠狠地咳嗽起來，新梅忙上前把茶端過去，左元夏喝了一大半茶水，又難受地頓了半天才緩過氣。

「母親！」左元夏嗔怪地喚了一聲。

「都是自家人，羞什麼羞。」陶大太太不以為然地笑道。

屋裡氣氛正好的時候，外頭丫鬟通報道八小姐來了。

齊眉放下了銀筷，她聽說了，陶蕊過到大太太的名下，身分地位與她和齊英嫁出去前一樣，甚至比她們的待遇還要好些。

畢竟大房如今只有她一個小姐了，連齊春和齊露的姻親也正在說著，陶大太太本就是個容易被戳心窩的人，何況這次連陶大老爺也鬆了口。

陶蕊的手段並不多厲害，她只是能迅速地找準每個人的弱點，一旦有了弱點，就有法子擊破。

陶蕊笑著衝屋裡的人福身，陶大太太一把把她拉到身邊坐下，左元夏挪了下身子，最後索性站了起來，和齊眉一起坐到一旁的軟椅上。

曾幾何時，陶大太太最疼的是齊眉，現在陶蕊卻坐在她平時坐的位置上，和陶大太太溫聲軟語的說話，一舉一動之間，十足的貴家小姐風範。

陶蕊不經意地瞥了齊眉一眼，頓了下忙站起身。「都怪妹妹，把五姊姊和大嫂都冷落了。」

「不礙事的，剛剛還和妳大嫂說，都是一家人。」陶大太太和藹地笑著道。

陶蕊有些自責地看著齊眉。「五姊姊也過來，妹妹好久沒與妳好好說話了，姊姊也知曉，原先妹妹經了一些傷心的事，多虧了父親母親和舅舅安慰，才能緩過來。」

齊眉眯著眼，只是笑。

因得沒有答話，屋裡霎時安靜下來，一會兒工夫陶大太太又笑著說起了話。

齊眉起了身。「時辰也不早了，我該回去了。」

「新梅，送五姑奶奶。」陶大太太說著也站起身。「妳回來一趟也不容易，沒有什麼名頭回來，親家不會說什麼吧？」

齊眉笑著搖搖頭。「都待齊眉極好，不會說什麼的。」況且她是借了阮成淵的名頭出來，誰又會說什麼。

左元夏也跟著送她，有些依依不捨地牽著她的手。

齊眉見她一出了屋子就心事重重的模樣，連唇角的笑意都一瞬間就被掩去，關切地問道：「大嫂是不是有何難處？」

左元夏嘆了口氣。「西王妃有了身子是天大的好事，但我卻沒得臉面在父親和母親那裡多待，他們是極想我能為陶家續後的，也不是沒有……怎麼就一直沒得動靜呢？」

「要不要叫柒郎中來瞧瞧？」

柒郎中是宮中退下的御醫，出入過後宮，為娘娘們都診治過，後宮內的子嗣之爭不比宅子裡的差幾分，反而因得「僧多粥少」，而越發的競爭激烈，柒郎中怎麼都會有些法子。

左元夏搖搖頭。「妳大哥不許我請柒郎中，說也不是不能有孩子，何必專門請他過來，別人知曉了還不知要如何說。」

也是，齊眉拍拍左元夏的肩。「別心急，總會有的，一切還是要看緣分。」

前世的她曾以為自己絕對不會有孩子，但偏生她嫁給了阮成淵，又懷上了熙兒。

也曾以為以自己的身子，別說生下熙兒，弄不好她自個兒都會沒了命，但上天眷顧，母子平安。

齊眉又不自禁地想起了熙兒，白白胖胖的身子，聲音軟軟的，特別特別懂事。阮成淵是因得後天才成了癡傻兒，所以並沒有遺傳給熙兒，熙兒生來就聰慧。會叫娘，會叫爹，還會數數。

想著想著，又想起今生的陶蕊。自以為搶了她的東西，自以為住上了她的園子便覺得春風得意，實則對她一點影響都沒有……

在馬車裡，腦子想東想西，齊眉有些疲累起來，等到了阮成淵回府必須會經過的地方，她竟是睡著了。

第六十六章

待齊眉睜開眼後發現已經躺在內室的床榻上，她已經回了攜園。

撐起身子抬頭看窗外，這迷迷糊糊一睡，竟然天都黑了。

也不知現在是什麼時辰，油燈也沒有點上，丫鬟們似是守在外頭，有刻意壓低的交談聲傳來。

齊眉正披上外裳，簾子掀起，阮成淵走了進來。

「睡醒了？想不想吃些東西？」阮成淵聲音溫柔得能把人化成一灘水似的，邊說著邊坐到床榻旁，招了招手，子秋便端著銀耳蓮子羹進來了。

阮成淵接過去後便讓子秋退下，舀了一勺，輕輕地吹得不那麼燙了才遞到齊眉唇邊。

「來，啊。」

齊眉看著他精緻的面容、認真的眉眼，竟是噗哧一聲笑了出來。

「有什麼好笑的？」阮成淵不明所以地看著她。

「你啊，記不記得，以前可都是我餵你吃東西，生病了也好，平時健健康康的時候也好。你偏不愛吃飯，就愛找零嘴兒吃。最開始到了用膳的時候滿屋子追著你跑都追不到，有一次追得我氣喘吁吁，哮喘症都發了，結果你嚇得七魂丟了六魄，急急忙忙去找母親，母親又派人去請了郎中過來……從那次後，你就聽話了，但還是要人餵，還非得要我餵。」齊眉說著笑得合不攏嘴。

「妳竟是都記得。」阮成淵有些不好意思地撓撓頭，心中有些說不上來的感覺。他從沒想過，自己的一舉一動原來都早已深深地刻在齊眉心裡，當時都是無可奈何的相處，如今說起來倒是泛著小小的甜意。

「其實你原來還是挺乖的，都說你調皮搗蛋，但嫁了你後我也沒這麼覺得，說什麼你都聽，讓你做什麼都答應。」齊眉說著又泛起笑意。

「那是因為我喜歡妳，前世今生都喜歡妳。」阮成淵說得十分認真，把手裡的銀耳蓮子羹餵到齊眉嘴裡，吃了一口齊眉就接了過去。

「我自己喝就好，也不是真的生病了。」

阮成淵由著她搶過去，看到她微微低下的頭，臉頰上染了一層紅暈，十分動人。

齊眉吃了一半，問道：「我二哥在文弘學堂如何？」

阮成淵頓了下。「是個不惹人注意的人，說話做事都有些笨拙的樣子。」

「今日我回了濟安公府，聽到我父親和三叔說起話，父親不經意地說到太學品正提起二哥。」她總覺得沒那麼簡單，幾家人之間總有些千絲萬縷的關係，無論如何還是謹慎些的好。

因得前不久才剛小憩了一陣，齊眉入夜了還大睜著眼，一點兒睡意都沒有。

阮成淵把油燈撥了撥，屋裡亮堂了一些，今兒他沒去書房，而是待在內室裡，紙墨筆硯也讓丫鬟們搬過來，就在內室處理事情。

鴿子飛回來了，西王爺那邊並未出什麼岔子。

西河群山環繞，西王爺從上次獨自來京城之後有驚無險地回去，就多了一分心思。即便離是非之地再遠，也不代表真的就高枕無憂了，何況他若是出了什麼事，牽連禍及的人實在是太多。不光只是濟安公府和阮府，還有朝中幾位大臣及其家眷，再加上西河的百姓們。

西王爺覺得肩上的擔子沈得厲害，這會兒才剛送走從京城派來的人，說是德妃下了旨意來探望他過得如何。

那些京城派來的人在西河逗留了好一陣時日，他的密探入夜後悄悄入了西王府，稟報道那群人簡直是打算把西河翻個遍。

西王爺冷笑一聲，只擺擺手讓密探下去，那些人即使把西河踏平了，也發現不了任何能回去稟報的事情，只因為他們想要查探的壓根兒就不在地面上。

此刻西王妃端著茶盞進來，清香的茶味飄了滿室，西王爺笑著把她攬到身邊。「妳要多歇息才好，可不像原來那般只有一個人。」

西王妃點點頭，安靜地坐在一邊，拿了繡線又開始做起女紅。

看了眼西王妃的肚子，西王爺微微地抿起唇，才三月的工夫，只是隆起一些而已，西王妃身子清瘦，看不出什麼。

記得那日他從京城匆匆趕回來，剛回了府裡就被自個兒要做爹的消息砸中，怔得半會兒都說不出話，西王爺衝進西王妃的寢宮，沒了平時的沈穩，一把將還在床榻上躺著的西王妃抱起來，轉了好幾個圈，激動的勁兒好不容易緩過來，才發現自己的王妃都要暈吐了。

沐浴一番後，洗去了趕路的疲累，乾乾爽爽地坐到床榻邊，心情一平復了，便又開始擔憂京城那邊的事。一直有人暗中盯著他們，萬一哪日京城裡來人，他真的會措手不及。

西王妃看得出他有心事，也沒開口問他，只是捉起他的大掌放到自個兒肚子上，面上帶著淺淺的溫柔笑意，本是清冷氣質的美人兒，忽地好像蒙上了一層最柔和的光暈。

西王爺也看得心中一柔，摸著她的肚子，只覺得平平坦坦的，誰能想到這裡面竟然能藏個漸漸成長的小嬰孩，他忽而腦子靈光一閃，練兵的地點他知道怎麼樣才能不為人所察覺了。

幸而那時他想到這絕妙主意，否則還真不確定能否萬無一失。

他得意地笑了笑。

西王妃察覺到動靜，忙低聲詢問。

西王爺只擺擺手，手下的動作越發的溫柔起來。

派去西河查探的人回京覆命，在覆命之後便跪在仁孝皇后的寢宮外。後宮不得有除了皇上和御醫以外的男子出入，但誰也不會敢去稟報皇上仁孝皇后的事，畢竟禍從口出。以前不是沒有過這樣的教訓，亂說話的人最後都死得極慘。皇后寢宮內外服侍的宮人太監，個個嘴巴極嚴，撬都撬不開，更遑論去嚼舌根。

仁孝皇后最大的本事就是籠絡人心，這麼多年過去了，外頭歌頌她仁和孝順，是難得的好皇后，這類稱頌的言論從未減去過一些。

只要提起她，那都是崇敬又佩服。

百姓甚至一些大臣們哪裡會想到，她實則是怎樣的人，甚至連最親近她的皇上和太子都未能察覺。

那群探子已經跪了一整日了，畢竟他們效忠的主子之一是當今皇后，亦是平甯侯的長姊。跪在地上的個個都是錚錚鐵漢，卻誰都沒有要起身的意思。

仁孝皇后只覺得心中煩悶，本該是萬無一失的事，怎麼就無功而返？或者真如他們所稟報的一般，根本就是情報錯了？

先前派了一批人去看住西王爺，明明得來的是西王爺不見的消息，還讓平甯侯爺派人監視阮成淵和西王爺私下見面一事，卻差點鬧出亂子來，最後那些手下全都死了，一個都沒有回來。那些人是死不足惜，而這些去到西河探查的人，卻什麼也沒查到，現在回來覆命，她可不能輕易就放過他們，跪一天讓他們反省一下也好。

被貼身宮女扶著走到外頭，仁孝皇后看都沒看跪著的那些人，自個兒去了御花園走走。

遠遠就看到亭內坐著個女子，背對著她，卻一眼就能看出正是德妃。

身邊跟著個衣裳華貴的小男孩兒，正是三皇子，三皇子年紀本就不過十來歲的年紀，蠢笨笨的，一點兒資質都沒有。

德妃如今也只能跟著這樣沒出息的東西在一起了。

仁孝皇后自己生不出，德妃生了個陰陽怪氣的，所以她才准了三皇子留下，偌大的後宮，就算是皇子，她看不過眼的也不得留下，不過三皇子的生母是個沒出息的，成日只知哭哭啼啼，還被打入冷宮，仁孝皇后不對三皇子下手，只對三皇子的生母下手，這樣一來，三皇子缺少親生母親的照顧，自然成不了大器。

就算太子再差，只要不出什麼太大的差錯就不會有變數。

仁孝皇后沒有上前，看著德妃的身影就覺得倒胃口，不過是個低賤的宮女，仗著從小服侍皇上長大，還真把自己當什麼青梅竹馬，也不照照鏡子看看自己是個什麼卑賤的模樣。皇上被迷了心竅，縱使讓她認了高官做義父又如何？內裡不還是那副賤骨頭，上不了檯面。

只是看著那個女人她就覺得礙眼得厲害，揮一揮寬袖，扭身走了出去。

德妃娘娘側過頭，看著仁孝皇后離去，這時候三皇子一下子撞到她懷裡。「還要玩兒！」

「去罷，仔細不要摔著了，嬤嬤跟著三皇子，摔了或者碰了哪兒都唯妳是問。」德妃娘娘話裡的意思縱使帶著凶狠的味道，但態度親暱、語氣溫和，皇子也不過是小孩子，最是喜歡這樣的溫柔，純潔真摯的小臉兒仰起來，依賴喜愛得不得了，一下子鑽到德妃懷裡蹭來蹭去，幾乎把德妃當成了親娘一般。

待到仁孝皇后回到寢宮，卻發現那群跪著的人竟是不見了蹤影，只當他們擅自起身離開，氣得身子都發抖起來，真是吃了熊心豹子膽！看來是她太溫和了，平甯侯說得沒錯，現下這一個、兩個的小嘍囉都敢當著她的面來造反！

旁的宮人忙上前，在仁孝皇后耳旁低語幾句。

仁孝皇后驚得怔了一下。「全殺了？」

「回皇后娘娘的話，是平甯侯爺吩咐的。」

仁孝皇后深深地吸口氣，這時候太子過來看她，昨日才回宮的太子依舊是如往常一般，吃喝玩樂。出去一趟並未能讓他有所成長，反而玩心大起，不過本來仁孝皇后就沒有抱半點希望，只要不出什麼事就好。

太子身後正跟著平甯侯。

仁孝皇后與太子匆匆說了幾句話，就打發他出去了。

「你當真都殺了？」

平甯侯一臉平靜。「皇后娘娘總不是於心不忍吧。」

見她沈默，平甯侯笑了下。「臣弟全抓了去，當場殺的。不是痛快的斬頭，而是腰斬，腰斬最是痛苦，斬斷後人還是活的，一地的血，四處都是兩截身子，他們都清楚的感受到那種巨疼後才能死去。殺雞給猴看，其餘的人都一身的冷汗。不這樣做的話，讓別人如何狠下心來做事？若是空手而歸，要麼自己去死，要麼回來受死，當然，若是自己去死的話，那他們家人的安全就不保證了。」

平甯侯的語調極為稀鬆平常，仁孝皇后額上沁出了薄薄的冷汗，面色也有點兒蒼白……

很快到了年末，上自皇宮，權貴大臣之家，下至城鎮鄉村的平民百姓都在為著過年而忙碌。

齊眉也在加緊張羅著，原先都是阮大夫人一手操辦，齊眉如今是阮府的大少奶奶，以後也是要接阮大夫人這個位置的，本就歡喜這個長媳，阮大夫人自是樂意手把手地教她。

「到底是個聰慧的，學什麼都快。」阮大夫人笑得瞇起了眼，還有幾日才是除夕，但過年的東西已經都準備得七七八八。

說起來還是齊眉勤快，熬夜點了一遍要來往送禮的人家才沒有漏掉。

阮成淵最近也是忙忙碌碌的，總是見不到人，齊眉心知他這樣的舉動自是有要事，絲毫沒有去打擾，只安心地幫著阮大夫人打理府內，府內安定了，男人們才能毫無顧忌地擔起外頭壓過來的重擔。

直到除夕這夜，齊眉才有了時間好好的與阮成淵相聚。

阮府的花廳裡熱鬧著，長輩們端坐著身子，交談的話題都是瑣碎之事，但眾人的眉眼間都帶著笑意，細看之下卻是有幾分戰戰兢兢。

小輩們亦然，相比之長輩的閒聊卻是冷清了許多，阮成淵娶了媳，三小姐阮成煙嫁了人，如今正在晉國公府內過著除夕夜。

而二小姐早夭，府裡餘下的不過就是阮成書和阮成慧。

阮家和陶家不同，沒有陶家那麼大的家業，就算是沒落的陶家，還是那麼大的一個家族，因此陶家子女排行是少爺小姐分開的，而阮家則把少爺和小姐的排行並在一起，討個人丁興旺的吉利。

阮成書和阮成慧兩人本就沒什麼好聊的，阮成淵忙著敬酒，齊眉剛出了花廳，他倆對坐著反而氣氛沈悶，服侍的下人都被沈鬱的氣氛所感染，眼巴巴地看著熱鬧的正位那裡。

阮老太爺身子越發的熬不住了，坐在正位上咳嗽得厲害，阮秦風幾次要婆子扶他回去歇息阮老太爺都不樂意。席間也總發脾氣，這個看不順眼，那個看著也不喜歡。

阮秦風索性親手去扶阮老太爺，誰知老太爺被逼急了，想也不想地來了一句。「我這老骨頭，還不知明年此時是不是躺在棺材裡呢！就急著把我送回去不成?!」

這話嚇得本是忙碌著添茶倒水的下人們跪了一地，外頭的下人們不知道什麼事，但見著裡頭的動靜也慌忙跪下來。

一句話的工夫，花廳內外黑壓壓地跪了一堆人。

「父親這話哪裡能亂說的。」阮秦風無奈地搖搖頭，人到了黃昏之年就越發的像小孩子，口無遮攔，做事也隨興，和小孩童的性子簡直一個模子刻出來一般。

阮老太爺和已故的濟安公交好，兩人一文一武，就如同如今的阮秦風和陶伯全一般。自從濟安公逝去後，阮老太爺就總胡思亂想，說什麼要好的一家子都沒了，老夫人也早他而去，如今就剩他一個人，也是時候走了。

阮大夫人可沒少勸，但對阮老太爺卻也是沒法子。

本來還算熱鬧的除夕夜，轉眼就冷了場。

齊眉先前出了花廳一趟，從外頭回來，問了一邊的小丫頭幾句，已經大約知曉是什麼事，無非就是小孩兒病發了罷了。

她親手端著托盤，唇角微微地牽起一些，形成一個淡淡的柔和笑意，看一眼就覺得舒心無比。

雖是極其重要的除夕夜，但齊眉並沒有穿得花枝招展或者耀眼奪目，她穿得比阮大夫人要低調一些，比那些姨太太們又要端莊不少，也沒有阮成慧那般俏麗鮮豔的顏色。總之就是四個字，看著舒服。

舒適的打扮、舒適的人，阮老太爺卻依舊不快，見著齊眉進來，招手讓她過來。都說長孫媳婦是福星，說不準能多沾上點兒福氣，最近總覺得心口鬱結，一股子濁氣出不去。

「這是什麼？」阮老太爺看了眼端上來的東西，普普通通的糕點罷了，也不過是做得精緻一些，不過好歹是長孫媳婦親手做的，嚐一口也是好的。

入到嘴裡只覺得甜意盈滿了口腔，阮老太爺心情忽而好了起來，又喝了口薄荷桂花茶，覺得這茶配著糕點吃很不錯。

看到阮老太爺安靜了些，阮秦風等人都舒了口氣，晚些時候，阮成慧和阮成書都坐了進來，眾人一起有一句沒一句地閒聊。

齊眉想起原先在濟安公府的除夕夜，齊春和齊露總是眼巴巴的看著長輩們，又不敢主動開口，只等著炮仗乖乖地發到手上，而後就幾個小姐手拉著手，蹦蹦跳跳地去放，噼哩啪啦的炸響聲一掃她們鬱結的心情。

齊眉吩咐了幾句，很快地，子秋捧著齊眉要的東西走進來。

阮秦風皺著眉頭問：「為何要把炮仗拿到屋裡來？大炮仗早在門口放了，這小炮仗不過是小孩兒玩的東西，怎麼能拿到這裡來？」

齊眉只溫順地福身。「這是給老太爺的，親手放了炮仗，來年就能順順當當。」

阮府沒有這個規矩，齊眉也覺得今日過於沈悶，不如來點兒熱鬧的，她是不喜歡噼哩啪啦的炸響聲，但許多人喜歡，尤其是有事壓抑在心頭的人。

齊眉捧著小炮仗遞到阮老太爺面前，阮老太爺嘴唇動了動，幾乎都以為他又要無理取鬧大發雷霆的時候，下一刻他卻接了過去，一起身，阮大夫人和阮秦風就一左一右地扶著老太爺。

下人們都大張著嘴，看著阮老太爺真的命小廝燃了火，小炮仗一點燃阮老太爺就扔了出去，噼噼啪啪的炸響聲不停地響起，有些丫鬟受不住地捂住了耳朵。

一口氣扔了十幾個小炮仗，再回過身來時，阮老太爺面上浮出了好一陣子都沒有過的笑容，接著笑意收斂起來，眼眶竟是紅了一圈。

齊眉這才舒了口氣，老太爺心中的鬱結打開了一道口子。

接著阮老太爺急急地讓人扶回院子，阮秦風和阮大夫人都去陪著，亥末了才出來。其餘的人一早就散了，各自回園子或者沐浴迎接新年，或者倒頭睡下養足精神。

齊眉正彎身鋪著床，被褥在入冬時就換成了厚厚的，半月就換洗一次，為了辭舊迎新，除夕前夜每個園子都發了嶄新的被褥、衣裳鞋襪，丫鬟們也是新製了一套衣裳，比不得主子們的光鮮亮麗，但用的質料又軟又舒適，每個人都笑得合不攏嘴。這些都是掌家後要關注的事。

屋裡的被褥早晨兩人起身後初春和冬末就鋪好了，屋裡也整整齊齊，齊眉只是把被褥攤開，屋裡燒著炭爐，只穿著寢衣也不覺得冷，坐到銅鏡前，自個兒卸下髮髻上的珠飾，丫鬟們都高興得過了頭，齊眉也就讓她們去玩，也不是沒有手，不必每次都由她們來做。

「妳怎麼敢讓老太爺放小炮仗，萬一他不接呢？」阮成淵邊爬上床邊問道，從以前他就對老太爺敬畏，再淘氣也沒敢「在太歲爺上動土」。今生亦然，尤其阮老太爺最近陰晴不定，別人跑都跑不及，哪裡還敢胡亂讓老太爺去做什麼。

齊眉嘆了口氣，人到了這個年紀，總會有這樣那樣的變化，原先陶老太太受了刺激，她跟著照顧過，很有經驗，越是小孩子就越要去滿足。

單看阮老太爺鬧騰的法子，和之前在廳裡眉眼間不經意洩漏的壓抑憂愁，她便猜想只怕阮老太爺是有心事。

縱使不是心事，老人都是小孩心性，小孩不都是喜歡熱鬧？若讓老太爺放放小炮仗，老太爺斷不會拒絕。

這一下猜中了，阮老太爺之後脾氣都會好一些。

人總要有個發洩的出口。

兩人蓋著一條被子，厚厚的壓在身上並不會覺得沈，反而很暖和，尤其是齊眉身旁還有個大火爐，前世的冬日，她十分黏阮成淵，沒有別的，因為他身子暖和，寒冬臘月也跟個大暖爐子一樣。

齊眉主動鑽到阮成淵懷裡，自覺地找著舒適的位置，腦袋最後靠在他肩窩，髮絲無意地撩著他的下巴，有些癢癢的。

齊眉身子暖和，阮成淵心裡暖和，好幾個月了，最近入冬後齊眉竟是主動起來，雖然只是主動抱著他，但也攪得他歡喜得不行。

這高興著，齊眉已經睡著了，夢裡嘟嘟囔囔的。「大暖爐子。」說著又往他懷裡鑽了些。

阮成淵只覺無奈，正臉色尷尬，忽然想起了什麼，輕輕地捏住她的鼻子。「我是大暖爐子，妳就是大麵團子。」

翌日拜年，小輩們都恭恭敬敬，說著討喜的過年話，拿著厚厚的喜包，坐回位上悄悄地搖一搖，碰撞聲悶悶的，是實打實的銀子啊。

阮老太爺出來了一下，眼睛有些陷進去，腫了不少，似是哭過。

一家人用過午膳，不似以前在濟安公府，小輩們會歡歡喜喜地被允了出去玩，阮成書和阮成慧都已經過了鬧騰的小孩兒年紀，阮成書跟著阮秦風幾個長輩一起，而阮成慧則是陪著阮大夫人坐在內室。

正說著話，丫鬟端了熱茶上來，阮大夫人先抿了一口，屋裡其餘的人才跟著喝。

「這茶味兒……」阮大夫人欲言又止。

服侍阮大夫人的是齊媽媽，一等丫鬟銘雪，四個二等丫鬟，八個三等丫鬟，全都裡裡外外的跪下。

內室裡霎時一點兒聲息都沒有，齊眉輕輕地咳嗽了聲，阮大夫人笑著道：「妳們一驚一乍的是做什麼，我是說著茶味兒好，飲下去身子就能暖和起來。」

齊媽媽道：「這是大少奶奶從濟安公府裡拿來的茶葉，老奴見樣兒極好，又正是新年的頭一日，便作主換了新茶來泡，大夫人喝得心頭熱乎就是最好的。」

阮大夫人與陶大太太不同，雖都是看上去脾性溫和好相處，但陶大太太稍嫌軟弱，萬事以和為貴，包容一切都過了頭。阮大夫人就不是，該罰則罰，該罵則罵，尤其對待下人和小輩，都是嚴謹苛刻，所以剛剛阮大夫人欲言又止，下人們生怕出了什麼差錯，若是新年第一日就被罰了月錢或者挨打，就不單單是晦氣的問題了。

齊媽媽也出了一額頭汗，還好沒信錯大少奶奶。

齊眉笑著道：「是府裡送過來的，娘和爹都說什麼時候要來和母親聚一聚，也實在是抽不出時間，他們也忙得很，便一直擱置下去了。與齊媽媽說的一樣，要過年了，好的東西家裡也不會缺，便先送了茶葉過來，新的一年什麼都是嶄新的，兆頭也好。」

「就妳一張嘴會說話。」阮大夫人笑著把她的手拉過來，鬆鬆地握著，眼角都帶著笑意。

自從阮成淵和齊眉訂親，阮成淵的癡傻好了後，不只是阮大夫人，阮秦風也越發的和氣起來。

下人們的日子也跟著舒適許多，不用再時時刻刻繃緊著身子，擔憂什麼時候又惹得主子們無故責難。上頭的開心了，下頭的才能過得如意，連帶著都對齊眉恭恭敬敬的。

「倒確實是好兆頭，老太爺總算是舒緩了心情。」阮大夫人說著眼睛微微地濕潤。「老太爺這是心裡的情緒憋得太久了，真的太久了。」

屋裡的人都是一片迷茫，猜不準阮大夫人說的憋是什麼意思。

阮成慧想起三姨娘的囑咐，捧了自己繡的絹帕上前遞給阮大夫人。「這是慧兒繡了一個月才繡出來的，女紅一直平平，比不上三姊姊半分，送給大夫人還是有些不好意思。但就如大少奶奶說的，府裡什麼好東西都不缺，總覺得還是送些心意的好。」

阮大夫人果然開心地接過去，笑咪咪地看著阮成慧。「就是歡喜妳們的那份心意，好的壞的都無所謂，針腳差一些也沒有什麼關係。好了，妳們陪著我一整日，都乏了吧，下去吧。」

只把齊眉留了下來，其餘的人都福身退下。

阮大夫人正抹了抹淚。「老太爺他重情重義，年輕的時候就與濟安公和陶老太太交好，老夫人在世的時候，四人偶爾還會一起出去遠遊，感情深厚是誰都比不上的，老夫人先老太爺一步去了，如今濟安公又病死在沙場，而陶老太太也受不住打擊的病逝……」

阮大夫人說起來都覺得心裡酸酸的，何況是老太爺這個身處其中的人。

看著年輕時的友人們一個個的走了，只剩他一人留在世上，若不是府裡日漸好起來，阮老太爺早就崩潰了。

「昨兒個放了小炮仗，借著那股勁兒老太爺都說了出來，抓著大老爺也不顧旁人的哭。」阮大夫人拉著齊眉的手。「老太爺憋得太久了。」

齊眉也跟著嘆口氣，這股子鬱結的氣發出來自然是好，她記得前世的時候，老太爺就是這一、兩年逝去的，阮老太爺比濟安公要大上好幾歲，但成親卻晚了許多，所以阮大老爺這一輩，反倒是陶伯全更為年長。

阮成書還在書房陪著阮秦風，阮秦風板起臉，手指不停地敲著梨木雕欄鏤空書桌，掃一眼阮成淵。「你們倆身為阮家的男人，以後就是要擔起責任了，原本我是只期許淵哥兒能順順當當的不出差錯，一輩子安安穩穩這麼過去就罷，現下既是恢復了，那阮府長久的安全和責任自是落回你的肩上。」

阮成書心頭猛地一跳，微微地閃過一絲不甘，而後又掩了去。

阮成淵笑了笑，有些嬉皮笑臉地蹭到阮秦風身邊。「父親說得是，以後成淵自當加倍努力，擔起重任，不讓祖父、父親和母親失望。」

「你就一張嘴說得好聽，別的也不見有什麼過人的地方。」阮秦風嘆口氣。「無論如何，年後入了禮部就要規規矩矩的，禮部尚書和我素來有交情，縱使你做錯什麼，只要不是什麼大事，他便會給一分薄面。」

阮秦風說著面色沈下來，聲音也尤為嚴肅。「但你不得『恃寵而驕』，外頭比不得府內，你也不再是以前那個癡傻的孩子，堂堂正正的男子漢，走出去，為人處世都要有氣度，但也絕不能太過執拗，凡事都要留一分，卻不是給別人留著鑽空子，而是給你自己留個萬一的退路。」

阮秦風嚴肅的說著這些話，卻在阮成書心裡掀起巨大的波瀾。

也就是說這個蠢鈍的大哥不僅僅是好運連連地入了文弘學堂，又過了這次秋試，還進了禮部當官？

阮成書想要問，但卻忍著沒開口，既然外頭沒有一點兒消息，那現下肯定是內部打聽得來的，阮秦風既然是當著他的面沒有忌諱的把結果說出來，至少還是把他當成自家人沒防著、沒排之在外，也證明他的仕途還不是全然沒有希望。只是他原先苦心經營的那些，全都被這個傻子突然變好而毀了。

不能再往下想，阮成書輕輕地舒口氣，平復著心情。

第六十七章

阮成淵回攜園的時候已經一更了，成日都在家裡，倒也不覺得累。

齊眉幫他換上寢衣，邊說著。「今兒得早些睡下，你要不要沐浴？若是要的話就讓子秋她們燒了水來，如今天氣凍得很，動作不快些染上風寒就不好了。」

阮成淵低頭看著正幫他換衣的齊眉，卻一直沒有答話。

「要不要？」齊眉也沒有抬頭，只是手上忙活著。

「要。」

說了這句話，他低頭吻住齊眉的唇，還沒來得及反應的她就被抱到床榻上，最近阮成淵忙忙碌碌，兩人也沒什麼時間好好相處，昨兒個除夕夜又被老太爺鬧得都是疲憊……

「不是要沐浴？」齊眉推抵著寬厚的胸膛，剛剛才幫他換上的寢衣，這會兒又自己解開，皮膚不是黝黑的顏色，帶著健康的感覺，微微又有些潤澤。

「是要妳。」阮成淵輕輕地笑了一下，好像醇香的酒被掀開了酒蓋，醉人得厲害。

齊眉眼眸裡帶著自然的瑩瑩光亮，看得阮成淵小腹越發的火熱，伸手摸了一把床頭，紗帳立時落下，蓋住了滿室春風。

翌日齊眉睜開眼，只覺得身子痠痛得厲害，以前只覺得這樣的事會疼而且很羞人，現在才知道疼倒是不會，但是後果會全身痠痛。

直到天都完全黑了，阮成淵還在繼續，齊眉討饒地說了幾次，最後實在沒得法子，只能主動摟著他的脖子，第一次深深地吻住他的唇，唇舌相交之時，阮成淵心頭一喜，激動地交代了出來。

此刻讓她全身痠痛的始作俑者還在呼呼地睡著，安靜睡著的樣子純淨又俊美，昨晚熱情似火又不知消停的模樣全都不見。

齊眉捏住他的鼻子不讓他呼吸，反覆幾次後阮成淵一下子睜開眼睛，看到是齊眉在鬧，翻身把她壓到身下。

「妳精神還是很好啊。」

齊眉把臉偏到一邊。「你還沒洗漱的！」

居然嫌棄他，阮成淵伸手撓起齊眉的胳肢窩，笑聲一下子傳出來。

易媽媽在外面適時地提醒。「大少爺、大少奶奶該起身了，濟安公府的陶尚書和陶大太太晚些就要來了。」

屋裡一陣響動後安靜下來，易媽媽使了眼色，讓一早準備好洗漱用具的初春和冬末進去。

世交的兩家，以前兩家都有長輩，如今卻是不同，濟安公府的兩位長輩已經逝去，而阮府還有阮老太爺在生，自是陶伯全帶著家眷親自過來。

今日雖是大年初二，但陶齊勇卻抽不開身，只有陶伯全帶著陶大太太幾人過來。阮府老早準備了宴席，只等著到點兒便開始。

阮秦風和陶伯全坐在書房內，茶已經散去不少熱氣，入口有些涼，丫鬟正眼尖地看到欲端走換新的，阮秦風卻擺了擺手。「不必。」

阮成書也一直坐在一旁，十分恭謹的模樣，阮成淵倒是沒有進來，也不知在外面做些什麼。

阮秦風嘆了口氣。「淵哥兒始終還是有著孩童心性，夫人說過，一直渾渾噩噩的過了十幾年，再是恢復了也得有個緩衝。」

陶伯全笑著安慰道：「這次不就爭氣了，本以為秋試不會過，這不……」

「那是……」阮秦風欲言又止，抬眼看了下旁邊。

阮成書倒是會意得很，連忙起身。「成書去外頭看看，好似夫人在喚我。」說著便很快地走了出去，只不過一個轉身停在了簾子外頭，悄悄靠著牆。

「只是什麼？莫不是這官……」陶伯全覺得心頭跳了起來，嗓子好像被扼住一般。

在朝中，他和阮秦風的地位要打通些關係並不難，但阮成淵也不是無可救藥的，看模樣至少是一塊璞玉，雕琢一番定能成器。若真是阮秦風揠苗助長的話，萬一有個什麼行差踏錯可怎麼是好。

阮家可不僅是世交，還是齊眉的夫家，濟安公府和阮府之間的關係可謂是千絲萬縷。心頭如此想，陶伯全本就不是遮遮掩掩的人，便也盡數說了出來，時局不穩，太子愚鈍，西王爺蠢蠢欲動，皇上的心思他們自是不能完全猜到，但陶伯全能感覺得到，西王爺、阮成淵、陶齊勇是一邊的人。

阮秦風愣了下，壓低聲音。「你我兄弟多年，如今又是親家，你還不知曉我是什麼人？若是扶不起的阿斗，我自是不會去插一腳，這官啊……」

阮成書聽得耳朵都豎了起來，心頭也開始怦怦地跳。

「二弟在這兒站著做什麼？莫不是惹了父親他們生氣在這兒罰站？」阮成淵的聲音並不大。

房裡的人雖聽不清楚，但因得外頭的吵鬧也停住了交談，很快地簾子掀開，阮秦風走出來。「何事吵吵鬧鬧的？」

「打擾父親了，成淵是想過來和父親、岳父說說話，倒是在門口遇上了二弟，便想著與他去逗逗鳥兒玩也好。」阮成淵笑得酒窩都露了出來。

他的酒窩並不是特別明顯的那一種，只有在笑意十分深的時候才能看得到酒窩嵌進去，乍一看笑得一臉無害，十分的純真。

阮秦風擺擺手。「你們倆的歲數加起來都抵得過我，還想著玩！昨兒個才訓過你們，轉身就還給我了是不是？」

阮成淵嬉皮笑臉地討饒，阮成書面上帶著些尷尬的笑意，老老實實地受訓。

陶伯全在裡頭道：「別訓他們了，多大歲數的人都能有顆童心不是。何況成淵也就這幾天歇息了，這個年一過就得上任。」

阮秦風重重地嘆口氣。「罷，罷，你們倆去吧。」

阮成書抱拳道：「不了，成書還想回去看書，秋試結果大哥的出來了，成書的還沒有，心裡總七上八下的，還是多去看看書心裡會踏實些。」

「我同你說了應試結果的事可不許去外頭說，還沒有放榜，我與你說是因為你是我二子，傳出去我事先知曉了應試結果，會被牽連的是整個阮家。」阮秦風忽而沈下臉，狠狠地訓了句。

阮成書自是福身再次應下。

路過花廳，正看到一個容貌俏麗的丫鬟步履快速地迎面走來。

「二少爺。」丫鬟站在他面前福身，聲音清脆又好聽。

阮成書雙手背於身後，微微地點頭。

等那丫鬟走遠，阮成書又回頭看一眼，是陶齊眉身邊的丫鬟，好像叫迎夏，擦身而過的時候鼻息間撩起些淡淡的月季花香，那香味正是他以前和陶齊眉說話的時候，聞到過的香氣。

只聞過一次就記到了現在，如今只不過是從丫鬟身上再聞到而已，閉眼停頓一下，也覺得身子顫慄起來。

回了園子，橫眉豎目的模樣一下子藏不住，丫鬟端了茶上來，他一把把茶盞端起摔到一邊，碎裂的聲音嚇得丫鬟驚慌失措，知曉二少爺又要發脾氣，跪在地上身子瑟瑟地抖著，不敢抬頭。

阮成書勾勾手讓丫鬟過來，丫鬟不敢反抗，上前走到他的臥榻旁，咬著唇開始解下衣帶。

阮成淵跟著阮秦風進了書房，剛剛的話題便也沒有繼續下去，取而代之的卻是二位長輩的夾攻，阮秦風苦口婆心地把道理掰開來講，陶伯全便是說話大氣，仁義道德一下子倒在阮成淵身上。

阮成淵聽得耳朵都要起繭子，左耳朵進右耳朵出，但面上卻是十分認真的神情，看上去好似全都聽進去了一般。

「別光點頭，我剛剛說了什麼？」自己的兒子怎麼會不知曉，阮秦風板起臉忽而問道。

阮成淵立馬說道：「父親剛剛教訓成淵，既然任上那個位置，便要做到公正嚴明。」

阮秦風一拍桌子。「混帳，你果然沒聽！我是說，既然你一心求得往上走，就千萬別上錯了船！」阮秦風又開始恨鐵不成鋼，數落起阮成淵的不是。「以前倒還好，如今怎麼就成了吊兒郎當！」

陶伯全都聽得滿腦子嗡嗡響，只好勸了幾句，丫鬟適時地上了酒，三人一起乾了一碗，阮秦風也冷靜下來。

阮成淵藉機溜了。

看著調皮萬分的阮成淵消失在簾後，阮秦風生氣的表情也收斂起來。

「成淵他……絕對是有什麼事。」阮秦風聲音壓得很低，只有陶伯全能聽得到。「他的卷子我找太學品正拿來看了，條理清晰、思想沈穩，卻還是錯了一些地方，雖然寫得十分的巧妙，別人或者看不出來，但我看得出來出錯的地兒是他刻意寫偏題。而且我的人回報，成淵最近忙忙碌碌就是為了禮部侍郎這個位置。」

陶伯全抿起唇，半天才道：「齊勇也是一樣，他在府內，再是要死要活的病模樣，夫人也和我說起過，不用太過擔心。我總覺得孩子們在忙些什麼我們不知曉的事，刻意不告訴我們應當不是別的原因。」

「莫非是我們原先說起過的……」阮秦風立馬想起兩個孩子之間的聯繫。

「西王爺。」

兩人異口同聲的說出來，沈寂了好一陣子，眉間的愁緒許久都散不開。

宴席間氣氛極好，長輩們談笑，小輩們坐在一塊兒規規矩矩。

陶大太太帶了陶蕊過來，舉手投足之間的沈穩和大氣，竟是不輸阮家和陶家的兩位大少奶奶，一點兒小姐的自然俏皮和羞怯都沒有，若是換上一身宮服，還以為是宮裡哪位娘娘。

變化如此之大，恭敬地起身給長輩們敬酒，說起話來聲音十分的甜，裡頭摻的那一絲魅意又剛剛好，好像一杯醇香清甜的酒，不醉人，但能惑人。

阮大夫人笑著點頭。「都道女大十八變，這八姑娘可真真是不得了。」

陶蕊掩嘴一笑。「大夫人過譽了。」

美目流轉之間把旁人的魂都要勾了去，連近身服侍的丫鬟都頓住了，幾時看過這樣好看的小姐，說是宮裡的公主他們都會信。

萬眾矚目的陶蕊，心裡有些飄飄然，餘光瞥一眼齊眉，正笑著和阮大夫人說話，不知道說些什麼，陶大太太也跟著笑起來。

阮大夫人挾了一塊糕點，衝陶大太太揚揚手。「這個極好吃，是齊眉教的法子，真真是個心思靈透又溫婉可人的。」

陶蕊坐回了位上，又抬眼望向齊眉，她似是察覺到目光，順著對上自己的視線。明明是比自己差勁了不知多少的容貌，衣裳也沒有許多珠寶鑲著，月牙兒眼眸彎起來一下，卻是溫暖如春風拂面一般的舒服。

陶蕊回笑了一下。不過是會做做糕點罷了，上不了檯面，她什麼都不用做就能把旁人的目光都吸引住。

宴席結束後，陶伯全帶著家眷告辭，齊眉把他們送到了垂花門，握著陶大太太的手有些不捨。

陶大太太笑著道：「總有機會回來，等西王妃生了孩子就會和西王爺一起回一趟府裡，到時候妳自是也要回來。」

數一數，也就幾個月的時間。

齊眉點點頭，看著家人上了馬車。

年後文、武弘學堂發了文書，阮成淵升為禮部侍郎，弘朝裡主持科舉考試的正是由禮部侍郎來負責。

齊眉看他一眼。「主動惹火燒身為的是？」

阮成淵沈下聲道：「為的是一石二鳥。」

而阮秦風能打探到的消息，與他平起平坐甚至高出一等的人更是能！

費了一番周折，任職內裡的消息送到了平甯侯處，左元郎輕蔑地道：「兒子覺得父親不必再在阮成淵這個蠢傢伙身上下功夫，一而再、再而三的做蠢事，遮掩了又如何，如今還被您查出來是他私自上下打點。急功近利又自以為是，縱使西王爺要用人，也不會用這樣的蠢貨。」

「你懂什麼?!」平甯侯瞥了左元郎一眼，看他被吼得愣了下，緩緩地道：「寧可錯殺一百，也不要放過一人的道理給老子記著。他現下是沒得什麼值得懷疑的地方，做事蠢，人空有幾分才氣卻一點兒靈氣都沒有。」

左元郎聽得有些迷糊。「父親都這般說了，還要看著他做甚？」

「之前帶兵平復與梁國為首的幾個小國的戰亂時，若不是他恰巧插了一手，如今哪還會有什麼濟安公府？早就是被掏空了的陶家，那些所謂揚眉吐氣的武將子弟連站的地方都不會有！」平甯侯說著瞇起眼睛，眼眸裡透出一分精光。「之後我幾次投石問路，都像是肉包子打狗有去無回，無論是大事還是小事都能自然而然地散去，我始終不覺得這會是什麼巧合。」

左元郎毛毛躁躁地擺擺手。「我們平甯侯府的勢力如今這樣龐大，連皇帝老子凡事都得問過父親您，還怕他一個區區禮部侍郎？給他安一個罪名，上奏給皇上，除了他不就好了，父親也不需這般辛苦。」說著起身走到平甯侯身後，幫他捏著肩膀。

左元郎的力道時輕時重，總是捏不到點兒上，平甯侯反而心裡浮躁起來，一揮手讓他站到一邊，深深地嘆口氣，眼裡的精光越發加深。「眼光要放長遠，除去他實在是不難，但若是能連根拔起，放長線釣大魚才是最重要的。」

左元郎聽得有幾分迷糊，但也只好作罷。

平甯侯看他一眼，無奈地搖搖頭，自己生了個腦子不靈光的上不了檯面，而太子成日縱情玩樂，娶了太子妃後是收斂了不少，但終究爛泥扶不上牆。此刻握在手中的籌碼都不好看。

思及此卻並不覺得氣餒，唇角浮起一絲得意的微笑，都說戰場上刀光劍影最是要能力的，那可不見得。

他的本事，再是一手爛牌，他也能偷天換日，讓對手輸得一乾二淨。

新年初始，弘朝上下都呈現出喜慶吉祥的景象，連著幾年在邊關喧囂戰亂不停的影響下，今年的新年來得尤為珍貴。

自然而然的，百姓們又開始懷念起病逝的濟安公。一代梟雄，天妒英才，卻更讓人記住他的偉大和對弘朝做出的貢獻。

沒有他在初始為國平復亂黨，之後的祥和日子也不知道有沒有機會來，而在敵國入侵之時，濟安公主動請纓掛帥出征，在戰場上不顧年紀老邁，只一心要逼退敵軍，最終病逝在沙場。

百姓對他的崇拜和敬畏之心絕不會因得他的逝去而消逝，反而在這樣的時候越發的想起他。民間又開始流傳起關於濟安公的事蹟，編了膾炙人口的小曲兒，孩童們在街邊打雪仗玩樂時都會隨口唸起。

濟安公已經不在，而他的子嗣還在，身為樞密院副使的陶齊勇頗得百姓的愛戴。在年間帶兵巡邏之時，百姓們自發地給他送去食物、手爐等。

剛開始人還不多，漸漸地卻大有些不對頭的意味，分明是百姓對他的關懷卻總讓人覺得有些承受不起的錯覺，關愛太多總讓陶齊勇想起之前阮成淵說過的話，功高震主，他如今被捧得極高，若是摔下來定粉身碎骨。

酉時來交接的將士恭敬地和陶齊勇說著辛苦副使大人一類的客氣話，陶齊勇微微點頭，跨步上了駿馬。

回了府，西間裡暖和得很，如沐春風般的讓人舒適。

陶齊勇疲累地坐在位上，輕輕地舒口氣。

左元夏端了熱茶上來，溫柔地遞給他。「應該是不燙人的，特意算了你回來的時辰。」

抿了一口，果然溫度剛剛好，寒冬臘月，外面到底是冰霜滿天地，襖子上的雪已經化了，身子也因得熱茶和溫暖的內室而舒坦起來。

「百姓們也太熱情了，這麼多吃的用的，其實府裡也不會缺什麼，他們送這些來是心意，可……」左元夏猶疑了會兒，還是說起了這個。

具。

陶齊勇瞥一眼被堆得有些分量的八仙桌，真的是不少，都是些尋常百姓家的吃食和用具。

左元夏也走過去，拿起來細細地看。

「明兒妳是不是要去看五妹？幫我問個好吧，好久沒見她，過年也不得見。」陶齊勇覺得越發的疲累起來，上下眼皮打架，換上了寢衣後，囑咐左元夏一句便睡下了。

翌日齊眉起了個大早，阮成淵換上官服，倒是不顯得少年裝老成，雖然不是書生打扮時候的書卷氣息，也不是盔甲披身的英氣逼人，卻是別有一番韻味。

「要小心些，現下看似安安靜靜，也不知內裡暗波流動得多少，平甯侯那方的人不會那麼輕易的放過你。」齊眉囑咐著。

阮成淵點點頭。「妳安心，我自有分寸。」

午後左元夏便來了，外頭飄起了大雪，兩人窩在室內說著話。

左元夏提起了百姓的那些熱情舉動，齊眉聽得眉頭愈皺愈緊，半晌都沒有出聲。

「是不是妳也覺得不妥？」左元夏問道。

齊眉抿了口茶，外頭的雪又大了起來，積雪已經厚到了一定的地步，走起來都有幾分困難。

捧著手爐，齊眉道：「讓大哥把那些百姓送的東西想辦法送走。」

「全部嗎？到底是百姓們的心意。」左元夏有些猶豫。

「就怕是『心意』。」齊眉瞇起眼。「不好送走的話，如今外頭天寒地凍，我有個主意，大嫂回去和大哥商議一下，若是好的話，就越早辦了越好。」

時間在大雪中很快地流逝，西間和攏園裡幾乎到了通晚亮著油燈的地步，齊眉的眼眶都深深地陷了進去，黑黑的一圈，暖爐雖是燒著，但手腳卻還是凍得有些發冷。

她手下的針線飛快的穿梭，只為了能做多少鞋襪就做多少，而且還非得親手縫製，才足以表示關心百姓疾苦。

這幾日的雪下得尤為厲害，馬車都不得通行，貧窮的人家買不起好棉鞋，甚至還有小孩兒光著腳在走，凍得眼淚都流出來了，不停地哆嗦。

即使如此，入到宮內的消息依舊是瑞雪兆豐年這樣的套話，上面感知不到百姓的疾苦，下面的人連埋怨的時間都沒有，只盼著初春能儘早的到來。

言官遞上了奏摺，打破了百姓一切安好的假象，而矛頭直指陶齊勇，利用職務之便搜刮民間福祉，更有百姓跪在皇宮門口大哭不止，凍得哆哆嗦嗦，看上去可憐至極。

皇上一聽震怒，陶齊勇立馬上前跪下。

「你作何解釋？濟安公公正清廉，朕本以為他的後人更該是青出於藍而勝於藍。」皇上手緊緊握著龍頭扶手，嚴厲地看著跪於殿前的陶齊勇。

群臣都噤了聲，陶伯全和阮秦風交換了眼色，看不到背對著他們的陶齊勇是何表情，餘光瞥到後頭的阮成淵，似是胸有成竹。

輔安伯拱手道：「啟奏皇上，微臣認為陶副使利用公務之便已是大罪，更讓百姓對皇上頗有微詞，此是大不敬。微臣斗膽說一句，皇上如此嚴明，此事必要嚴肅處理，才能顯得弘朝之公正。」

皇上只看著陶齊勇，似是在等他解釋。

無論如何，陶齊勇以前確實是急功近利，毛頭小子恨不能一朝一夕就站於巔峰，如今揠苗助長，他在不適合的時間爬到了這個位置，雖然支持的人也不少，但朝中上下對他懷有意見的大臣不在少數。

就因為陶齊勇一心想立功，想為弘朝出力，想像濟安公那般為國為民，該是不會犯這樣愚蠢的大錯才是。

皇上環視了殿內一周，大臣們都因得他的發怒而低下頭，只有一個人昂首挺胸的站在他側邊，看著陶齊勇跪在面前，唇角的笑意一閃而過。

皇上捏了捏拳頭，平甯侯若是再往上走幾步，就能站在他的龍椅旁了。

就是為了嚴明公正，他近幾年開始廣納賢德有才之士，殿內文武百官之中，能用的人他心中已經有了分寸，只可惜羽翼未豐，很容易被人折斷翅膀，失了性命。但若是這樣的坎過不去，也就證明無法和平甯侯的勢力抗衡。

皇上正要出聲把陶齊勇押入牢裡等候審查，陶齊勇卻忽而拱手道：「啟奏皇上，御史大人所言之事確有發生，但事實並非如此。」

「說。」皇上眼裡閃過一抹神采。

陶齊勇挺直了背。「百姓如今的生活平和，心中對皇上、對弘朝感激至極，便只能把敬意傳達給我們這些將士。是百姓們主動自發地縫製了衣裳鞋襪和送來了吃食，不只微臣一人，這幾日巡視的將士人人都有。」

殿內霎時一陣喧譁，幾日裡巡視的將士被宣上殿內，一問之下果然是人人都有，還有個將士剛剛才換上百姓新送的棉鞋。

陶齊勇繼續道：「百姓所送的其餘吃食和用度，微臣也派人送給了鄰近村莊的百姓們，並不是所傳言的私自搜刮民脂，還請皇上明察。」

大臣們交頭接耳，聲音壓得很低。

酉時阮府內。

齊眉揉著痠痛的手指，阮成淵接過子秋送進來的藥油，把她的手放到自己膝上，細細的搽著。「還好妳動作快，除了知會妳大哥把那些東西再送走，還馬上安排將我們親手縫製的禦寒衣物送給百姓們，這除了幫助了百姓，最關鍵的還及時堵了那些欲上奏之人的口，若是再拖一日，事情都定不能就這樣過去。」

「這次那邊下手快，若是我們這風沒有及時往回吹，如今也不知是怎樣的情形。」陶齊勇抿了口酒，只覺得心有餘悸。

阮成淵卻是微微一笑，如之前在殿上那般的胸有成竹。

「這回他們可不只是為了拉你下水。」阮成淵沈聲道。

「此話怎講？」陶齊勇忙問道。

阮成淵揮手讓屋裡服侍的下人都下去。「老狐狸想做的是放長線釣大魚。」說著瞇起了眼。

陶齊勇聽得模模糊糊不得要領，但也能知曉確實是平甯侯那方做的「好事」。

「還好你和五妹及時發覺了，又連日趕製了些禦寒衣物應急，不然這關還真不好混過去。」陶齊勇說著撫了撫胸口，他是頭一遭見到皇上發怒，只覺得龍威確實是誰都無法觸犯的，一旦觸犯，後果便真真是不堪設想。

再是旁人使計，皇上也沒那個閒心去聽人喊冤，他要的只是結果。

阮成淵剛剛還說，皇上要的是能為國效力的人，而不是面打面與平甯侯直接對抗的人。

平甯侯帶著些怒意坐到正位上，下人端了熱茶上來，平甯侯端起來，剛入口便立即吐了出來，震怒地踹了下人一腳。「是不是想燙死本侯爺?!」

下人立馬跪在地上，哆哆嗦嗦半天，只連聲求饒。

「侯爺，皇后娘娘派人過來了。」這時候服侍的婆子在外頭通報著，隔著屏風和簾子，聲音卻是尤為清楚。

「仁孝皇后有何事?」平甯侯語氣緩和了些，皇后娘娘不常主動找他，這次大抵不是什麼小事兒。

仁孝皇后身邊的嬤嬤進來，低聲說著太子出事了的話。

平甯侯猛地瞪大眼。「太子如今在哪裡?」

第六十八章

齊眉正在磨著墨，阮成淵上任已然好幾日，比想像中的要風平浪靜得多，只因得仁孝皇后和平甯侯爺正被太子的事情弄得有些心浮氣躁。

原先太子去到柳城平息匪兵作亂，在柳城所待的那段時日一直都是百姓們交口稱讚一類的好消息，聽得皇上心中微感滿意。

倒是沒想到，一段時日過去，原先充滿讚譽的消息很快地消失，取而代之的不單單是與之完全相反的傳言，而且還真真是柳城的百姓們從柳城上到京城，就為了能把他們如今的生活原原本本告訴皇上。

平民自是極難面聖，由此可見能鬧到皇上都有所耳聞，並不是什麼小的陣仗。

柳城過來的人道，太子在柳城的時候，他們的生活看似是好了許多，匪兵再也沒有作亂，被太子當街親手斬殺幾個後，整個柳城更是風平浪靜。

當時柳城的百姓們確實心中盡是感激，但在太子離去之後，生活並沒能如他在之時一樣平和安康。

太子回京城當日，就有人家的閨女被搶走，一家小戶被搶掠一空，而一戶頗有名氣的商家更是被燒了個精光。

不過是剛剛離去就連著發生比原來還要嚴重、還要可怕的事情，誰都沒有想到會是這樣的結果，更沒有想到更可怕的還在後頭。

那些匪兵在太子來柳城的日子裡，和官府達成了協定，倒是沒想到太子會出手殺人來立威，匪兵當時是一聲不吭，但並不代表他們就會嚥下這口氣。

短暫的平靜換來的是壓抑了許久後爆發出來的積怨，百姓們萬萬沒想到之後的生活會變得那樣可怕，官匪相勾結。太子也已經離開柳城，回到他華貴平和的皇宮之中，沒有誰幫柳城的百姓們出頭，也沒有誰會聽到他們的求助，所以他們只能靠自己。

那些飽受匪兵迫害的百姓們揹著包袱，逃難似地來到京城，卻也歪打正著地殺了平甯侯和太子他們一個措手不及，縱使如平甯侯爺那般有本事，此刻卻也無濟於事。

皇上下旨派人去徹查，這把火燒得很旺，柳城的衙門被徹底翻了個遍，裡裡外外的大小官員只要有一點兒劣跡都被降了職並罰俸祿兩年，具體的處罰還要等皇上派去徹查的官員回報才能做定奪。

一時之間柳城那些食朝廷俸祿的人人自危。

柳城之亂的這把火並沒有因此而得以平息，反而是牽連甚廣，不少京城裡貪墨的官員都被揪了出來。

負責的輔安伯百思不得其解，只能速速與平甯侯爺商議。

平甯侯一拍梨木桌。「還不都是你們這群蠢鈍的！當時再三囑咐了，太子前去柳城的事情絕對不得有任何差錯，而且在太子回京城之後也要加緊看著柳城的動向，若是有個什麼風吹草動，便定要回來通報本侯爺。可現在呢？竟是等這些個小百姓跑到京城上來了才知曉！

一個個的都是吃白飯的不成？」

平甯侯這次氣得厲害，一口氣訓斥了一大段，停下來大喘著粗氣，青筋都暴了出來。

他氣得身子都微微地發抖，這次的勢頭來得不清，但目的卻是明確得很，大大小小的官員被揪出來，冠上了貪墨的罪名，半聲都不能吭，畢竟並不是莫須有的罪名。

被揪出來的官員看似沒有重臣，但大大小小的不少人，也生生地斬去了平甯侯的一些勢力，其中還有都尉和將軍等一、兩個手中握有一些兵權的官員。

本是恰巧能在西王爺回來之時布下陷阱，明明得了西王爺在西河有動作的消息，只要平甯侯這方派人過去抓到西王爺練兵的證據，就能殺得西王爺和他的同謀都死無葬身之地，如今卻生生地要推遲這個計劃，朝中動亂，平甯侯此時根本無法再派人去西河，還不知曉何時才能有這樣恰好的機會。

茶盞被平甯侯猛地扔到地上，啪地摔成了碎片。下人們都在外頭候著，沒有平甯侯的命令誰也不敢進去。

輔安伯沒見過平甯侯發這麼大的火氣，只能等了陣子，看著平甯侯半會兒都沒有消氣的預兆，便作主讓丫鬟們上了些清熱的茶水來，在寒冬臘月喝著雖是有些涼，但到底也能去了不少平甯侯心中的浮躁。

「如今該如何做才好？」輔安伯看準了時候，問道。

那頭齊眉和阮成淵也在說著近來發生的這件大事。「平甯侯現下肯定會採取以靜制動的法子，也就是靜觀其變，他最怕的不是別的，而是那些死豬不怕開水燙的人，或者說是豁出去了的人，被抓的那些官員都是和他勾結的，如若那些官員打算魚死網破把平甯侯拉下水，平甯侯就完了。現下沒有東西可以威脅到他們，平甯侯身上便也沒了保障。」

阮成淵點頭同意，補了句。「而且此次那些百姓們確實不是自發的，但是事情能鬧到這個地步，甚至能撼動到朝中的大小官員，妳當是為何？」

「有除了你們以外的人在做那群百姓們的後盾，而且那個人比你們之中任何一個人都要站得高，就連平甯侯爺也不是他的對手。」齊眉說著望向阮成淵。

「正是皇上。」阮成淵微微點頭。「這只是我的猜測，暫時還未與西王爺通稟。畢竟皇上就是高高在上的天子，揣摩得了是不是他所為，也揣摩不出他的目的究竟為何。」

確實……齊眉點點頭。「暫時不和西王爺說也好，反正再幾個月西王爺和西王妃便會帶著小王子回來京城，中間一來一去的送信最快也得有一個半月，還不包括中間有可能發生的變化，平甯侯以靜制動，我們也一樣可以。況且惹火燒身的人是他，而非我們。」

阮成淵接過齊眉端來的熱茶，抿了一口下去，齒間都是清香醇美的味道，讓人舒心無比。

平甯侯按兵不動，幾個月的時間正好能給他們這邊一個緩衝，原先若不是平甯侯意欲在西王爺和西王妃帶著小王子回京城之時布下天羅地網，派人去到西河查探練兵的證據，得了消息的阮成淵和陶齊勇也不會想起原先柳城的事情，拿柳城的事情來絆住平甯侯的腳，讓他自身都難保。

陶齊勇命手下的將士穿上尋常百姓的粗布衣裳，蹲坐在城門口大哭不止，說著淒慘的遭遇，漸漸地引得許多人的同情和同感，再加上不斷鼓舞群眾，事情就這樣一發不可收拾，有了他們的掩護，自發上京的百姓們自是一路都得了掩護，安安穩穩地到了京城。

阮成淵幾人沒想到的是，本只是想著用柳城百姓的事情來絆住平甯侯，好讓他們有時間應變，卻沒想到事情的走向竟是如此，大大小小的官員被揪出來，其中不乏平甯侯的羽翼，羽翼被斬斷損失雖非慘重卻也不樂觀，正好讓平甯侯那方的計劃擱置。

想起前不久，陶齊勇才被言官上奏，皇上並不出言護著，也沒有單憑一面之詞而降罪於陶齊勇，反而是耐著性子等陶齊勇親口解釋。

事實查證之後，主動上奏的言官被革了職，皇上最厭惡的就是那些只聽信虛假的消息，尤其這樣聽風就是雨，連調查一下都不會的人，要來有何用？

阮成淵開始揣測老皇帝這樣放縱著百姓，甚至有意憑著他們來打擊那些官員的目的究竟為何，畢竟貪墨的官員並不只是揪出來的那些，而揪出來的人之中，也不全是平甯侯的人。

皇上這樣斬去平甯侯的勢力，卻又不是狠得連根拔除，這樣的皇上，究竟是敵是友？

秋試的結果出來了，阮成書再次落榜，在榜下前幾名。

二姨娘在阮大夫人面前捶胸頓足。「這都是天運不濟，成書前段日子那樣用功，日日都挑燈夜讀，手和眼都腫了起來，竟然還是上天不眷顧，這……這可真是。」說著拿起帕子擦著眼角。「前幾日妾去寺裡求了道籤，是支上上籤，一路亨通的那種運氣，妾還滿心歡喜，結果依舊是一場空。」

阮大夫人擺擺手。「也不是這麼說，成書要真是千里馬，總會有伯樂能發現。若真是金子，也遲早會發光。」

二姨娘頓了下，帕子正好遮了臉，看不清表情，再捏起帕子來的時候笑得一臉燦爛。「大少爺就真真是塊金子，發光發熱的。瞧如今進了禮部，往後只有往上走的好路啊。」

阮大夫人笑著道：「妳也別總是把淵哥兒抬得那麼高，也是有運氣的成分。」

二姨娘眼珠兒一轉，笑著道：「大夫人說得是，是金子總會發光，妾也就是小題大做了，才來大夫人這兒哭幾句，也都是一家子的人，妾也才敢說幾句矯情的話。」

阮大夫人帶著笑意看著二姨娘，一會兒才道：「春試馬上就到了，成書不是也會參考？淵哥兒是禮部侍郎，這次的科舉他不說全權參與，但許多事他也是要親力親為。」

二姨娘眼中透出喜色，忙端著茶盞到阮大夫人面前。「大夫人，您看……」

「若是有何不懂的、不明的，找淵哥兒倒是無妨，都是一家子人，多個過得好的，等我們都老了也好安心。」

二姨娘大喜過望，連聲謝過阮大夫人。

阮成淵回了攏園，齊眉讓初春把剛做好的栗子糕端上來，還有熱茶配在一起，吃起來不會膩，甜度也剛剛好。

不過阮成淵明顯沒有胃口，只不過挾了一塊便放下了。

「怎麼了？是不是科舉的事不順心？」齊眉那日就在阮大夫人那兒，聽到了阮大夫人與二姨娘的對話，阮大夫人的意思其實很明顯，不過就是說幾句客套話罷了，而二姨娘卻彷彿是會錯了意。

「二弟今兒又來找我。」阮成淵皺著眉頭。

「春試不是已經過去了？他原先也沒找你，這會兒找你找得勤又是為何？」齊眉挾了一塊栗子糕放到白瓷碟裡。

「放榜還有幾個月，他不過是未雨綢繆罷了。有時候結果也不定就是你所寫卷子的結果，妳應該明白這個意思。」

齊眉點點頭。「我明白，但批閱卷子的也不是你，你只是主持科舉罷了。」

「批閱卷子的人是太學品正，我自小與太學品正有過交情。成書如今頻頻找我，妳說這是為了什麼？」阮成淵瞇起眼。

入夜後兩人睡下，齊眉想著阮成淵白日的話，阮成書找阮成淵，會不會是做個幌子？正想得頭都疼起來，身後忽而有些癢癢的感覺傳來，一會兒便酥酥麻麻的。

齊眉動了動身子。「明兒不是還要上朝，現在時候也不早了。」

雖是拒絕的意味，但聲音卻是軟軟糯糯，也沒有推開解著她束帶的手。

一路綿延的吻從嘴唇到細膩的脖頸，滑到鎖骨上重重地咬了下，齊眉嘶地抽了一口冷氣，有些嗔怪地看著他。

阮成淵輕笑一下，眼眸裡透出深沈的光，對視片刻就讓人覺得身上都微微地熱起來。隨著他的吻和撫摩身子的大手，所到之處都掀起了淺淺的酥麻。

齊眉伸手勾住阮成淵的脖頸，帶著幾分羞怯，蔥段般的手指插入他烏黑的髮間，被身上的熱力驅使，不自覺地讓他吻得更深了。

纏綿的氣息很快地被替代，紗帳曼妙的動著。

秋試早過了幾月，而春試也剛剛結束，阮成淵回來的時辰漸漸地早了起來，今年的秋試還有幾個月的時間，阮成淵這一、兩月便清閒不少。

阮府似是悠閒清靜，而宮中卻依舊因得柳城的那把火而燒得上下不安。

誰都沒有想到，太子一趟平亂的小事，幾個月後卻是引出這麼多事端。

被揪出來的自是不必說，而那些暫時沒有被牽連的卻是頗有微詞。

不少大臣上奏，一開始不過是旁敲側擊，到了最後矛頭竟是直接指到了太子身上。

皇上並沒有震怒，也沒有去責罰太子，只是把奏摺放到一邊，看不出他心中所想。

「我越發的看不明白皇上了。」阮成淵褪去官服，齊眉把寢衣遞過來。

「皇上若是這樣放任下去，太子縱使還是儲君之位，之後要如何才能讓群臣信服？」

前世不過幾年之後新帝登基，皇上如今這樣的做法，讓清廉之官不齒太子的作為，讓那些貪墨的官員對太子心存不快，即使新帝登基後會有新的官員任職，得罪了朝中重臣，太子登位後又如何能站住腳？

「我覺得皇上本就不是老眼昏花的人，況且誰都能知曉太子並不是做皇帝的料，即使登基也不會是明君，百姓要如何才能安居樂業？皇上不會願意讓先祖打下來的江山毀在他的後代手上。」

阮成淵說完後，二人皆是一愣。

「等西王爺回來，沒多長的時間了，頂多三、四個月，只要西王妃生下了小王子，滿月酒之前是一定要回宮的。」阮成淵又道。

齊眉點頭。

御書房內，蘇公公俯身與皇上低語幾句，便退下了，御書房的門輕輕掩上，皇上皺著眉，似是心事重重。

一眾宮女太監都恭敬地福身行禮。

蘇公公微微地點頭。「你們都在外頭仔細著。」

「是。」一眾宮女和太監都福身道。

蘇公公甩了甩袍袖，往御花園的方向走去。

沿途不少宮女和太監都停下來福身行禮，蘇公公在宮中的地位極高，縱使以前李公公還在皇上身旁服侍，蘇公公也有著自己的地位，何況李公公做了替罪羊後，蘇公公成為了皇上的近身，卻並未因得皇上的信任而改變什麼，反倒依舊是圓滑處事、安穩做人，在宮女太監們乃至群臣中的口碑都極其好。

御花園內百花齊放，爭相鬥豔，嫩粉疊著潤綠，潤綠外裹著翠藍，美不勝收的景致直讓人流連忘返。

過了御花園，從大道拐入小道，直走到盡頭便是一個清清靜靜的院落。

是德妃娘娘和原先西王爺住的寢宮，以前德妃娘娘為了躲去是非，便主動到皇上和仁孝皇后面前請旨住到這僻靜之處。

推開門，小橋流水，涓涓的流淌聲透著毫不違和的靜謐，幽幽的花香味兒飄散四處，只讓人覺得舒心無比，甚至不輸御花園的景致。

也難怪皇上只是來過一次，雖然嘴上不提起，但腳卻不受控制，總是要往這裡來。

蘇公公面帶笑意，拱手衝著亭內背對著他的素衣女子行禮。

美妙的琴音戛然而止。

「叨擾德妃娘娘了。」蘇公公笑著拱手。

「自從西王爺去了西河，本宮這兒就安靜得厲害，蘇公公如今過來與本宮說說話，哪裡來的叨擾。」語畢，德妃娘娘側過身，面帶笑容地看著蘇公公。

確實沒有出身大戶的那些小姐們的美貌，但卻透著靜怡平和的氣質，與所住的寢宮一樣，或者有些小家子氣，但由內而外的讓人覺得無比舒適，在宮中這般爾虞我詐、談笑間殺人於無形的地方，德妃娘娘這兒更像是世外桃源。

「西王妃下個月就臨盆了。」蘇公公道，剛剛從西河傳來的消息，皇上一得了便立馬差蘇公公親自過來通稟德妃。

蘇公公心中雖是愣然皇上對於德妃如此在意，但也沒有多探查，他深知德妃娘娘的地位已是與日俱增，雖然除了德妃開始時常出席宮中宴席，表面上並沒有什麼多大的變化，但在私底下，皇上隔三差五就會來一趟德妃這兒，每次都是焦躁萬分的來，平心靜氣的離開。

「是皇上要蘇公公你過來的？」德妃娘娘輕輕地綻笑，比涓涓流淌的小溪泉還要動人。

蘇公公點頭。「回德妃娘娘，是皇上讓咱家過來的。說是怕德妃娘娘心中思念掛記，一有了消息就得立馬讓德妃娘娘知曉。」

「難道本宮還能悶出病來不成？」德妃娘娘帶著淺淺的笑意，溫和婉約的容貌看得出歲月，但卻絲毫沒有婦人的老態在身上。

蘇公公只笑不答，德妃娘娘請了他吃茶，蘇公公喝了口，謝過後便離去了。

西王妃誕下小王子的消息傳回了宮中，不多久後西王爺和西王妃便帶著小王子啟程回京。

消息一傳回來，宮中上下都開始忙碌。

待西王爺和西王妃的馬車到了京城，便先到了宮中參加滿月宴。

西王爺和西王妃拜見了皇上和仁孝皇后，坐在一旁的德妃娘娘眼眶紅了一圈，盯著嬤嬤手裡抱著的小王子，被包得嚴嚴實實的看不到小臉蛋兒，忽而宏亮的啼哭聲響起，聽那清脆的嬰孩聲音，定是個健康的。

齊眉跟著陶大太太在外面候著，雖是收到了宮牌，但無傳召到底不得入內。

陶大太太一直抓著齊眉的手，頭微微往裡頭探，只能看到外頭站得整整齊齊的宮人們，內裡的情形一點兒都無法知曉。

「小王子也不知是像西王爺還是像西王妃。」陶大太太看著齊眉，眼裡盡是期待的神色。「還有名兒也沒取，其實我和妳父親商議了好半天都沒有決定好，大名兒自然是皇上來取，也不知會是什麼名字。」

齊眉捏了捏陶大太太的手，頭一回抱外孫，又聽得是個健健康康的，也生得很漂亮，心裡自是激動得厲害。

陶大太太忽而又垂下眼，裡頭傳來啼哭的聲音，特別的響亮，穿過了宮門和厚重的簾子，入到外頭等候的人們耳裡。

過不多時，蘇公公出來，客氣地道：「二位可以進去了。」

陶大太太立時面上浮起笑意，與齊眉一同被領了進去。

齊眉進宮前問過了阮大夫人，選了看上去素淡卻又大氣的錦裙，外面罩了一件鑲翠沈色斗篷，脖頸處延伸的料子是絨絨的質感，襯得她一張小臉尤為水靈粉嫩。

到底不過十四、五歲的年紀，也是這兒最小的一個，齊眉規規矩矩地跟在陶大太太身旁，頭都不曾抬過，恭敬的福身行禮。

「起來吧。」聲音極為親切，齊眉略抬起頭，視線剛剛好能看到側位上的金線繞紅牡丹鞋，宮中只有皇后的衣著配飾才能有大紅色。

「賜坐。」仁孝皇后看了一旁的宮女一眼，幾個宮人們忙把陶大太太和齊眉領到位上坐下，軟椅十分柔軟，內裡也如春日般的暖和。

齊眉微微抬起頭，西王爺和西王妃坐在前面，仁孝皇后手上抱著個小嬰孩，定是小王子了，仁孝皇后一臉慈愛的表情，雍容華貴的妝容、梳著朝陽五鳳髻，卻絲毫不張揚高高在上的感覺，身上的繡緯絲瑞草雲雁廣袖雙絲綾鸞衣也讓她的氣質盡顯無疑。

果然是左家這麼多年來最美的女子，縱使到了四十好幾的年紀也看不出任何老態，反而比陶大太太還要年輕幾歲似的。

再往右側看過去，齊眉眼前一亮，德妃娘娘一身紫綃翠紋裙，外披一件雲紋縐紗袍，梳著的雲髻間插著一支繞金翠色釵。察覺到了齊眉的目光，與她對視上的時候，只讓人覺得如同一股清澈的泉水流淌過全身。

齊眉總算知曉為何西王爺能生得那樣妖孽又不顯得女氣，繼承了德妃娘娘秀麗沈婉的容貌，又有皇上霸氣英武的氣質。

也難怪德妃娘娘只不過近身宮女出身，卻能坐上妃嬪之位，自是有她的魅力所在。而且相比較起來，仁孝皇后美則美矣，卻沒有德妃娘娘那份由內而發讓人舒適的氣質。

外面公公扯著嗓子道：「皇上駕到。」

才剛坐下沒多久的齊眉立馬起身，所有人都一起福身行禮，皇上大步流星地走進來，人未到而聲先至。「來，讓朕瞧瞧。」

說的就是小王子，仁孝皇后頓了一下，一旁的嬤嬤接過去，把小王子抱給皇上，皇上笑得眼睛都眯了起來，眼角的紋路十分的明顯。

本是男子比女子老得慢許多，但皇上卻是老態龍鍾，齊眉心中一想，約莫這段時間前後，皇上的身子就開始越發的差了。

做君主，要麼就是縱情玩樂而亡，要麼就是勞心勞力而亡。

齊眉總想不透為何有那麼多人還要對這個位置趨之若鶩，若真是為了名利，不過十來年的風光，之後卻要付出那麼大的代價，究竟值不值得？

她思量之間，不知道西王爺說了什麼，仁孝皇后忽而笑了起來，伸手要接過小王子，皇上笑著把小王子遞給她。「小心點兒。」

德妃娘娘也笑著道：「當時生下西王，也是皇后這樣抱著。」

仁孝皇后剛要抱過去，小王子忽而哭得驚天動地起來，仁孝皇后的表情看不出有什麼別的情緒，只是笑著擺手，用左手掩起嘴道：「還說起這個，那時候嬤嬤抱著邪兒過來，看他生得水靈靈的，再討喜不過了，高興地要抱過來，剛挨到呢，就哭得驚天動地，皇上還以為本宮欺負了邪兒。」說著看向西王爺。「卻不知邪兒長大後倒是嚇到了公主們，一些宮人也……唉，這麼好的日子，舊事重提也不好，就當本宮什麼都沒說。」

本來還歡歡喜喜的氣氛，因得仁孝皇后的一番話，立時就沈寂下來。

德妃娘娘依舊帶著沈婉的笑意，而皇上卻是眉頭緊鎖。

「父皇，小王子還未取名的，就留著等父皇來取，這樣小王子伴著龍威和龍福長大，能沾著父皇的光呢。」

出聲的竟是西王妃，她側身對著，齊眉看不清她的神情，從未想過西王妃也能反應極快，而且處事圓滑。

西王妃這話一出，皇上果然笑開了。「朕也沒想好，不過你們都這般說了，待朕晚些回去翻翻書冊，一定賜個好名。」

西王爺和西王妃躬身謝過。

宴席開始之後齊眉才見到阮成淵，隔了老遠，阮成淵一直在忙活，空了下來後忽而回身，半會兒後竟是找到了齊眉的身影，衝她笑了一下。

宮中的宴席比平時府中的家宴一類都要大氣許多，菜色也極為講究，連菜名都是掌廚們仔仔細細想過的，吃起來滿口生香，看著眼睛也一飽福氣。

齊眉始終沈默著，謹記著在宮中最好是沈默是金。

她本不是矛頭，沒必要出聲引起旁人的注意。若她不是知曉前世的事，粗粗看著宮中這一群人，只怕還以為多麼和樂安康。

仁孝皇后果然是個不好惹的，但德妃娘娘看得出不是個懦弱的角色，爾虞我詐的宮中生活實在是比外頭要可怕許多，不知道多少冤魂在這裡遊蕩，多少帶著希冀生活著的人在這裡葬送。

齊眉握著質地精美的象牙筷也覺得不是滋味起來，西王妃一直笑得眉眼彎彎，做事說話也尤為得體，站在西王爺身邊竟是沒有被他的容貌風采比下去。

總覺得西王妃眼裡透出憂傷，偶爾會走神，眼神偶爾看的方向是小王子待的地方。

「妳倒是個安安靜靜的孩子。」仁孝皇后忽而笑著道。

齊眉只覺得被母親掐了一把，抬頭望過去，坐在高位上的仁孝皇后正看著自己。

「皇后娘娘。」齊眉忙福身上前，腰間的佩飾隨著她的動作而叮鈴鈴的響了幾下，清脆悅耳。

仁孝皇后睇起眼，讓齊眉抬起頭。「這濟安公府出來的果然個個都是出水芙蓉一般，西王妃生得英氣，妳就一副柔美至極的模樣，初初一看還以為是水做的一般。生得好，也難怪有福氣。

「以前聽聞身子不大好，如今看上去卻絲毫沒有病態，連帶著夫家也是好起來，禮部侍郎從癡傻變成了如今的模樣，本宮聽了都覺得神話似的，皇上這婚賜得真是極好，好一對天賜良緣。」

齊眉低著頭，心裡揣摩著仁孝皇后話裡的意思。

「不過聽聞妳靜養的時候還差點被賊子擄了去，年紀雖是小，但到底是濟安公的後人，勇敢得很。」仁孝皇后笑著道。

陶大太太幾人呼吸一滯，連德妃娘娘都忍不住抬起眼看了皇后一眼，被賊子擄了去這樣的事，再是沒有成功，怎麼能在這麼多人面前說起來？本是沒幾個人知曉，可一傳十、十傳百，誰知道會被傳成什麼樣子。

皇上有些詫異地道：「有這等事？」皇上只覺得在天子腳下居然有人敢這樣膽大妄為，正要多問幾句，側首的德妃娘娘悄悄拉了拉皇上的袖管，側頭看過去，德妃娘娘微微搖頭，皇上便打消了主意。

阮家並不知曉這些，阮秦風和阮大夫人都望向齊眉。

名節對於女子有多重要，誰都再清楚不過，陶大太太臉都白了，唇也微微地哆嗦，卻始終不能發半點脾氣。

「哪裡及得上皇后娘娘半分。」齊眉笑著道，而後一直垂著的頭抬起來，直視著仁孝皇后的眼，沒有半分忤逆冒犯的意味，卻讓仁孝皇后心裡一滯。「只不過皮囊再好看終歸都是父母給的，好與普通都是恩賜，但脾性卻是後天養成，好與壞都是人為。」

陶大太太臉白得更厲害，有些慌張地看仁孝皇后，對方倒是沒有生氣的神情，只不過抿緊了唇，嘴角帶著似有若無的笑意，望向齊眉的時候，鳳眸裡的神色意味不明。

「兒臣與父皇、母后、母妃想好好聚一聚，飯菜都要涼了。」西王爺忽而笑著道，打破短暫的沈寂，他伸出筷子挾了雞腿放到皇上、仁孝皇后和德妃娘娘的碗裡。「原先在西河就想吃這些，味道卻總是不一樣。」

齊眉回了位上坐著，陶大太太氣得緊緊握著拳頭，指節泛白。

宮中的這一趟十分不愉快，馬車出了宮門，這時候仁孝皇后正臥在臥榻上，手指在案几上一下下地敲著。

「本宮就是看不過皇上待他們幾家子好，西王妃原先本該是太子妃，都是德妃那個不要臉的先開口。一個傻子、一個病殼子也能得了皇上的眷顧，看他們兩家那歡歡喜喜的模樣，嘖嘖，這事兒一說，看他們還如何和和氣氣，如何歡喜？就讓他們窩裡鬧騰去！」說著得意地笑起來。

第六十九章

因得小王子的滿月宴席於午後在宮中舉行了，場面盛大，也來了不少達官貴族，整場的氣氛都十分熱鬧，歌舞表演都是精心挑選過的。既然在宮中已經辦過了，濟安公府還是要慶祝，但絕對不能和皇宮撞日子。

所以濟安公府舉辦的滿月宴席要到第二日，阮秦風和阮大夫人先回了阮府，西王爺和西王妃自是留在宮中。而阮成淵一時還不能回去府中，得晚一點時間再走，禮部還有點事要處理，春試已經過去，秋試還未來，卻要迎接宮中最盛大的事之一——祭天。

齊眉本是該跟著阮秦風夫婦回府，陶大太太卻一直揉著前額兩側，似是不舒服的模樣，與阮大夫人說了一句，阮大夫人倒是很爽快地主動提出讓齊眉陪陶大太太回府，只要在酉時之前回去便可。

兩家若不是關係好，這些於禮不合、於情可原的事怎麼都不可能發生。

齊眉恭敬地福身應下，目送著阮秦風夫婦的馬車遠去，才轉身上了陶大太太的馬車。

「娘是哪裡不舒服了？」齊眉鑽進馬車裡，空間其實尤為寬敞，但氣氛卻意外地有幾分壓抑。

陶大太太反握住齊眉伸過來的手，十分的擔憂。「這該如何是好，剛剛親家離開的時候，我見他們臉色不大好看，再是以前待妳極好，擄走的事情雖然未成，但仁孝皇后卻在眾人之前提起來……」

說著陶大太太擦了擦濕濕的眼角，好幾年前的事情怎麼又被拿出來說，究竟是什麼人把這樣的事記著這麼久，還要到皇后跟前嚼舌根。

本是要安慰，嘮叨著說這些話，倒是反過來變成齊眉寬慰陶大太太。「那時候我年紀也小，但還是記得當日來府中的就是兩家人，一家是阮家，一家是居家。若要說還有誰，顏家想知曉這事也不難。」

陶大太太擰起眉頭。「應該不是顏家，顏老闆是個一身正氣的男子，這樣的事他做不出來，況且他也沒有機會面見皇后娘娘。」

「顏老闆是沒有機會，但顏家也負責宮中的鹽，與不少達官貴人交好，若是順口說出來也不無可能。」齊眉說著輕輕地吐口氣。「不過正如娘所言，顏老闆不會這樣，而公公婆婆今日的反應一看，便知不是他們所為……」

「那……難不成是居家？」陶大太太猛地抬起頭。「這樣的事說出去有什麼好處？我們與居家也沒有多深的仇恨，最大的也只是那時候妳本要與太學品正訂下姻親，因得妳祖父的事情才擱置下來，之後皇上御賜妳與成淵的良緣，難不成誰還能抗旨不從？」

齊眉微微低下頭，她也想不明白，但不是想不明白把事情傳入仁孝皇后的好處在哪兒，而是不明白陶大太太說的仇恨在何處。

前世與居家也是不冷不熱的關係，最親密的就是她與居玄奕有過一段萌芽都未曾的感情罷了。

「雖然不知道緣由，可得罪了居家不是好事，御史大人那樣的人……」陶大太太欲言又止，御史大人的職責就是監督文武百官，再是朝廷重臣遇上他也得多給一分面子。齊眉無端端地被這樣拎出來說，成淵和齊賢都在朝中，雖然齊賢不是什麼大官，但這就更需要仔細，不然一個奏摺遞上去，齊賢被免職還是小事，牽連濟安公府可就壞了。

陶大太太愈想愈深，手不安地搓著帕子。

齊眉忙寬慰道：「娘不必太過憂心，我回去和成淵說說，讓他這段時日都小心些。況且西王爺和西王妃剛帶著小王子回京，聖上這樣看重滿月宴，誰都不會在這個節骨眼上多使什麼壞。若是娘擔心二哥也大可暫時放寬心，二哥……」

齊眉想起前段時日與阮成淵說起過居玄奕和陶齊賢，居玄奕既是開口稱讚過陶齊賢，也不會轉身就自搧巴掌的給陶齊賢下絆子，而且陶齊賢如今在居玄奕手下做事，他要出了什麼事，作為上頭人的居玄奕也無法全身而退。

陶大太太聽著安心下來，馬車也正到了濟安公府，齊眉扶著陶大太太下了馬車。

「娘還是勿要太過操勞，明日的滿月宴女兒會早些過來，不用擔心公公婆婆那邊，他們心中會有幾分計較是自然的，但陶家和阮家這麼久的交情，外人若是挑撥幾句就天崩地裂，那也只能說明壓根兒就是交情不深而已。」

陶大太太嘆口氣，微微點了點頭，齊眉在府裡坐了會兒，飲了一盞茶後便回了阮府。

陶大太太依舊滿面愁容，過不多時陶伯全回了府，恨恨地把官服扔到一旁的軟椅上，力氣過大，官服從椅上滑到地上，新梅忙要撿起來，陶伯全卻吼道：「這破爛衣裳有何好要的？」

「老爺別這麼大火氣。」陶大太太起身，讓新梅拿起官服送去浣衣院，扶著陶伯全坐到臥榻上，讓丫鬟給他捶著腿。

喝過一盞熱茶，陶伯全依舊怒氣不減。「難不成還能冷靜？仁孝皇后在那麼多人面前說，齊眉若是個不堅強的，現在只怕哭得昏天暗地，說不準命都不要了！」

「齊眉好似沒什麼情緒，送我回了府，又喝了一盞茶才離去。說起來真是……我本是想支開親家倆，安慰安慰齊眉，結果到頭來反而是她在寬慰我。」陶大太太說著嘆了口氣。

「真不知她是軟柿子還是包子，怎麼捏她打她竟是都……」陶伯全說著頓了下，擺了擺手。「也罷，這樣才是最好的，仁孝皇后再是口無遮攔，總不能還真的當面去生她的氣。」

「老爺說得是，當時我也氣得牙癢癢，可是有什麼法子，她是皇后，除了皇上，她就是最大的，後宮也是獨尊。」陶大太太捏了捏拳頭。「看親家如何說，府裡再大的坎都過得去，沒什麼好怕的。若是有旁人敢胡亂說些什麼，我定撕了他們的嘴。」

而陶齊勇在西間裡也是氣憤難當。「把她五馬分屍都不為過！拿著女子的清白做談資說胡話，這樣的人死不足惜！」

左元夏沈默地端著糕點上來，幫他挾到碗裡，陶齊勇看都不看，手一揮，差點兒把碗碟給掀翻。

「若她不是皇后，明日的太陽我都讓她見不到！」陶齊勇氣到極致，恨不能馬上就把剛剛說的話付諸實踐一般。

「別衝動。」左元夏沈聲道：「你脾氣本就大，戰場幾年磨練，如今是沈澱不少。現下時局漸漸平和，你在朝為官，又是樞密院副使，不比戰場上的明刀明槍來得好擋，我是婦人沒錯，也不懂那些血雨腥風，但父親和皇后的心思我怎麼都能猜到幾分。」

陶齊勇頓了下。「妳的意思是？」

「皇后不是那種說話隨意的人，她既然在眾人面前說出那樣的事，定是有什麼目的。」左元夏擰著眉頭。「我說直話你不要生氣，與姑子有關的，最衝動的不會是姑爺，而恰恰是你。」

「難不成矛頭是衝著我來的？」

「也不是。」左元夏搖搖頭。「仁孝皇后撒了個大網，就等著在網中的我們被激得想要逃出去，互相咬也行，奮力地在網中扭動弄得渾身是傷也行。」

陶齊勇倒抽了一口涼氣，在宮中若不是阮成淵拉著，他可能已經做了蠢事，想起來被阮成淵阻止的時候他還大發脾氣，狠狠地揍了他幾拳，痛罵他是個懦夫，妻子被欺辱到這個分上，竟還做起縮頭烏龜。

「如若我們是尋常百姓家，大可以攤開來說，也可以有脾氣就發出來。但你們在朝為官，人前人後都有那麼多雙眼睛盯著，有什麼風吹草動被人傳了出去，不比姑子的事來得棘手。」

齊眉回了阮府，直接端著香香甜甜的糕點往阮大夫人的園子走去，阮大夫人卻是不在，問了守門的，對方道大夫人和大老爺都在書房內。

平時阮大夫人不常去書房，除非和阮秦風有事相商。

齊眉往書房行去。

心裡會有計較是肯定的，就看阮大夫人和阮大老爺到底能不能想通透，她沒有什麼立場說那些大道理，雖然不是她的錯，但這樣的事被捅出來，她自己在意受傷害不說，阮家二老又如何掛得住臉，從他們匆匆離宮一刻也不願多待，便能知曉二人心裡多不好受。

齊眉已經預備了要受訓，或者被責罵甚至更難以想像的後果，但在入了書房後卻被阮大夫人熱情地招手。「回來了？妳娘好些了沒？」

齊眉眼中閃過一絲訝異，讓丫鬟把糕點端過去，衝阮秦風和阮大夫人福身。「父親，母親。

「多謝母親關心，娘沒什麼大礙，只不過快入暑末初秋的交替時節，有些不舒服罷了，歇息一下便好。」齊眉笑著道，揣度著現下的氣氛。

阮秦風合上書冊。「明兒幾時過去濟安公府？」

「辰時。」齊眉忙道。

阮秦風和阮大夫人都語氣平和，面上雖有些尷尬的神色殘餘，但態度卻是比想像中好了太多。

齊眉有些不解地看著二老，鼻息間忽而飄入檀香的氣息，那是阮成淵身上的氣味。

莫不是他早自己一步回了？

陪著阮秦風和阮大夫人又說了會兒話，二老都沒有提起宮中滿月宴上皇后說起的事。

阮秦風有些疲累地翻開書冊，齊眉見他要做事了，便起身告辭，阮大夫人也一起出來。

齊眉扶著阮大夫人走到園裡，天氣沒有原先那般悶熱，清爽的微風吹拂著，心中的燥氣好似都被吹散了不少。

阮大夫人微微閉著眼，園裡的石板路兩旁都種上了珍花，香氣比平時要濃一些，而微風吹拂過來又使得濃淡恰恰好。

「雖然不知為何矛頭會對準妳，但無論怎樣那時候妳都還小，能有那樣的勇氣實屬難得。」阮大夫人終是說起了這個，沒在書房裡說，反倒是走在路上，語氣毫無刻意，似是與齊眉在聊家常一般的自然。

齊眉微微動了動唇，沒有接話。

阮大夫人繼續道：「想了想，若是這樣的事被府上的小姐遇上了，結果只怕會嚇人百倍。濟安公府不愧是將門之後，個個都有著旁人沒有的氣度和勇氣，縱使妳是女子，沒有一身武藝，也能有那樣的膽氣。」

「謝謝母親。」齊眉小聲地道。

阮大夫人說了這麼多，還專門挑著四下無人之時，語氣輕鬆隨意，還不就是怕她心裡難受。

有了這個認知，齊眉對仁孝皇后的恨意又加深了一分。尤其究竟走漏出去的消息是從何人口中傳出，雖心中隱隱有著答案，但沒有確鑿的證據也無法肯定，即使確定了是誰，如今的情形也沒法子做什麼。

「老實說，剛知曉的時候我和老爺心中自是不快的。」阮大夫人笑了笑，帶著些勸慰的意味。「成淵比妳早回來，在書房尋了我們，聊了一會兒，原先還以為他依舊有著小孩心性，說話做事都不成熟。但說起妳的事，卻頭頭是道，有理有據，說得我和老爺都有點兒掛不住臉了，妳入了阮府就是阮家人，在這樣的時候，犯不著因得這麼多年前的事而窩裡反。」

齊眉的步子頓了下。阮大夫人走得遠了些，齊眉忙幾步跟上，扶著阮大夫人入了內室。丫鬟端了淨面的水來，阮大夫人洗了把臉，看齊眉還在這兒，笑著道：「一家人不說兩家話。不快還是有，但絲毫責怪妳的意思都沒有，怎麼算，錯也不在妳頭上對不對？快些回去吧，也是時候用晚膳了。」

齊眉回了攏園，阮成淵坐在內室裡閉目養神。

迎夏和初春迎了上來，給齊眉福身，接著端上了新沏好的熱茶和剛出爐的糕點，便躬身退下。

「也不知出了什麼事，大少奶奶面色有些不好看，而大少爺也似是有幾分疲累。」迎夏和初春回了耳房，停在門口的迎夏有些擔憂地道。

「能有什麼事？大少奶奶和大少爺是夫妻，瞧有些小彆扭的模樣，那定是拌嘴了，明兒就能好了。」初春笑著把粗布疊起來整整齊齊地放到一旁。

齊眉飲了一盞茶，又吃了一塊糕點，阮成淵卻是一直未睜眼，如今夏秋交替，也是容易染上風寒的時候，齊眉自個兒去拿了袍子輕手輕腳的幫阮成淵披上。

阮成淵知曉前世的事，大抵是明白那年的事她付出了多大的努力，但說起來……還是不知他會不會心有不快。

不過至少自己看到的是事情被仁孝皇后說出來後，本該是最為震怒的他卻一派平和，比她都要平和冷靜，先她一步把阮秦風夫婦寬慰好。

好像從嫁給他之後，自己要操心的事就少之又少，從前世到今生都是如此，前世是因得他癡傻，他們兩個過家家酒一般的可憐親事誰也懶得去管，更別提找茬了。而今生，阮成淵為了她站到了風口浪尖，雖然他沒直接說出來過，但齊眉知曉，阮成淵是改了自己的計劃的。

齊眉猜，原本阮成淵的規劃中是沒有自己的，他不願意再讓自己受苦，不願意讓自己跟著他一起面對這個明槍暗箭的世界，所以他寧願退出，寧願選擇默默地守護。但緣分使然，兩人還是被紅線牽到了一起，而阮成淵就那樣蛻變歸來，再也沒有誰來嘲笑她要嫁給傻子，取而代之的都是羨慕。

齊眉輕輕地吸了口氣，阮成淵靠在床榻邊，手裡還捏著茶盞，裡頭的茶已經沒了，估摸是喝完了卻沒有來得及放下就睡著。

這是得有多累。

齊眉把空了的茶盞放到一邊，而後伸手撫摩著熟睡男人的眉眼，十分精緻，睫毛長長的，最是醉人的眸子閉上了，但卻絲毫不減他的俊朗。

這樣的響動他還沒有醒，今日本就勞累，還要為她的事情操心，只怕已經累得不行，齊眉都能想到他回了園子倒頭就睡著的場景。

齊眉俯下身，輕輕地在阮成淵的唇上啄了一下，唇角帶著茶香味，又和他身上的檀香味融在一起，讓人覺得放鬆下來，齊眉不由得加深了吻，把舌頭悄悄地探入進去。

把袍子下拉了點兒，阮成淵忽然動了動，悠悠醒轉的過程特別有趣，還是帶著些純真的稚氣。

他迷茫地看了她一眼，咧開嘴笑了下。「回來了？岳母大人身子可安好些了？」

「沒有什麼大礙，歇息就好了。」齊眉有些臉紅，明明再讓人羞怯的事也和他做過，可主動這樣深吻他還是頭一遭。

看他迷濛的眼神，應是剛剛才醒，因得小憩了會兒而臉頰有些紅潤。

「餓不餓？我讓子秋她們端晚膳來。」

阮成淵點點頭，看著齊眉出去。

用過晚膳，兩人頭挨著頭睡下。

二人的方向是一樣的，需要的結果也是一樣的，齊眉很想為他和自己再多做些什麼，柳城之事而引發的朝堂騷亂依舊未平，但顯然沒有原先那麼厲害，不然仁孝皇后也不會有那個閒心來挑撥。

「妳的事……還有誰知道？」

原來阮成淵也沒有睡著，齊眉側頭看著他，正對上溫潤的眸子。

「當時除了你們，還有居家一家來了。」齊眉道。

「居家……居玄奕。」說著這個名字，齊眉感覺到被褥裡阮成淵的拳頭好似捏了捏。

「應該不是他。」齊眉毫不猶豫地道。

阮成淵看了她一眼。「為什麼？那還有誰？」

齊眉沈默了下，也不知該如何回答，居玄奕那樣的性子，不會樂意做這種偷雞摸狗的事，至於為什麼……

那時候阮成淵和偷偷上京的西王爺見面，她被迷藥迷得神智不清，連呼救的聲音都發不出，只覺得意識混沌的時候被人帶走，又很快地被放到一個角落。

即使迷迷糊糊，齊眉也知道帶走她的人是居玄奕，迷糊之間，她看到了居玄奕臉龐的輪廓，對他早已不是喜歡的感覺，但前世今生的相處，她能一下子分辨出就是居玄奕。

或許不是友，但也不會是敵。

濟安公府的滿月宴雖比不得宮中的盛大，但卻是熱鬧許多，眾人說起話來都不像在宮中那般嚴謹和小心，陶大太太笑意盈盈，伸手從嬤嬤那兒抱過小王子。

小王子取好了名兒，皇上昨晚連夜批閱奏摺也沒有落下這件事，小王子叫蘇澤，澤是廣博的水源，百納海川，皇上希望小王子品行端正，為人包容。

「怎麼就哭了？」陶大太太有些無措，從抱到她懷裡，蘇澤就沒停止過哭泣，原先嬤嬤抱過來也是，陶大太太還以為自個兒抱就不會哭了，結果還是撕心裂肺地哇哇大哭。

「澤兒乖，不哭了，母妃在這兒呢。」西王妃忙過來從陶大太太手上接過，哄了會兒，蘇澤終於安靜了下來。

「還是只親近母親啊這孩子。」陶大太太笑著道。

西王妃垂下眼，沒有接話，看起來有些心事重重的模樣。

滿月宴上，請來了一些朝中重臣及其家眷，有幾個人都用異樣的眼神看著齊眉，齊眉似是渾然不知，大大方方地坐在席上，姿態從容的用著美味的菜餚。

這麼久的事了，要胡謅亂編的人由著他們去，只要家裡人能不起什麼大疙瘩，別人說一說也就過去了，一點兒風浪也起不起來。

議論並沒有持續多久，那些人無非就是湊個熱鬧，阮家和濟安公府的人都沒有任何異常，已經有人在懷疑當時是不是聽錯了。

事情也不是人人都親耳聽到，一傳十、十傳百，傳錯了也是自然。

阮家和陶家更是，沒有人提起這個事，相處得和樂安平，滿月宴的氣氛一直極好。

宴席過後，賓客們便離去了，齊眉從嬤嬤手裡抱過蘇澤，小手小腳都被裹在厚厚的絨襖裡，只露出一張粉嘟嘟的小小臉兒，睜大著眼睛好奇地看著齊眉，烏黑的眸子漂亮非常，長大後定又是個容貌不凡的。

齊眉伸手戳了戳蘇澤的小嘴兒，蘇澤立馬皺緊眉頭，迷惑地看著齊眉，咿咿呀呀的不知道在說什麼。

齊眉一下子笑得眼睛都瞇了起來，特別的開心。

晚些時候，西王妃和齊眉坐到了亭子裡，燒著暖爐所以並沒有多冷。蘇澤又開始大哭起來，西王妃擔憂得臉都皺在一起。

齊眉看了眼在襁褓中的蘇澤，嘆道：「這次會否住得久些？若是有何不便的話，讓西王爺請示皇上，澤兒年紀這麼小，這樣長途跋涉的，要再回去一趟，怎麼都受不了。」

西王妃訝異地看她一眼，神色多了一抹憂傷，她也不忍自己的孩子還這麼小就得跟著他們勞碌奔波。她深深地嘆了口氣，眼角隱約閃著淚花。

齊眉嚇了一跳，印象中齊英是從來沒有哭過的，即使前世的情路走得那樣坎坷，被關起來的折磨、好不容易能抓住幸福卻又得了喪父的噩耗，她都沒有掉過一滴淚。

也許會蒙著被褥悄悄地掉淚，也許一個人關在屋裡大哭不止，但也從沒在人前落淚過。如今，卻因得她一句詢問的話而眼角泛紅。

齊眉也是做過母親的人，孩子永遠是母親心中的軟肋，再堅強再淡漠的人一旦遇上了和自己孩子有關的事，手足無措、卸下堅強都是人之常情。

齊眉拉住西王妃的手，什麼話也不說，大概是母子連心，一直啼哭不止的小蘇澤也安靜下來。

除了嬤嬤和子秋，其餘的下人都站在亭子外候著，不知曉亭內的景況。

「二姊別哭了。」齊眉把帕子遞給西王妃。

不是叫西王妃而是叫了姊姊，齊英淚水反而滑落了下來。

齊眉索性幫西王妃擦著眼角，沒有哭多久，不過是掉幾顆淚而已，很快就止住了。

「別和爹娘說，王爺也不要。」西王妃的聲音帶了點兒鼻音。

齊眉點點頭，西王妃有些不好意思地擦了擦眼角。「一轉眼妳也長大了，變成妳來安慰我了。那時候妳剛回府還是瘦瘦巴巴的，像根竹竿條兒，瞧現在生得玲瓏剔透，比翠珠兒都潤。」

齊眉笑了笑，西王妃有心思說笑了。

接下來西王妃提起昨日仁孝皇后。「那樣的事兒怎麼就會傳出去？當時府裡守得多嚴密，誰也不敢出去亂說，這麼好幾年過去又是如何傳到皇后耳裡？也不知是哪裡來的小人嘴碎！」說著狠狠地捏了捏拳頭，面色也沈了下來。

「王爺會幫忙的。」西王妃有些心疼地拉著齊眉的手。

齊眉擺擺手。「對付流言的最好方式便是不聞不問不看，別人就指著我們自家人和自家人亂，若是真去追究什麼，還不正中了他們的下懷？何況清者自清，有沒有真的出什麼事，我們自己知曉。」

小蘇澤又哇哇地哭起來。西王妃伸手抱到懷裡，齊眉探頭看過去，小臉兒皺成一團，連五官都看不清楚，咿咿呀呀的聲音卻可愛得要命。

齊眉忍不住伸手戳他的小臉兒，蘇澤一下子停住了哭泣，圓溜溜的眸子盯著她看。

「一定得晚些回去，澤兒這才多大就跟著我們來回奔波。才半個月就從西河長途跋涉來京城，我們成人沒什麼，小孩子哪裡受得了？」西王妃說著嘆了口氣，撫著蘇澤的額頭，讓嬤嬤把蘇澤抱回暖閣裡。

「別凍了小王子，現下這麼冷的天氣，寒氣容易侵體。」西王妃囑咐著。嬤嬤躬身退下。

「王爺已暗地調查是誰傳到仁孝皇后耳裡的，雖然他有時候性子隨意了些，但妳是我的妹妹，他是王爺也是妳姊夫，怎麼都會幫忙。」西王妃微微地笑起來。

齊眉也跟著笑，眼睛亮晶晶的。

西王爺之所以上心哪裡是因為這個，還不是因得針對她的人就是有可能對西王爺自己不利的人。

不過這些事也沒必要說破，西王妃並不知曉西王爺要做的事也是好的，不知情有時候才是福。

書房裡，西王爺和阮成淵坐在一塊兒飲酒，陳釀被擱在小爐兒上熱著，滋滋的聲響伴著濃濃的酒香，十分愜意。

「平甯侯那方因得柳城的事而消停了不少時日，最近也不會有什麼動作，我們也暫時不要做什麼，以靜制靜。」西王爺抿了口酒，而後咂了咂舌頭。

阮成淵微微點頭。「王爺有沒有和皇上聊過？」

西王爺頓了下，道：「有，昨日我跟著母妃去到御書房，與父皇聊了幾句，言談間……」遲疑片刻才道：「父皇言談間顯露出對太子的不滿，而且不止一次。」

「我也沒有跟著說幾句，但總想著這會不會是一種暗示。」西王爺沈聲說道。

阮成淵握著酒盞，輕輕地摩挲了會兒，肯定的道：「王爺不要輕舉妄動，若是皇上再私下說起太子的不是，王爺切莫抒發自己的想法，附和幾句再轉到西河百姓的境況上來便可。」

西王爺遲疑的想了會兒，點了點頭。

皇室之中，為君者最厭惡的便是皇子之間的爭鬥，尤其西王爺先請旨去西河，又被皇上封了王爺賜了封地，皇上看似是在疲累之下尋常的和自己兒子閒聊，其實卻是在試探。

一來西王爺一直在西河，不應該知曉柳城的事，頂多只能是略有耳聞；二來，西王爺在皇上心中的性子是隨了德妃的不爭不搶，一旦開口多說了什麼，皇上定要起疑。

太子再差勁、再做得不對，也是皇上允了他去柳城，順著皇上的話去說太子，只能得到反效，等同於刮了皇上巴掌。

西王爺道：「還好我沒說什麼，這次在京城要住上一陣子，真是如你所猜測的，那父皇免不了還得又訓斥我幾句。」

阮成淵點點頭。「還是那句話，以靜制靜。」

第七十章

齊眉和阮成淵在酉時便回了阮府，西王爺也帶著西王妃回宮，出嫁的女子如無特殊的情況，酉時之前便要回到夫家，這是規矩。

在回去的路上，齊眉的心情卻有幾分低落。阮成淵試探的問了幾句沒有得到回答，便也作罷。

在府裡用完可口的晚膳，歇息了一陣子，齊眉做起了女紅，阮成淵則是擺了棋子，黑白兩方都執在他手中。

「你自己下棋？」齊眉咬著線頭，含糊不清地問。

阮成淵正執著白棋，微微笑了笑，落下一子。

齊眉把繡線、繡針放到竹筐裡，走過去看，也不打擾阮成淵，只是坐在一旁。

一局結束後，阮成淵緩緩地舒口氣，黑子白子互相牽制，誰也動不得一步，看來只能……

「平局？」齊眉笑著道，而後指著棋盤。「你不是自己和自己博弈，黑子我猜是平甯侯那方，而白子便是西王爺這方。」

阮成淵眼睛亮晶晶的，刮了下齊眉的鼻子。

「對。」說著笑意斂起。「我讓西王爺暫時以靜制靜，努力用平甯侯和西王爺的思維方式來下棋，結果兩方為靜則相互牽制甚至抵消，最後落得個平局。」

齊眉看了棋盤許久，忽而從棋盒裡捏起一顆白子放到棋盤上。「誰說是平局。」

「這個破綻太大！」阮成淵說著就要阻止她。

齊眉擋開他的手，又捏起一枚黑子，白子一下被吃了不少。

「妳瞧，我都說……」阮成淵停了下來，細細地看著棋盤。

齊眉已經又捏起一枚白子落到棋盤上，本來的敗局霎時逆轉，本是白子的缺陷，卻成了引誘黑子入局的誘餌。

阮成淵登時愣住。「竟然，白子竟然贏了？」

「每一顆棋子都是手裡的武器，不要心浮氣躁，平心靜氣地去看棋盤上的局勢，世上任何事物都有破綻，只要能抓緊自己手中的籌碼，一絲一毫都不浪費，在適當的時候拋出，自然能以平致勝。」這時候外頭已經入夜，齊眉又問道：「還要下嗎？」

阮成淵猛地站起來，眼睛裡閃著光芒，面上隱隱有著興奮的神色，去了書房到大半夜才回來。

回來時齊眉已經睡熟。

阮成淵把油燈熄了，在黑暗中看著齊眉熟睡的臉龐，帶著點兒不安，眉頭微微地皺起來，阮成淵伸手撫平了她的眉頭，卻深深地嘆了口氣。

那個棋局，白子下了那一招，引著黑子出來，確實白子贏了，可白子的犧牲也不少。

西王爺翌日便向皇上請旨，皇上爽快地答應，西王爺三人可以在宮中住到年前。

而這段時日，西王爺都是規規矩矩的帶著西王妃和蘇澤每日請安，而後便是在宮中陪伴德妃娘娘。

皇上時不時宣西王爺去御書房陪伴，待在裡頭的時辰都特別長。

一個宮女匆匆地去到仁孝皇后的寢宮，仁孝皇后正伸著細滑的柔荑，跪在身前的宮女細細地用鳳仙花給仁孝皇后的指甲染上鮮豔美麗的顏色。

宮女躬身在仁孝皇后面前低語幾句，一直閉著的美目緩緩打開，看了宮女一眼。「當真沒說什麼話？那皇上叫西王去做什麼的？」

宮女福身道：「奴婢哪裡猜得到聖上的心思，與前幾次都是一樣的，奴婢聽近身的宮女說，皇上批閱奏摺，西王爺到御書房都會帶著小王子，嬤嬤抱著，而後西王爺便坐在不遠處與自己博弈，或者吹起笛子呢。」

「怎麼都做些文謅謅的事情？與自己博弈、吹笛，這都是獨居的老者才會做的事情才是。」仁孝皇后說著撇嘴。

宮女笑道：「或者西王爺有自知之明，縱使皇上宣西王爺過去也沒有什麼特別之處，奴婢猜皇上不過是有段時日不見西王爺，也是剛有了小王子，難免會想多見見。」

仁孝皇后不屑地撇撇嘴，擺手讓宮女去把千篇一律的消息送給平甯侯。

到了返回西河的這一日——

西王爺和西王妃準時啟程，從宮中去了趟濟安公府，西王妃安撫了陶大太太幾句。

看著兩人帶著蘇澤一起上馬車，身後的侍從和宮人一路尾隨，整整齊齊的隊伍從濟安公府離開，陶大太太有一種錯覺。

這不是王爺回封地，而是皇上皇后帶著皇子御駕回宮的感覺……

「想什麼呢？」陶伯全笑著打斷陶大太太。

陶大太太頓了下，搖搖頭。「沒事，老爺餓不餓？讓廚房做些補湯來。」

西王爺一家在京城的日子表面看似太平，與皇上、德妃娘娘安享祥和，實則內裡波濤洶湧，陶大太太只是包容得過了頭，而不是蠢鈍，心思細膩的她發現了一些不對勁的事。

陶伯全總是頂著晨露出門，披星戴月的回府，而陶齊勇則是晝伏夜出，兩人幾乎沒有同時在府上的時候。

問了長媳婦，她也知曉得不清楚，只說宮中並不是看上去那般安寧。

原先柳城的事鬧得那樣大，牽連的官員也不少，那時候都沒有這麼大的動靜。而西王爺三人一回宮，四周就總沒個消停，陶大太太在入睡後都能覺得四周隱隱地有一股暗湧，雖然還是小小的，但是不知什麼時候就會越來越大，變成急流而下的瀑布也說不定。

齊眉一直在阮府待著，沒有去給西王爺幾人送行，已經嫁入阮府，又是大少奶奶的身分，再是受阮家人喜歡也不能恃寵而驕。

何況最近阮成淵越發的悠閒起來，聽聞父親和大哥都很忙，如今秋試過了兩月，阮成淵也正是可以清閒一些的時候。

外頭吹的風已經冷得入骨，到了即使身上穿得厚厚的，手裡捧著鎏金手爐也會牙齒發顫的地步。

齊眉坐在內屋裡，茶水一直在燒著，左邊是滾燙的熱氣，右邊是服侍的子秋和迎夏，而桌上則放置著溫度恰恰好的清茶。

阮成淵頂著風雪回來，子秋把他脫下的斗篷接過去。

「西王爺和西王妃還有小王子已經安然離開了，沿途也會有大舅哥的暗衛保護，不會有什麼岔子的。」阮成淵把棉靴也脫下。長襪已經濕了點兒，拿了乾爽的換上，再喝口齊眉遞過來的清茶，身子一下子溫暖起來。

「可憐的是小王子。」齊眉嘆了口氣。「在宮中住了一段時日，本想著不用那般舟車勞頓，結果偏生選在這樣大風雪的時刻回去，路途遙遠，只怕是要染上風寒。」

齊眉十分的憂心，齊英定也是心都揪在一起，以前她的熙兒也發熱過，不是很嚴重的程度，但還是把她嚇出了一身冷汗，病了好幾日總算轉好，齊眉也跟著幾乎沒合眼，最後自己哮喘復發，熙兒一好，換成她在床榻上躺了大半個月。

「只怪他生於帝王家，如若不然，他也不需要遭這樣的罪，何況他還有西王爺和西王妃護著，皇上也親自派人在馬車裡安置了足夠的小暖爐，溫和得似是春天一般，小王子不會有事的。」阮成淵說著坐到床榻旁。「他可能不是幸福的，但他是幸運的。」說著眼眸裡的光彩有些黯淡下來，也不知想起了什麼事。

「怎麼了？」齊眉坐到他身旁，關切地問道。

從沒見過阮成淵有些低落的說著這樣的話。

「沒事，早些歇息吧。」阮成淵笑了笑，有點兒乾巴巴的。

齊眉也沒有再問。

日子很快到了除夕，齊眉依舊跟著阮大夫人忙忙碌碌，比之之前的手忙腳亂，現在的她已然有些得心應手，阮大夫人笑著讚道：「哪天該妳來掌這個家，我也能安心了。」

「母親這是說的什麼話?!」齊眉有些嗔怪地道：「大過年的說這些多不吉利。」

「也是妳我才說直話，從老夫人手中接過阮府到如今，大大小小什麼事沒見過、沒處理過？這麼些年下來，我也確實是累了。」阮大夫人說著笑了起來。「得虧了有妳，等到今年花朝節後，這個家就讓妳來當著可好？」

阮大夫人沒有開玩笑的意思，內室的二姨娘和三姨娘都悶不吭聲，齊眉福身道：「全由母親作主。」

入夜後睡下，阮成淵總是不安分地動來動去，齊眉忍了半天，側過身子看著他。「怎麼還像個小孩子，歇息也不安分？明兒一早你還得上朝，現在還睡不著，看明兒要如何起來。」

「不起來也好。」阮成淵伸手攬住齊眉的腰，往她肩窩裡蹭了蹭。

齊眉被弄得有些癢癢的，不自覺地縮起脖子。

阮成淵不但沒停手，反而還越發的鬧騰起來，齊眉怕撓癢癢，本來只是在她身上蹭一蹭，下一刻目標換成了她的胳肢窩。

兩個人笑笑鬧鬧的好一陣子，忽而阮成淵一個翻身，手撐在齊眉身子兩側，本來還是笑意盈滿的眼眶蒙上了一層深沈的色澤。

俯身吻住柔軟的唇，齊眉下意識地抬手勾住他的脖頸。氣喘吁吁的，直到要沒氣了才被放開。

「還是不要吧……明日會起不來的。」齊眉小聲地說道，面頰兩側已經浮上了紅暈。屋內點著油燈，跳躍的光映著芳華正茂的美麗女子，阮成淵輕輕地吸口氣，而後看著她。「已經快一年了，還是沒有動靜……」

齊眉稍稍想了下，明白了他在說什麼，有點兒氣惱地推著他的胸膛。

「妳誤會了。」低沈的男音在耳邊響起，耳垂被吸吮了下，抬眼認真地看著她。「沒有別的意思，只是見妳這段時日都在給小王子做衣裳鞋襪，認真的勁兒讓我憶起從前。」

「熙兒……」阮成淵沈聲喚著這個名。

齊眉眼眶一下子蓄滿淚水，兩人成親快一年，知曉彼此的根底也有段時日，卻很默契的從沒有提過熙兒，他們前世的孩子。

那樣討喜又粉嘟嘟的孩子，生下來就是粉雕玉琢的，不是光溜溜的腦袋，烏黑的頭髮有點兒濕濕地搭在小腦袋上，他哭聲特別的大，哇哇地響，身子十分的健康，阮大夫人尤為高興。

阮秦風和阮老太爺商量了一日，給孩子的小名取做熙兒。熙同禧，寓意吉祥，又同希，寓意希望。也有熱熱鬧鬧和興起光明的意思。阮家的長輩們在熙兒身上寄予了厚望。

熙兒沒有繼承她的病弱，也沒有變得像阮成淵那般癡傻，還十分的聰慧。

齊眉淚水滑下了眼眶，可惜什麼都沒有實現，前世幾乎是兩家都滅門。

她確實很想熙兒，尤其是在看到蘇澤以後，小小的身子，軟軟的抱在懷裡，連手爐都不用捧著，整個心都是暖暖的。

「你是為了這個……」齊眉怎麼也說不出後面的話，她臉皮子可沒有阮成淵的厚。

「不是，是想要妳。」

話一說完，齊眉臉都紅了起來。

他灼熱的氣息噴在耳畔，心跳也如擂鼓般轟轟地響。

水一樣的嬌嫩女子包容住他，在水中沈浮、沈溺，而後心與心深深地交匯在一起……

翌日清早，迎夏給齊眉梳著髮髻。「大少奶奶，奴婢昨兒個回來時抄了小道。見到個以前沒見過的人……」

「誰？」齊眉問了又覺得多餘，笑了下。又道：「是哪個園子的？多奇怪的人才能引得妳一大清早也要和我說起。」

「一個不能說話的姊姊，應該是啞巴，奴婢順手幫了她一把，那姊姊後來明顯愣住了，而後衝奴婢笑了一下，特別溫柔。看她的打扮是和奴婢一樣的品級，但卻出乎意料的從未見過，奴婢和子秋姊姊平時在府中走動，大大小小園子內的人，奴婢們都心裡有數，昨兒晚上在耳房和子秋姊姊說起，她也對那個丫鬟沒有印象。」迎夏歪著頭，想了會兒又道：「不只是那個姊姊奇怪，去找她的人也稀罕。」

「嗯？」齊眉從銅鏡中看了眼迎夏。

「二姨娘身邊的丫鬟去找了她，似乎是請了那個姊姊過去二姨娘那兒，可是那姊姊卻不樂意，張著嘴說不出來話，連連擺手。

「還有那個丫鬟行動也不便，手指好像也少了。」迎夏見齊眉上了心，忙努力的回憶昨日的事。

「以前看府上丫鬟和小廝們的時候，也不見有個這樣的。」若是行動不便，身上有缺陷，那她應該印象很深才是。「也沒聽管事婆婆說過……」

齊眉微微地鎖起眉，確實有些奇怪，叫了子秋來，囑咐了她和迎夏幾句。

「妳們去打聽打聽那個丫鬟的來頭，再注意二姨娘那邊的動靜。」憶起前世，也沒有那麼個不會說話的丫鬟，但二姨娘可說不準會打什麼主意。二姨娘派去吃了閉門羹的丫鬟是和迎夏一樣品級的丫鬟打扮，對那啞巴丫鬟卻用請的，這可是十分客氣的舉動了，可啞巴丫鬟卻不願意去。

子秋很快得來了消息。

啞巴丫鬟是這兒的「老人」了，很少有下人見過她，一直住在府上那個僻靜的小園子內，平素極少出門，只是打掃打掃院落，似乎沒有別的事做。

「咱們平時都忙忙碌碌的，就是一等丫鬟了也是成天都是事，怎麼她就能落得那麼清閒？」迎夏撇撇嘴。

子秋點了下她的額頭。「這不是重點吧。」

「府上無論丫鬟小廝公僕，都是千挑萬選進來的，也不是有偏見，再是聰明、手腳麻利的人身上有疾病，手指還少了，這樣的按常理來說並不會留在府內才是。」齊眉道。

子秋點了點頭。「奴婢也是這樣覺得。」

齊眉手撐著臉頰，入春後的風景秀麗了許多，窗外看過去再不是白雪皚皚、被銀白色覆蓋的天地，而是充滿了生機，被粉嫩希望的顏色所取代。

「即使是在入府做事後才變成那般，品級如她的，便是給一些碎銀回老家自己過日子，斷不會留到現在，若說是幾乎所有的丫鬟小廝公僕都對她沒有什麼瞭解和印象，那只有一個可能了……」齊眉說著眸子微微瞇起來。「她與府上的誰有關聯。」

感覺還有更深的秘密在裡頭，但是子秋帶來的訊息只有這麼多。

子秋和迎夏一個沈穩一個活潑，平常都沒有什麼架子，在下人中很受歡迎和愛戴，有不少新進來的小丫頭都把兩人當榜樣，她們也和幾個丫鬟推心置腹的，都已經這樣了還是只能得了這麼零星的消息，她便更是無從下手了。

齊眉問道：「和易媽媽說過沒？」

子秋頓了下。「奴婢問過易媽媽，易媽媽似是什麼都不知，搖搖頭又去做別的事了。」

阮成淵今兒比平時回來得要晚了許多，飯菜已經熱過一次了，先回來的小廝急急忙忙地稟報，廚房又開始忙活起來，沒有做新的，而是又熱了一次，端上來溫度正好的菜餚，色香味俱全。

阮成淵褪下外袍，坐在八仙桌旁微微地皺起眉頭。

齊眉挾了一筷青菜放到他碗裡。「是不是餓過頭了不想吃？油膩的先放在一邊，青菜一類的怎麼都要吃幾口，還有米飯……」

「皇上害病了。」阮成淵沈聲吐出一句。

齊眉手中的筷子差點兒就拿不穩。

前世老皇帝染上病症後，不過一、兩年的工夫就病逝，太子登基，蘇邪和德妃娘娘同時葬身火海無人救助，而十日之內，陶家被冠上罪大惡極的罪名被賜了毒酒滅門，緊接著阮家被滿門殺盡，連小小的熙兒都沒有放過。

齊眉手都微微地抖了起來。「怎麼早了好幾年？」

本以為還有不少時間給男人們籌謀，許多事情都能細細地鋪開，慢慢地運作，天不從人願，只剩下兩年不到的時間，如此匆忙……

「妳也知曉，今生許多事情路子走得不一樣，縱使不少結局相同，可還是有太多東西和事物都變了，境遇提前也不是沒可能的事，皇上此次病得並不算重，雖然早朝讓群臣等了差不多兩個時辰，但實則氣色還算不錯，身子看上去也還是健朗。蘇公公也道不過是季節交替，皇上有些染上風寒。」

難怪阮成淵今日回得晚，早朝拖了差不多一個白日，禮部的事情依舊堆積在那裡，要把今日的分做完，這個時辰回來已經算不錯。若只是單純染上風寒絕對不會平白耽誤那麼長的時辰，皇上十分勤政，以前也不是沒有過身子病痛，都會努力撐下來，早朝更是從來都不會遲一刻。

齊眉心神始終無法安寧，放下筷子又道：「以前也是這般，皇上也不是一下子就病逝的，都是慢慢地循環往復的害病服藥。」

「現下皇上才剛剛有了病態，各方都是按兵不動的，我們有一個最大的優勢。」阮成淵握住齊眉的手。「我們知曉他們所不知的過程，敵在明，我們看似亦在明，實則在暗。

「西王爺那邊我暫時不用給消息，皇上害病自會有人通稟給他，如今最關鍵的是看平甯侯一方的動靜，約莫五、六月便會有所行動。」阮成淵回憶起以前的事，拳頭緊緊地捏起來。

齊眉微微點頭，上天眷顧，他們都能重活一世，定要握住好不容易來到身邊的幸福和安穩。

日子很快滑到了月中，齊眉寄給西王妃的信箋已經到了西河，沒有提起京城的事情，只是很自然地聊著蘇澤的情形。

西王妃看得面上都帶著柔和的笑意，剛剛回來的西王爺正好看到平素性子總是帶著些淡漠的女子，似是整個人都染上了溫柔的光澤，自從西王妃懷了身子，脾氣比往常要壞了不少，西王爺問過別人，說這是正常的反應。

待到西王妃生下蘇澤，不僅不會無端端地發脾氣，性子反倒比懷身子之前要柔和，只是坐在屋內，外頭春日的暖陽照進來，就灑了她一身的溫柔。

「說的是什麼？笑得這樣開心。」西王爺笑著走過去。

西王妃這才發現他回來了，忙起身，唇角的笑意越發的加深，拿起帶著月季花清香的信箋給西王爺。「是五妹妹寄來的信箋，問起澤兒的情況，而且啊……」說著又把信箋放到一旁，讓嬤嬤捧著錦盒過來，盒子打開，裡邊是成套的衣裳鞋襪，用的質料上乘，做工倒是沒有那麼精緻，但小孩子的衣裳鞋襪總歸都是小小的，即使針線功夫不是最好的，看著也十分可愛。

「而且五妹妹還親手做了一套衣裳鞋襪給澤兒，我比了比長短尺寸，稍微大了點兒，等澤兒再長一、兩個月，剛好能穿。」頓了下，又笑著道：「不對，現在也能穿的。五妹妹這方面反倒是比我有經驗似的，現在已經是賢妻，待到日後她和五妹夫有了麟兒，定是良母。

「手藝精進了不少，不過針腳還有可以更好的餘地，什麼時候再有機會和五妹妹見面，定要當面好好點她幾分。」西王妃捏著小衣裳，細細地看著，嘴裡也念念叨叨，和以前的模樣大不相同。「只是，也不知再相見又要等到何時了……」

西王爺看著她的眉眼，輕聲道：「會有機會的。」

「嗯？」西王妃放下小衣裳。

「待到妳五妹妹也有了孩子，我們便有機會回京探親不是？」西王爺笑著道。

陶伯全的生辰在八月，正是夏季的時候，請了不少朝中重臣和達官貴人。

左元夏已經開始接手掌管濟安公府的諸事。還有些不足的地方，但勝在勤懇，越是不懂不會，就越仔細謹慎，陶大太太打心底裡的滿意，唇角也時常掛著笑意。

齊眉和阮成淵在辰時便到了濟安公府，小廝忙上前迎著兩人進去，一路往花廳行去，路上的丫鬟小廝都恭敬的衝齊眉和阮成淵福身行禮。

離宴席開始還有一、兩個時辰，賓客們卻是來得極早，放眼望去，花廳裡已然坐了不少人，陶伯全被朝中同僚們圍住，拱手祝賀其生辰。

左元夏忙碌得厲害，陶大太太便清閒不少，一眼見著齊眉和阮成淵被迎進來，笑著招手讓二人上前。

陶伯全也抽身出來，幾步走過來，摸了摸蓄起來的鬍鬚，笑著望向兩人。

「祝爹（岳丈）福如東海壽比南山。」齊眉和阮成淵相視一笑，而後極為默契地說了一模一樣的賀詞。

「瞧瞧，這兩孩子真真是越來越好。原先就覺得極其相襯，如今更是有了羨煞旁人的勁頭了！若是八兒也有這樣的好姻親那便是完美了。」陶大太太笑著道。而後又捏起帕子掩嘴，不讓自己笑得太過頭，從女兒女婿進來後，賓客之中不少人就把目光投過來，有好奇、有探詢、也有羨慕。

齊眉知曉陶大太太心中高興，也由著她打趣兒。

「得虧了岳丈和岳母願意把齊眉交到成淵手裡，不然哪裡來這樣琴瑟和鳴的日子？」阮成淵說道。

齊眉嚇了一跳，縱使兩人單獨在屋內也甚少說這些，阮成淵也不知為何頭腦一熱就這樣說出來，也不怕人家笑話。

已經有人掩嘴笑起來，齊眉悄悄地掐了一把阮成淵的胳膊。

阮成淵佯裝吃痛的模樣，把陶大太太和陶伯全逗得大笑起來。

「八小姐到。」

通稟的聲音一出來，本來熱熱鬧鬧歡聲笑語的花廳霎時安靜了下來。

「蕊兒快些過來，妳五姊姊和五姊夫都來了，剛剛還說起妳了。」陶大太太笑著道。

齊眉回身看過去，登時有些愣住。

不是不知道陶蕊生得貌美如花，甚至說傾國傾城都不為過，但沒想過會越發的美麗成這般，蓮步輕挪的行到跟前，一顰一笑都能牽動人的心神。

福身的時候櫻唇中吐出給陶伯全的賀詞，因是準備過的，不是尋常的賀詞，而是詩詞的形式，文采佳人，不過一會兒的工夫，幾乎吸去了所有人的目光。

女眷們坐到內室時，有幾位夫人都開始詢問起陶蕊，陶蕊只是掩嘴輕笑，而後十分有禮的一一說著話。

「以前也是見過八姑娘，想著那時還是個圓滾滾的小女娃兒，如今搖身一變，真是美得猶如出水芙蓉……」一位夫人笑著道，眼中嘴裡都是讚嘆。

「可不是，八姑娘如今可不只容貌秀麗，還能吟得一首好詩，想起我原來年輕的時候，可沒有這般才情。」

「這是哪兒的話。」陶大太太笑著道。

幾位夫人裡，只有居大夫人沒怎麼出聲，不過以前居家那樣不樂意娶陶蕊，即使居玄奕眾目睽睽之下救了她，情理之中的姻親卻巴不得立即能踢到一邊。

那時候幾乎以為陶蕊的姻親就這麼被糟蹋了，不過天意難測，如今的陶蕊容貌越發的美豔動人是其次，身分變了才是最重要的。可就是如此，居大夫人也是悶不吭聲，任旁人一起說得多開心，她也是悶悶地坐在一旁。

礙於之前齊眉和居玄奕幾乎要說起來的姻親黃了的事，陶大太太縱使心中對眾人這樣隨意談論陶蕊的舉動頗有微詞，面上也未有表露半分。

「蕊兒最羨慕的是居大夫人呢。」陶蕊一對鳳眸笑得彎起來，流瀉出星光一般的璀璨。「御史大人遊走在百官之中，誰都要敬他一分，若不是有本事，怎麼也無法做到這樣的。而能如此厲害，也少不了夫人在身後的支持。」

陶大太太怔了一下，陶蕊這話的意思，怎麼有種對居家暗示的意味在裡頭。

內室的另外幾位夫人都沒了話，居大夫人笑了起來。「八姑娘這嘴真是抹了蜜一般的甜。」

看似熱絡，實則是乾巴巴的客套話。

陶蕊身子微微一頓，依舊一臉溫雅的笑容。

另外幾位夫人看得越發的歡喜。

「妹妹想和五姊姊出去走一走，許久未好好一起說會兒話了，也想念五姊姊做的糕點，這次應是也帶了些來吧？」陶蕊笑著望向齊眉。

陶大太太擺擺手。「妳們去吧，到底都是年紀輕的有話說，我們這群老人家，說的也都是妳們不愛的話題。」

「是怕叨擾了母親和夫人們。」陶蕊忙笑著道。

齊眉站起身，陶蕊正要去拉她的手。「我還是不去了，八妹妹若是覺得悶，找六妹妹和七妹妹去花園裡走一走，我讓子秋去端了糕點來，先給娘和各位夫人品嚐，晚些時候讓丫鬟送去花園給妳們吃可好？」溫和平淡的語氣，內裡透著說不出來的疏離感。

陶蕊並沒有生氣，反而大大方方地笑了笑。「也好，多謝五姊姊費心。」

轉身離去的時候，眸子裡銳光一閃。

子秋端著糕點進來之前，齊眉吩咐了子秋幾句，接過她手中的糕點，待她離去後，便邁著步子入了內室。

居玄奕坐在圓桌旁，顯得有些心不在焉，眼神似有若無的望向遠處，剛剛那抹倩影一閃而過，只不過那麼短的時間，卻在心中泛起極大的漣漪。

看得出來，她現在過得很好，比以前好了百倍千倍，沒有前世那些瑣事和嫌惡的對待，取而代之的都是寵愛，而本來癡傻的夫君也變得玉樹臨風，更重要的是，依舊對她百般疼惜。

可讓她這樣幸福的人，從以前到現在都不是他居玄奕。

居玄奕捏著拳頭，心中湧起不甘的情緒。

明明一開始走到她心中的人是自己，為何走入她的生活、融入她生命的卻偏偏是那個男人？

抬眼看過去，阮成淵正舉杯和旁人飲酒，舉手投足都透著貴氣和大家風範，絲毫看不出原來癡傻過的痕跡。

他心中煩悶，索性撇下眼前應酬一般的宴席，起身走出去散心。

走了並沒多遠，一個小丫鬟氣喘吁吁地從他身邊跑過去，一不留神踩滑，差點兒就要跌跤。

居玄奕伸手扶了她一把，觸到她胳膊的時候一怔，心中對齊眉的思念太深、太厚，讓他時不時地恍神，居玄奕很快地放開，手背於身後便準備繼續前行。

小丫鬟本來捧著的碟盤散落一地，潤雪燒牡丹糕也幾乎都撞壞了。

「這可怎麼是好！五姑奶奶定是要責怪了！」小丫鬟一臉哭相。

居玄奕頓住了腳步，回身看著她。「怎麼回事？」

「這是五姑奶奶的糕點……如今撒了一地，也不能吃了，奴婢也不會做這個，就是會，補著做也來不及……」小丫鬟捂著臉哭了起來。「五姑奶奶就在花園裡，一個人，還等著的呢。」

第七十一章

居玄奕的步伐漸漸地快了起來，亭內一道倩影，被柳葉枝條遮擋得隱隱約約，也不知還有沒有別人在。但剛剛的小丫鬟說了是只有五姑奶奶一個人，無論還有誰都好，他如今只是想見一面罷了，也不會去做別的什麼，說不上話也沒關係，近距離的看一眼也好。

他一直都是一個人，從一開始到現在都是如此。

縱使傾心於他的不少，縱使以前娶的還是傾國傾城的妻子，直到再看到她，心頭的情緒從一開始的淺淡，很快地便愈來愈濃烈，他一直記得今生第一次見到她，大抵是徒步上山的緣故，所以即使過了一、兩個時辰她臉頰依舊微微紅潤，馬車後的她還不過八歲，他從沒見過小孩子年紀的她，看著她悄悄在長輩身後伸手接到雪花的情景，一直長留在他腦海裡。

那一瞬間，他覺得恍如隔世，也本就是隔世。

之後入了寺裡，繁瑣的過程讓他只覺得索然無味，偷跑出來，雪還未停。腦海裡霎時浮起那俏皮的微笑，學著她的模樣伸手去接雪花，心中本來的冰冷也跟著化成一灘水。

那時候還並未弄明白那種感覺，從小他便是被父親母親逼著學、練，他沒有武功天賦，小時候父親請了京城鼎鼎有名的武學師父來教，但他卻怎麼都學不會，那武學師父心中傲氣得很，見他蠢笨的姿勢一下子來了氣，拿起藤條狠狠地打他。

滿屁股開花的他哭著去找父親和母親，兩人卻道他大驚小怪，父親還搖了搖頭，道大抵是自己太寵愛他了。

哪裡來的寵愛？從記事起就被硬塞許多教課，逼得連喘息的時間都沒有，最終他文才兼備，心中卻始終留下不可抹去的烙印。

弱者沒有資格生存。

前世的自己一直都存著那樣的心思，心也漸漸地扭曲，不想多想起前世的事，重生以後始終想不明白為何，直到遇上今生年幼的她。

心中的黑暗被照亮了一小塊，前生的遺憾只有她了。

所以之後他一直費盡心思，想和她走得更近，想補償前世的缺，重續前緣。

她是喜歡自己的，居玄奕十分確定，一直那樣老老實實的等著自己娶她，會因為一句情話就感動得厲害，他知道齊眉很孤單，甚至很自卑，在她面前，他永遠都是最厲害的英雄，雖然他事實上並沒有真正做過什麼事。

他知道自己不可能娶齊眉，再是門當戶對的兩個人，父親和母親曾經輕蔑地提起過齊眉——弱不禁風的病殼子、掃把星。

父母之命不可違，娶了陶蕊，身分地位權勢都能百利而無一害。

他終於依照父親母親所念想的，站到了高處，新帝登基，朝中上下都動盪不堪，只有居家安安穩穩，他們站對了路。

身邊的人前呼後擁，妻室美得不可方物，他卻絲毫高興不起來。

直到他看到街道上被那個傻子緊緊抱著的女子。

比記憶中蒼白了不知多少的臉，毫無聲息，就那樣倒在傻子的懷裡，傻子哭得涕淚橫流，含糊不清的話讓他的心一下子跌入谷底。

他出口斥責傻子，心中卻慌得發抖。

齊眉死了，病發而死的。

是他沒能保護好她，如若當時能頂下壓力，不被權力所迷惑，看清自己的心，八抬大轎把齊眉娶進門，現下也不是這樣讓人無法接受的結局。

一早得了消息，阮家上下一個活口都不能留，新帝無疑是懦弱的，看似是新帝執政，實則掌權的是平甯侯和當時已經是太后的仁孝皇后。

還記得傻子被他的坦言震驚地跑回府，留下他一個人對著齊眉的墳，她從出生到逝去都是虛無縹緲的感覺，沒有多少人注意，也沒有誰會難過，但是他跪在墳前流了好久的淚，直到天漸漸地光亮起來，妻室陶蕊找到了他，揪著他的耳朵要把他拉回去。

一時之間情緒湧上心頭，素來對她恭順的他頭一次發了大火，陶蕊一句話都說不出。

再回府，每日上朝，回府，有了兒子，有了女兒，心中卻一直空空落落的什麼都沒有。

從一頭黑髮、精神奕奕到中年白頭，身邊一起的人除了陶蕊以外其餘的都死了，妻妾之間的爭搶、子女之間的爭鬥讓他心力交瘁，身上已經抵抗不住年歲的摧殘開始病痛不堪，他飲下了毒酒，連齊眉的名字都從心底模糊起來。

而再次睜眼的時候卻發現自己小手小腳，意識很清楚，前世的每一幕都刻在腦海裡。

今生第一次能觸碰到齊眉，記得是花滿樓大火，十分模糊的視線，他站在酒樓後門，想去確認餘下的人。

眼前一抹人影閃過，之後他看見齊眉軟軟地靠著樓梯的鏤空扶杆，他幾步衝上去攬住了她，淡淡的月季花香盈滿了鼻息，從那一刻起，他便真真切切地感受到，重來一世，不是再重複走一次前世的路，而是盡自己所能的保護她、擁有她、得到她，讓她在兩鬢斑白之時還能有他在身邊。

可惜天不從人願，他今生這樣主動和努力，期待能和她走在一起，他幾乎已經可以觸碰到幸福，卻又讓他摔得粉身碎骨，一道聖旨下來，齊眉披上紅蓋頭，坐上了去阮府的花轎。

十分浩大的場面，眾人豔羨，長輩帶著滿意的笑容，而佳人如斯，才子卻不是自己。最讓他心裡心亂又悵然的是，這一世齊眉的心他捉摸不透，若即若離，在平甯侯府被齊眉拒絕的話把他澆了個透心涼。

他甚至開始懷疑，是不是前世的齊眉心裡並不是歡喜他，只是貪戀和珍惜被人在意的那種感覺。

「太學大人……」清麗的聲音把他拉回了現實。

不知什麼時候已經走到了亭內，那抹倩影如此清晰的出現在眼前，不過幾步之遙。華貴的衣裳，漂亮的髮髻上插著的珠釵金貴得厲害，佳人未回頭便知曉該是怎樣的花容月貌。

居玄奕捏了捏拳頭，憤然轉身離去。

「怎麼這就走了？」身後的女音再次響起。

居玄奕完全不想回答，額上的青筋都暴了出來。

再是傾國傾城的容顏，卻並不是他所念想的那個人。而最讓他生氣到幾乎要失去控制的緣由是，她竟故技重施。

至少對他來說是。

前世他曾巧遇陶蕊。

她款款而來，樹上的花瓣飄飄灑灑的落下，美不勝收的景色呈現在眼前。

陶蕊似乎很高興，開始在樹下旋身舞蹈起來，他承認確實很美，比眼前的景色還要美上幾分，櫻花飄落到她髮髻上，陶蕊有些為難的說道：「幫我拿下來好不好？」她指了指髮髻。

當時他哪裡知道後招是什麼，只當是齊眉的妹妹而已，伸手取下她髮髻間的花瓣。

後來陶蕊卻一個不穩地跌到他懷裡，他有些倉皇的站穩身子，陶蕊微紅的笑意一下子僵住，看著他身後叫了一聲。「父親。」

一而再、再而三的都是如此，第一次他不清不楚，還以為是個誤會，今生的合歡花燈是他一早就準備好的，買通了發花燈的婦人，也清楚地看到是齊眉提了合歡花燈。

站在船頭，看著不遠處的岸上，合歡花燈的形狀特別明顯，夜晚的護城河邊被各式各樣的花燈照得微微光亮，尤為動人。

接著那個提著花燈的身影一下子跌入河裡，合歡花燈也滅了。

他的心幾乎都要停止跳動，立刻跳入河中，奮力地游向她，手觸碰到身子的時候只覺得熟悉，直到渾身濕透地上岸，本來以為救起來的人卻站在自己的對面，擔憂無比地看著他懷中的女子。

他費盡了力氣，卻落得一場空。

還好父親母親看不上陶蕊的身分地位，若不然幾年前他便要發狂了。

「以為是五姊姊在這兒，結果卻是我。太學大人可真是性子急，這麼匆匆忙忙地趕過來，如今很失望吧……」

聲音十分好聽，說的話卻讓居玄奕走得更快，正要踏出亭子的時候，身後的聲音再次傳來。「若是今日我飲醉了，在之後的小宴席上說錯了什麼，你說五姊姊還能不能像現在這般幸福？」

「妳什麼意思？」居玄奕頓住了腳步，還是不願回頭。

「太學大人這麼聰明，怎麼會不知曉我是什麼意思。五姊姊一副柔若無骨的模樣，自是誰都想去保護，也吸引了太學大人的青睞……」

「她是妳姊姊！從以前到現在都最護著妳的人！」居玄奕猛地轉頭，對上了那對鳳眸，瞬間就燃燒著憤怒的鳳眸。

「姨娘被掃地出門，病重而死；吳媽媽被杖責致死，」陶蕊狠狠地捏著拳。「最護著我的人早就全都死了！」

「那又如何？」居玄奕看著面前憤怒的女子，是前世與他相伴了半生的人，心中湧起過的淡淡漣漪，因得她的話而消失殆盡，甩手便要離去。

「太學大人若真踏出去一步，待會兒我可真不定會飲醉的，五姊姊高高興興地隨著夫君、公婆一起來給父親道賀生辰，卻那般顏面盡失地走，還不知能不能走回阮府，縱使那蠢笨的傻子還願意要她，這麼多達官貴人在，阮府和父親、母親的臉也不知能往哪裡擱啊。」陶蕊掩唇笑了起來，笑聲刺耳非常。

「妳這個無法理喻的……」咬牙切齒地轉身，居玄奕被激得理智全無，幾步走到陶蕊面前，青筋暴起，前額兩側突突地跳著，偏生陶蕊還挑釁似的勾起唇角，居玄奕狠狠地把她按在鑲了白玉的石桌上，伸手就要掐住她的脖子。

對方卻出乎意料的動作比他更快，好似料定了他會氣得對她動手一般，卻並不是匆忙躲開他的攻勢，他的衣襟被蔥白的玉手一把揪住，狠狠地拉著，兩人面對面，近到只需微微動一下唇就能觸到的距離。

「你們這是在做什麼！」

一聲怒吼讓居玄奕猛地起身回頭，看到陶伯全震怒的臉，霎時才明白過來，什麼威脅什麼醉酒要辱齊眉清白，不過是用來激怒他的籌碼罷了。

為的只不過是這「恰巧」被長輩看見的一幕。

再一次的，他又這樣被算計，一步一步走近，最後渾然不覺地跳到陶蕊挖好的坑裡。

「大太太，老爺讓您過去一趟。」新梅福身，頓了一下，又道：「還有居大夫人，老爺也請您和大太太一同前去。」

本是歡笑的內室止住聲音，齊眉抬眼看去，新梅的面色有幾分複雜，還透著些畏懼。又出什麼事了？

齊眉放下銀筷，望向陶大太太，她自然也是絲毫不知曉的神情。

左元夏很快地被丫鬟領過來，招呼著內室其餘的夫人們，陶大太太和居大夫人一起出了內室，欲往花廳的方向行去。

老爺們和少爺們都在花廳內飲著酒，也不知這麼突然讓她們二人過去做什麼。

「大太太、居大夫人，不是往花廳，大老爺請二位去書房。」新梅忙道。

「到底是何事？老爺明明在花廳，怎麼又去了書房？」陶大太太疑惑地問道。

新梅卻只把身子福得更低，頭也低了下去，沒有回答陶大太太的話，只道：「大太太去了便知曉，奴婢不好說……」

「不好說」是個什麼意思？陶大太太更是茫然，居大夫人道：「去便是了，說不準是真有什麼事兒。」

陶大太太點點頭，與居大夫人往書房行去。

書房內跪著一個男子，平素都挺直的背脊微微彎下去，不知為何看上去有些洩氣，書房內只有陶伯全和御史大人。

但實則阮成淵也在，只不過躲在了屏風後頭。他並不是刻意偷聽什麼，而是在居玄奕離去後不久也覺得有些索然無味，問過陶伯全後便徑直去了書房。

陶家的子孫雖多是主武，但書庫內的藏書卻是驚人，陶伯全的書房內更是擺著不少珍貴的書籍，隨手翻著兩本看起來都能覺得獲益匪淺，阮成淵記得齊眉和自己提過，今生時常會翻著書冊看，許多道理和經驗都是從書冊中獲得。

聞名不如一見，果然是名不虛傳。他端坐在軟椅上看著書冊，一個時辰不到，書房外忽而喧鬧起來，他蹙眉看著書房門口，一個身影被狠狠地推進來，是居玄奕。

接著御史大人也衝上來，直接衝著居玄奕拳打腳踢，陶伯全站在一旁冷冷地看著，手一直輕輕拍著一個哭得梨花帶雨的女子，正是陶蕊。

心知出了什麼事，他把書冊合上放到一旁，權衡了一下輕重，出去或者留著都是尷尬的局面。他決定靜悄悄地在原處躲起來，他一個人尷尬也比貿然出去全部人都尷尬要來得好。

在御史大人斷斷續續的怒罵中，阮成淵大概知曉了事情的來去，阮成淵慶幸自己沒有那麼冒失的從屏風後出來。

陶蕊在亭內飲茶，卻遭了居玄奕的騷擾，意圖不軌。前世今生他都和阮成淵有所交情，年紀小的時候相處，即使之後對方的脾性有所變化，阮成淵卻是可以肯定，當中定然有什麼誤會，居玄奕應是做不出來那樣無法啟齒的事才是。

不過書房內的人都不如他心中所想，之後趕來的陶大太太和居大夫人，一個被驚得哭起來，心疼陶蕊的遭遇，一個比御史大人還要憤怒，尖叫怒罵聲讓人聽不出居大夫人是書香門第出來的女子。

而之後那聲啪的木椅碎裂聲，阮成淵幾乎以為打在自己身上了，居大夫人也太下得了狠手，若居玄奕真做了這事，怎麼打都不為過。可下狠手的，一個是生母、一個是生父，從開始到現在，除了失去理智般的打罵以外，阮成淵沒有聽到二人問過居玄奕一句究竟是怎麼回事的話。

最開始阮成淵想不明白為何居玄奕會樂意接近他這個癡傻的，尤其是二人年紀小的時候，居玄奕與他幾乎推心置腹，說起平素的生活，語氣中竟然羨慕他這個傻子的日子，雖然會有嫌惡，但至少能無拘無束。

阮成淵那時候一知半解。

而到今日這一幕，雖然看不到，但他卻能真切的體會到，也徹底明白了居玄奕的心情，連最親的父母都從不曾真心關愛自己，活得還不如他這個「傻子」幸福。

「今天我就把這小子打死！一而再地做出這樣的事，以前還算是救人，今日竟然……」御史大人氣得說話的聲音都顫抖，狠戾的語氣讓人都能想得出他的神情多麼猙獰。「要這樣的逆子有何用！」

「陶尚書千萬莫要手軟，這混帳東西……」

「別這樣打了，要把他打死了！」陶蕊的聲音帶著大哭過後的沙啞，聽著讓人憐惜萬分。

「八姑娘這真是菩薩心腸，逆子做出這樣喪盡天良的事，八姑娘還願意為他說話，我真是……我這張臉都要不起了。」居大夫人說得眼淚都不停地掉下來。

「父親、母親。」居玄奕終於有時間和機會出聲，一開口都能聽到血氣一般，沈悶又無力。

「住口，你還有臉說話！」御史大人恨恨地道，和居大夫人一般，覺得整張臉都被丟盡了，若是當時還有旁人在場，他們居家以後都不要再做人了。

深深地吸口氣，居玄奕抬眼看著生他養他的兩人。「我沒有做道德敗壞的事，是陶八小姐自己……」話還未說完，又被狠狠地踹了一腳，咳得都出了血。

再打下去只怕真的要出人命。

「我是你們的親兒子嗎？」居玄奕從牙縫裡費盡力氣的問出這句話，眼裡沒有一絲憤怒和憋屈，餘下的竟然只是迷茫，是從心底而發的那種迷茫。

「好了別打了，打也不是辦法。」陶伯全出聲制止了御史大人又要踹上去的動作。

「都聽陶尚書的。」居大夫人急忙道。

濟安公府如今的地位甚高，縱使如那些朝中大臣一般因得御史大人的職責而要給其幾分薄面，但居玄奕闖出這樣的禍，若是傳到皇上耳朵裡……

居家二老不敢再往下想，看著再沒有出過聲的居玄奕，衣裳都滲出了血漬，左右臉頰都是紅紅的指痕。

越過屏風，窗戶半開著，還有些微微地搖晃，大抵是外面風吹得厲害的緣故，屋內的幾個人也沒心思去注意這些。

阮成淵輕巧地落到地上，沒有發出什麼聲音，再要往前走的時候卻看到了一個熟悉的身影。

「齊眉？」

「你也在？」

兩人同時出聲，阮成淵繼續道：「我來書房想看會兒書，結果遇上了這樣的事，我覺得……」

「太學大人是被誣陷的。」齊眉接過了話。

阮成淵點點頭，不知該說些什麼，兩人相視了一會兒，齊眉嘆了口氣。「等會兒小宴席也不知還會不會有，如若沒有的話我們就先回去吧。」

不知陶蕊用了什麼法子讓居玄奕陷入這樣的地步，但這不是她能幫助的範圍。

果然小宴席取消了，賓客們本就走了一些，聽聞小宴席取消先是吃驚了一下，轉而一想，大抵是陶伯全自己有事，何況午時的大宴席大家都在，該送的禮和祝賀的話都送到，便也都紛紛告辭。

過不幾日，居家大少爺和濟安公府八小姐訂親的消息在城中傳開。

齊眉在窗前細細地繡著香囊，一針一線十分認真，陶大太太正坐在一旁，被陶蕊和居玄奕的事弄得太過煩心，索性帶了禮親自過來阮府找齊眉，傾訴著這幾日的事，縱使長媳婦能幹厲害，這些難以啟齒的話終歸還是只能和自己的小女兒說。

「為難蕊兒了……」陶大太太惋惜得很。「可也就蕊兒沒有被憤怒沖昏腦子，當年她在眾目睽睽之下被居玄奕救下，再是時間流逝，記得的人也不是沒有，居家不娶她進門，只怕真的要孤獨終老。」

齊眉沒什麼反應，陶大太太也只是需要傾訴，兀自繼續說著。「那日妳也在場的，不少夫人都問起蕊兒，有人想起了那年的事，一提起來便都再無人出聲，名節始終是女子的命。」

齊眉點點頭，把線湊到唇邊，潔白的牙齒咬上去。

陶大太太又絮叨了一陣子，眉間的緊鎖漸漸地消散不少。

縱使齊眉不吭聲，但毫無疑問是個很好的傾聽者，安安靜靜的坐在身邊就好，她也沒指望過陶蕊和居玄奕的事還能有什麼轉折。

這麼想著，陶大太太也如此說了出來。

齊眉把繡線繡針都收納好，笑著看了眼陶大太太。「娘。」

「嗯？」平素齊眉都是喚她母親，弘朝的女子嫁入夫家後，婆婆便成了母親，生母要稱為娘。叫「娘」是貼心一些，從女兒的嘴裡喚出這個稱呼，總會有比出嫁前還要更親的感覺。

「蕊兒沒有娘心中所想的那般貼心、大度或者是溫和良善，她只是自己挖坑跳了進去，這個坑又委實不錯，沒有人能拉自己出來，且她自己本身也沒有要出來的意思。」

「什麼意思？」陶大太太面上的笑意僵住了。

齊眉輕輕咳嗽了聲，也不再斟酌語句，面對的是自己的娘，又是這樣讓人無奈到極致的性子，也就沒必要拐彎抹角。

「木還未成舟，卻也沒誰會再去用了。」齊眉輕輕地吐出這句話。陶蕊當時花燈會被居玄奕當眾救起，居玄奕卻並沒有娶她即是木未成舟；而陶蕊如今已經到了訂親之齡，即使有人家相中了她，也礙於當初居玄奕和她在花燈會的事而卻步，沒有誰會再去娶在眾目睽睽之下被人抱過的女子。

陶大太太被自己的口水嗆住，連連咳嗽，齊眉讓迎夏端了茶盞來，邊讓陶大太太飲茶，邊幫她拍著背讓她順氣。

「妳這說的是什麼話，也還好是我們娘兒倆湊一起說的。這話要是被旁人聽到了，還不定怎麼說妳。」陶大太太拍著心口，氣都有些喘不勻。「也是……妳這也是嫁人了。」

齊眉把茶盞放到一旁，伸手把窗戶推開，外頭的熱氣一下子冒進來，夏日的悶熱尤為明顯，燥熱酷暑的日子最是難捱。

「娘，我說的是實話。」齊眉轉過身。看著坐在軟榻上的陶大太太，窗外的刺眼陽光照了進來，把齊眉一身的溫柔都照得幾乎要看不見。

「娘可還記得當初八妹妹在花燈會上落水，被太學大人救下的事？」齊眉問道。

陶大太太點點頭，陶蕊那回差點就沒了命，府上都因得這件事而亂成一團，下人們進進出出忙忙碌碌，誰也不敢停下來的記憶還很清晰。

齊眉深深地吸口氣。想起那時候的事情，當時陶蕊手裡提的是月季花燈，之後落水前卻提著合歡花燈，而居玄奕在船上，又是入夜了，縱使河上、岸上不少花燈閃著光，他看岸上也並不十分清晰，是陶蕊使詐，而居玄奕也用了手段，她從來不認為自己有什麼福氣能剛巧拿到合歡花燈，雖然時隔了幾年無從問起，也無須再問，記得那時候居玄奕黑曜石一般的眼眸盯著她，問她去花燈會的緣由是不是因為自己。

當時她點了頭，其實並不全是。前世自己從未去過花燈會，猶記得每年迎夏都會偷偷溜出去看，而後悄悄帶一個花燈回來給她，每次看到簡單卻亮著淡淡燈光的花燈，她都會興奮得小臉通紅，讓迎夏把屋裡的油燈熄了，自個兒舉著花燈在屋裡轉圈兒。

她也很想看一看，熱鬧的外邊是什麼模樣。

不全是因為他。

齊眉隱去了這一段，畢竟要完全說出來，對她自己百害而無一利。

「岸邊不是沒有防護，那麼多達官貴人家的小姐們和少爺們都在，守衛們有幾個膽子敢放鬆？」齊眉收回了思緒，睫毛輕輕地顫著，望向陶大太太。「還有顏宛白被軟禁的時候，那些關於八妹妹的謠言，都是八妹妹自己放出來的，這事兒娘大抵是不記得了是嗎？」

陶大太太身子一怔，這……

當時看護顏宛白的四個丫鬟全都有耳疾，只有清濁會看唇語，也得虧了她會看唇語，不然也無法那麼清晰的知曉陶蕊可以連自己的名聲都不要，只為了正室這個名頭。

那樣大的犧牲，差點丟了命，又幾乎要丟掉名節，就只是要把自己和居玄奕緊緊地用紅繩綁在一起。

若果說是為了愛情，是因為陶蕊愛得居玄奕發狂，那還能嘆她一句是個為情沒了理智的女子，可她偏偏不是。

只是為了名頭而已，下了這麼大的賭注，歷時這麼幾年，無論中間發生了什麼，她一旦確定了目標便勢在必得。

一步步的侵入府中長輩的生活，讓長輩心中都充滿憐意，淡忘她做過的蠢事，即使能想起來，她也能撒著嬌說一句不過是年少輕狂罷了。

而居玄奕，從邁出第一步起，就沒有任何偏頗地往她設下的圈套中行去。

在居玄奕跳下河中救她上來起，就已經落在了陶蕊的網中，只不過落入網中的魚並未察覺，「漁夫」冷靜淡然，只為了能一次收網，不給任何掙扎逃脫的機會。

陶大太太重重地喘著氣。「妳是說……妳是說這次的太學大人欲圖謀不軌也是蕊兒……」

「對，就是八妹妹。」齊眉直視著陶大太太的眼。「娘的心實在太軟，但該硬的時候就得硬一些。爹娘付出了所謂真心，卻被他人當作跳板，只為了成全她心中所想要的那個『名頭』。

「娘，顏宛白是怎樣的女子？八妹妹從小跟著她長大，小時候的性情確實可愛非常、討人喜歡，但幾年的時間過去，耳濡目染，娘真當蕊兒還是當年那個什麼都不懂的女娃兒？何況顏宛白自作孽不可活而亡，再加上以前服侍八妹妹不少年份的吳媽媽被杖責致死，那時候的蕊兒心態只怕就已然起了大變化。」

陶大太太沈默了半晌。「所以蕊兒都是在騙我和老爺？那些所謂被羞辱後的驚嚇，無可奈何要嫁給居玄奕的傷心都是假的？」

「看娘心中如何去想吧，見人見智。」齊眉淡淡地道。

到了這個分上，她這個親生女兒都已經這樣直接地說出來，陶大太太還是有所懷疑，確切的應該說不是懷疑，而是心驚自己太容易被人牽著走了。

前世的她在這個點上像極了陶大太太，還好看過了許多事，這世她不再軟弱，不至於再落入同樣的下場。

陶大太太是她的親生母親，因得軟弱而連爭取她留下的力氣都沒有，前世的自己多少受了很大的影響，也一樣的有些唯唯諾諾，甚至自卑得厲害，而重來一世，她所收穫的不只是現在所擁有的那些，還有為人處事該有的態度。

不到萬不得已犯不著把人逼上絕路，當然前提是對方對自己沒有什麼惡意，若是對方曾經或者現在動過壞的心思，那就不要放過，也沒有理由放過。

陶蕊對自己並沒做過什麼不可原諒的事，抽身在外，她依舊是自己的八妹妹，若與居玄奕的交情再深些，心中也只是多為他感到難受而已。

如今心裡只為居玄奕存著些惋惜，陶蕊確實是貌美如花，舉手投足都能迷了不少人的心神去，可惜她絕對不會是個賢妻良母，不是那種能長伴夫君一生的女子，被扭曲過的心裡，裝的只有一門往上爬的心思。

陶大太太滿懷感嘆地回了濟安公府，卻也無能為力改變什麼。

很快地，居玄奕和陶蕊的親事訂在了今年十二月中，御史大人和居大夫人親自翻了黃曆，這一、兩年最好的便是這日。

第七十二章

阮成淵每日忙碌著，齊眉也安安分分地待在府中，迎夏去過小院落幾次，那個啞巴丫鬟完全深入簡出，除了待遇以外，隱躲的程度和當年的德妃娘娘完全一樣。

德妃娘娘當年帶著蘇邪躲了那麼多年，無非是為了保命，也不知那個啞巴丫鬟是為了什麼而躲，會不會也是為了保命？

可兩人的身分不同，德妃娘娘無論如何是宮中正兒八經的妃嬪，就是有人要害，也無法悄聲無息地做掉。

至於啞巴丫鬟縱使是一等丫鬟，也是簽了紙契進來的，在官府登記，看似是保護奴僕們的基本安全，但其實這都是無用的，達官貴人之家，被打死弄死的下人不知道有多少，塞些銀子給官府，要弄死個丫頭壓根兒不是難事。

而啞巴丫鬟顯然在那個小院落待了不少年了，還能這樣安然無恙，定是有人在暗處保護她。

齊眉的額頭疼了起來，索性問阮成淵，阮成淵細細地想了半天都沒有印象。「從來不知有這樣的丫鬟在府上。」

齊眉也只好作罷，待到明兒個她親自問問易媽媽，易媽媽在府中待的時間很長，行事並不高調，都只專心照顧癡傻的阮成淵，沒什麼地位。自從阮成淵恢復了神智，路子也走得算順，易媽媽的日子好過了不少，也跟著沾光了，地位提升了不少。

以前地位不高的時候，易媽媽常與丫鬟們閒聊，那時候無人畏忌她，天南地北的什麼都說，說不準易媽媽能知曉關於那個啞巴丫鬟的事。

只不過易媽媽最近似是很忙。

居家和陶家的親事訂得急，八月訂下的，十二月便要迎娶，緊接著便是過年，過年前後最是忙碌，各式各樣的人家要互相走訪、拜年。府內各家都有許許多多或者大事、或者瑣碎的事要處理。

因得陶、居兩家要準備訂親，所以夏天還未過便開始忙碌了起來。

知曉娘家忙碌，本也沒什麼大事情，齊眉便也一直沒出過阮府。

九月末的時候，秋意已經十分濃厚，深夜的風吹起來能讓人冷得打哆嗦。

阮成淵到披星戴月的時候才回屋子裡，子秋端上了熱茶後福身退下。

「怎麼最近這麼多事情要忙？」齊眉抬手幫阮成淵換著寢衣，和夏日不同，入秋後的寢衣要厚一些，也沒有夏日寢衣的寬鬆，但料子依舊是舒服得很。

阮成淵坐在八仙桌旁，飲了半盞茶，緩緩地舒了口氣。「入冬之前，宮內過年前後的事情就要列出清單來，而且必須準備好所有需要用到的東西，應該說秋末便要開始著手準備，若我官職再小些，只怕三、四更天也回不來府裡。」

事情都是一層一層地往下傳達，越在底層的要做的事便越發的多，且都瑣碎至極。

「也是沒得法子的事。」齊眉笑著道，也坐在一旁，端起茶壺，往茶盞裡微微地傾斜，茶壺內滿滿的，傾斜的瞬間茶便散著香味兒倒了出來。

「還有，皇上的身子越發的不好，原先只說是小病痛而已，這一、兩個月以來上朝的時辰總是比平時要晚一點，而且是愈來愈晚，看臉色也沒了往日的紅潤。」

齊眉倒著茶的動作停滯了會兒，茶盞裡的茶水一下子溢出來，子秋被喚進屋子，很快地收拾了片刻，再次躬身退下。

「皇上……如今年紀也大了。」齊眉輕輕地嘆口氣。

高處不勝寒，站得越高，自是越來越被萬人仰視，可惜的是代價便是身子的安康。

歷代君王中，當朝皇帝算是身子最好的了，每日兢兢業業，不去胡亂相信煉丹製藥長生不老的胡話，也注意平時對身子的調養，但怎麼都無法抵住時間的流逝。

「我得了消息，是確切的消息，皇上的身子狀況不容樂觀。」阮成淵擰起眉頭。「前世的這個時候，記得皇上並沒有害病一類，反而還算是健朗的身子，今生總是有許多事情在變化著。

「西王爺已經在加緊時間運作，他……」阮成淵壓低了聲音。「前日來了飛鴿傳書，西王爺似是信心不大。」

「畢竟準備的時日又少了一些，何況皇上是西王爺的父皇，自己的父親身子不好，無論如何心中也會有影響。」齊眉道。

阮成淵點點頭，旋即握了握拳頭。「平甯侯那方並不安寧，得虧原先柳城的事情拖住了他的腳步，更讓他損傷了一些元氣，那些向著他的大臣，尤其是手中握有兵權的，都因得貪墨的事情而被革職查辦，甚至抄家。」

「其實……皇上並不是什麼都不知道，我覺得……」齊眉輕聲道。

阮成淵眉頭鎖得更緊，他不是沒有這樣想過，但揣測聖意不是簡單的事情，一著不慎很有可能滿盤皆輸。

「皇上由著柳城的事情越鬧越厲害，可以肯定的是要藉此機會剷除朝堂之中的害群之馬，尤其是手握兵權的那些，萬一有了個什麼心思，又被人操控或者與人合謀，後果會不堪設想。」齊眉道。

阮成淵頓了下，道：「可不能肯定的是，這樣做是不是全然為了太子，還是別的……」

「聖意難測。」齊眉輕輕地吸口氣。「無論如何，不要亂了方寸，尤其是西王爺，我是與你說真心話。

「爭權奪位，初始是為了自己的安康，西王爺是個有責任心的人，看到百姓疾苦會心中擔憂，更會親自下全力去安撫他們、治理他們，這幾年的工夫，西河百姓的生活改善了不少，已經可以證明這一點，那樣貧瘠的地方，能在短短幾年內有這樣的成效，實屬難事。」

齊眉的睫毛微微地顫動著，聲音越發的沈下來。「但站得越高，就看得越遠，心也就越大。無論是誰，能有機會站在權力的最高處，心態都不會同往日那般純淨。」

「妳在提醒我。」阮成淵了然地道。

齊眉點點頭，握住他的手。「伴君如伴虎，雖然他如今還不是君，但有朝一日若是成了君王……所以從現在開始便要有所準備，還記得我祖父年輕時候大戰而歸，被嘉獎後所發生的事嗎，差點兒被扣上謀反的罪名，也差點被抄了家。雖是逃了死罪，卻過得生不如死，那時候還是陶府，明明是大將軍的府邸，府內卻近乎要空了，還得受著商戶接濟，要和商戶拉攏關係，旁人也不敢親近……」

聽著她的話，阮成淵的眼眸漸漸地瞇起，看不出眸子裡所隱藏的色澤究竟是什麼。

「即使日後會有什麼變化，這也是我們選擇的路，而且必然只能往這條路上前行，不會有回頭的餘地，因為一旦回頭，將會重蹈覆轍。」阮成淵的話讓齊眉也沈默下來。

是他們選擇的路，也是僅此一條的路，現在也只能繼續前進，因為不前進的後果讓人記憶太過深刻，太子軟懦無用，心狠手辣的不是他，而是他身旁的那些人，被利益蒙蔽了雙眼，更蒙蔽了心。

不是要杞人憂天，前世的經歷對齊眉來說，已經沒有什麼會比以前更加糟糕的了。若是重來一次還是相同的結局，雖然重生後過上了以前從未過過的日子，也見到了許多沒見過的風景，彌補了前世沒有感受過的那些溫情，但失敗的下場她真無法想像……

那些可怕的過往走馬觀花般地閃過腦海，齊眉縮了縮身子，從皇上害病的消息傳來，她的心就再也沒有安定下來過。

「以後的路會如何走，誰都不知曉。」阮成淵認真地說著，把齊眉的手放到自己掌心。

「做了最壞的打算，即使一切都沒了，我會盡我所能的保妳周全，保護妳。」

「成淵。」齊眉眼眶升起一些霧氣，教她看不大清楚面前的男子，但卻好像看清楚了自己的心。

齊眉和阮成淵靠在床榻上，從國事說到了居玄奕和陶蕊的姻親。

其實居玄奕雖有可憐之處，但也不全是他人的緣由。

「若他也能如我們這般重來一次，也許會有不同。」

「不一定。」齊眉看著阮成淵，黑暗中看不清楚對方的面龐。「你我都是因得身子的緣故，我病得活不下去，而你在年幼之時便起了高熱才引得腦子糊塗，居玄奕有手有腳，有正常的思維、健康的身子，他並沒有像前世的我一樣是病到無藥可醫的地步，也不像今生的你我般身上有這麼重的擔子。既然他的父母待他不真心，他要做的就該是想辦法面對和解決，現下只不過是他沒有從自己的情緒中抽身出來，沒有去面對自身的處境罷了。」

「也是。」阮成淵微微點頭。

陶蕊正在屋裡歇息，隨意地靠著軟榻，唇角也帶著悠閒的笑意。入冬後連吸口氣都有些冰涼，但這都不關她的事，屋裡的暖爐燒得正旺，暖和得如春日一般，臉頰都紅潤了起來。

悠閒地伸了個懶腰，打著呵欠起身，立馬就有丫鬟過來扶著她，另一個丫鬟急忙出去，旋即幾個丫鬟魚貫而入，在這過程中，陶蕊正從軟榻上坐到梨木桌旁。

才坐穩了軟椅，熱茶和糕點都端到了面前，肩膀和腳也被兩個丫鬟力道適中地按著。

比原來還要愜意的生活，都多虧了居玄奕的蠢鈍。

她知曉居玄奕的軟肋是陶齊眉，一步步的引誘，如她心中所想的那般順利。

愛情有什麼用？再是互相相愛的兩人，日子長久的過下去也會被這樣那樣的瑣事沖淡，即使真有人能做到感情一直如膠似漆，也說不準會有什麼飛來的橫禍。

最好的、最穩當的，無非就是權這個字。

她一步步往上爬，多麼不容易，如若真像居玄奕那個傻到頭的人去愛著誰，免不了會被束手束腳。

挑中了他成為自己的助力，一來相貌尤為俊朗，二來家底殷實，三來也只有他能娶自己。

那年花燈會，她是賭了一把，若當時居玄奕沒有跳入河中，誤以為她是齊眉而奮不顧身地救起，她以後這些計劃也無法一一實施。

況且，居玄奕看似是個癡情種，居玄奕難道敢說當時跳下去救齊眉，心裡沒有一點別的念頭？當時護城河岸旁不少官家的小姐們和少爺們，被他們看到了這樣的場景，傳開之後，如若居玄奕真的救的是齊眉，那豈不是板上釘釘的事了？

陶蕊思及此，不屑地冷笑了一聲，她才不信居玄奕毫無雜念。

這世上哪有什麼不求回報的付出。

冬日的夜晚來得比其餘三個季節都要早，陶蕊日日都是舒服度日，陶家生怕她因得原先的事情有什麼影響，陶伯全親自吩咐了要好好照顧她，不可受什麼委屈。

只不過恣意的生活還是有點兒與往常不同的地方，她隱隱覺得陶大太太看自己眼神不像以前那般，好似沒了憐惜，反而隱隱透著揣測和複雜。

真是個沒用的老婦人，即使心中對她有了猜測，卻連直接問她的膽量都沒有，若是換作祖母還在世，一早就把她叫過去問話。

陶蕊換了寢衣，睡在床榻上，陶媽媽幫她蓋好被褥，又掖了掖被角才退了出去。

陶蕊閉上眼，在就要睡著的時候，忽而覺得耳旁有窸窸窣窣的動靜。

朦朦朧朧之間，她費力地撐開眼皮，眼前卻是一片黑暗。

就算是冬日的深夜也不至於會什麼都看不見，而且外頭守夜的小丫頭很喜歡點上油燈，然後把光線弄得暗暗的，不會擾到她，而小丫鬟自己也能勉強看到四周的程度。

難道今日不是那個小丫頭守夜？

陶蕊迷茫地要撐起身子半坐起來，不經意地碰到一個東西，在驚呼聲衝出之前她的嘴被緊緊地捂住。

是骨節分明的大手，淡淡的氣息和平靜喘氣的聲音一下子清晰起來。

她屋裡有人，而且還是一個男人。

陶蕊的腦子在不停地轉著，園子內外都是有守衛的，不可能讓男子這麼輕易地進來，她現在嘴巴被捂住，對方的力氣也很大，她根本就掙扎不了半分。

就算有力氣掙扎，她也不可能呼救。

很快就要和居玄奕成親，如果在這樣的時候傳出了閨房內深夜有男子的事，她的一切就將全都毀於這一瞬。

額上和後背都滲出了薄薄的冷汗，陶蕊緊張得有些微微地發抖。

「怎麼？之前算計我的時候不是特別的自信，跟獵人一般等著獵物入到妳的陷阱裡？」是居玄奕……他語氣裡帶著輕佻的意味，又帶著不甘和怨恨。

陶蕊身子放鬆下來，若在她屋裡出現的男子是他，無論被誰發現這樣的場景，也不會有人覺得是她的問題，只會越發的憐惜她罷了。

顯然居玄奕費了這麼大力氣潛入她的閨房，絕對不是為了做什麼別的事，他恨自己都來不及，他也不是個會被女色迷惑的人，這樣費盡心思來找她，一定是有必須當面說的事。

大概是感覺到她再沒有掙扎的意思，居玄奕鬆開了手，挪開身子後，窗外的星點光亮悄悄地探進來，陶蕊抬起眼，能勉強看到居玄奕的輪廓。

「有什麼事要與我說？」陶蕊輕輕翹起唇角，一個十分自信的笑容展現在美豔動人的臉頰上。

居玄奕看著她半瞬，表情十分冷漠。「妳從來都不把自己的腦子用在正途上，只會耍那些小心思小把戲。」

「可你不也入了我的局？」

居玄奕生得俊朗非常，和阮成淵的俊秀容貌不同，但又沒有陶齊勇那麼陽剛，俊挺的五官十分容易讓人動心。

既然很快便是她的夫君，和這樣的美男子能相處後半生，她的日子也不會那麼無趣。

陶蕊心情有幾分悠閒，竟是抬手勾住居玄奕的脖子，幾乎到了鼻尖對鼻尖的地步。吐氣如蘭，在他面上啄了一下，接著吮住他的耳垂，聲音如夢似幻地說：「夫君這麼快就按捺不住想見見我？」

訂下姻親的小姐和少爺在成親之前是一面都不能見的，若居玄奕真的多厭惡她，又怎麼會這樣費盡周折的闖進她閨房。

姨娘生前說過，她的相貌是最大的優勢，傾國傾城的容貌放眼整個弘朝都少有，即使是皇家之人，見到她只怕都要被迷得七葷八素，更何況是個鍾情於病癆子，且那病癆子還嫁作傻子妻的蠢男人。

臉上忽然一陣火辣的疼，陶蕊不敢置信地跌在床榻上，狠狠地瞪著站在床榻旁居高臨下看著她的男人。

居玄奕，竟然敢動手打她？

「別動不動就這麼沒臉沒皮。」居玄奕的手在微微地發抖，那種從心底而發的怒意讓他幾乎要失控，恨不能立即掐死這個前世今生都要毀掉他人生的女子。

空有一副好皮囊有何用？她這副皮囊，他看了小半輩子，初始是有過驚豔，之後卻很快地被厭惡所替代。

他不想見到她，不想再對她唯唯諾諾。

但到了今生，竟還是沒能逃得過她，厭惡已經變成了憎惡。

「我今天到這裡來，只是想告訴妳一句，如果妳還想能苟延殘喘活在這個世上，就自己乖乖地去向大家坦言事情的真相，如若不然，」居玄奕聲音沈下來，黑暗中完全看不清楚他的表情，但也能隱隱察覺到那種由內而發的不屑和狠戾。「嫁給我後，妳會後悔萬分，我沒有說笑，是認真的。」

陶蕊有半會兒的迷茫，沈吟片刻，竟是輕笑了起來，臉頰上還是火辣辣的疼，居玄奕打她的這一巴掌是使了全力，她能感受到那種無法克制的憤恨。

「怎麼會後悔？等著乖乖的抬轎子娶我進門吧，夫君。」最後兩個字，陶蕊刻意加重了語氣。

居玄奕咬著牙。「別後悔。」

說完他很快地便離開，外頭的月色也收了起來，整個屋裡陷入一片黑暗。

翌日陶媽媽進來服侍陶蕊的時候嚇了一大跳。「八小姐，您這是怎麼了？難不成……難不成是誰……」

陶蕊臉頰上紅腫了一大塊，一看便知道是被人打過巴掌，這個府裡還有誰是吃了熊心豹子膽的敢打八小姐？就是老爺和八小姐說起話來都溫聲溫氣的。

「沒事，被個蠢狗撓了一下，去通傳一下母親，今兒個我身子抱恙，無法請安了。」陶蕊抬手撫上紅腫的臉，發痛的感覺還十分明顯。

即使沒有她來設圈套，居玄奕一樣也無法娶到陶齊眉，把所有的氣都撒在她身上，算個什麼男人？

她都有本事自己爭取看上去遙不可及的東西，而且還馬上要到手，居玄奕腦子聰明，又四肢健全，自己不努力，畏首畏尾，怕這個怕那個，看來也是個無用的！

陶媽媽領了命，很快地去通稟陶大太太。

本以為大太太會立即憂心地過來看，卻不想她只是抬眼問了一句，而後讓身邊的新梅去請柒郎中。

迎娶的日子很快就到了，齊眉回了濟安公府幫忙，而阮成淵則是站到了當年他娶齊眉時，居玄奕所站的位置。

攔住居玄奕，對方的表情卻略顯冰冷，絲毫沒有即將要娶得嬌妻歸的新郎面上該有的喜氣。

別人只當居玄奕是覺得做了齷齪的事，沒臉。阮成淵知曉是為何，也沒有為難他，本就不想娶的人，就是一帆風順對對方來說也是很大的負擔，無論是身還是心。

齊眉看著喜娘幫陶蕊梳頭，陶大太太心中已經有了自己的判定，嫁妝雖是給足了，不然會抹了濟安公府的臉面，但人卻沒有過來，無論是齊眉也好齊英也好，甚至齊清成親，陶大太太都有到屋裡，親手給她們梳頭。可到了原先說著是疼在手心的陶蕊，卻是一點反應和動靜都沒有。

不過陶蕊似是絲毫不介意，只是看著銅鏡中的自己。

她的青絲一直就很柔順，一梳梳到尾，二梳白髮齊眉……

喜娘笑得眼睛瞇起來。「奶奶這一頭烏髮可真是迷人，喜娘我從不說胡話的。」

陶蕊輕笑了下，看著銅鏡中的自己，美到誰都會心動的地步，一顰一笑都能牽動旁人的心。

這樣的自己，她真的非常滿意。

縱使對這個夫君不滿意，卻也是無奈之選，何況男子不都是憑著一頭腦熱來過日子，只要兩人朝夕相對，居玄奕再是恨她、厭惡她，也逃不過她的柔軟。

「奶奶可真是美得……」喜娘透過銅鏡看得有些怔住了，手裡的喜梳就這樣一下子掉到地上。

陶媽媽的臉一下子白了。「怎麼做事的！這麼重要的喜梳都能掉到地上！多麼不吉利妳會不知曉？做了……」

「好了，陶媽媽就別責怪了。」陶蕊輕聲打斷了她，剛剛木頭梳沈悶的哐啷聲讓她心頭一顫，陶媽媽劈頭蓋臉的責罵更是讓耳朵都在嗡嗡作響。

齊眉把梳子撿起來，放到陶蕊面前。「好好過。」

前世陶蕊和居玄奕成親後，所傳來的消息都是琴瑟和鳴，而且可以確認的是，陶蕊是真心喜歡上居玄奕了的，不然在之後也不會那麼心甘情願地幫他打點、幫他出謀劃策。

兩個人的路子還是如前世一般的走下去，如若能是一樣的結局，對居玄奕來說，已經是目前最好的了。

當然，誰也總不記得天不從人願這件事。

齊眉出了屋子去外頭看，正掀開簾子，下人們都忙忙碌碌的，神色也緊張，一個丫鬟端著水盆，一下子灑到地上，潑在屋外厚厚的積雪上，後頭的丫鬟沒看清前面的情形，也冷不丁地撞上來，一時之間吵鬧聲不絕於耳。

陶蕊已經蓋好了紅蓋頭，卻被這接連不斷的聲音吵得心煩意亂。

咋咋呼呼的聲音愈來愈明顯，陶蕊被一左一右的扶著踏出閨房，大紅蓋頭掩住了絕大部分的視線，只能堪堪看到腳底的路。

陶蕊一對細眉擰得極緊，似是要嵌進去了一般。

明明是大喜的日子，周遭卻聒噪得讓人無法忍受。明明都是成親，五姊姊當時和阮成淵的姻親怎麼就那麼轟動那麼順利，而她就偏偏在閨房內掉了喜梳？一梳梳到頭，表示能和夫君順順利利地一走到白頭，她還沒梳到頭，喜梳就掉了。

她的情緒牽動著下人們，新娘子越顯得不耐，越是要生氣的模樣，下人們就越發的慌張。

不是所有人都知曉她之前出了何事，但濟安公府內沒有誰不知道八小姐這段時間都是被捧得高高在上，浸到蜜罐裡泡著。

這樣重要的日子，出了什麼差錯，誰也擔當不起。但越急就越亂，越亂就越錯。

陶蕊忽而狠狠地吼了句。「妳們都幹什麼吃的？」

被紅蓋頭遮了臉，再是吼著說話也不覺得解氣，陶蕊發了怒後，下人們都撲通地跪了一地，求著八小姐息怒。

這一吼並沒有讓身邊安靜下來，反而越發的吵鬧。

陶蕊一把把紅蓋頭掀開，一雙鳳眸瞪著跪了一地的下人，絕美的容顏即使上著成親的沈重裝束也沒有減退半分，反而透著別樣的美麗，驚心動魄一般的引人矚目。

沒有誰被她的容貌再吸去心神，所有人都怔住了，畢竟新娘子自己扯掉蓋頭可是犯了大忌。

陶媽媽和喜娘倒抽了一口冷氣，紅蓋頭一旦蓋上，直到嫁入夫家禮成後都不能被揭開，只能等女子的夫君親手來掀起。

如若在這之前紅蓋頭被掀開，無論是什麼樣的緣由，都是極大的不吉。

喜娘一時之間都沒了主意，也不是沒有遇到過不願嫁的小姐，賭氣不肯蓋蓋頭的也不在少數，可像這樣自己掀起來的，還是頭一次。

更讓喜娘咂舌的是，掀起蓋頭的理由，只不過是為了更順暢的發脾氣而已。

這個陶八小姐，傳言半真半假，真的是誰都比不上的容貌，是喜娘見過最好看的新娘；而假的則是，所謂賢良淑德，品性純良。

齊眉正走了進來，見著這場景，園裡又跪了一地的下人，動了動唇，終是沒說什麼。

陶蕊的性子早就在好幾年前開始走偏，如今到了這樣的地步，誰都無法改變她什麼，也沒有必要改變。

剛剛聽溜到前頭的子秋說，賓客們都在悄悄地談論，從沒見過這樣不樂意的新郎官，眉目間俊朗非常，眼眸裡卻都是淡漠。

陶媽媽和喜娘幫陶蕊把大紅蓋頭重新蓋好，兩人都沒有再說什麼，陶蕊正氣得厲害，只嘟著嘴眼白都要翻出來。

「奶奶等會兒再不要說話了。」喜娘心裡已經覺得陶蕊是個不懂事的，原先就知曉陶八小姐本是姨娘生的，不過是得了濟安公府內大老爺和大太太的寵愛才過到了大太太名下，搖身一變成了嫡女。

再是爬得高，內裡還是如之前那般，就像是一個無知村婦忽而得了件華貴的衣裳，穿在身上乍看會覺得驚豔，可過不多時便只會覺得扎眼。

陶蕊沒有答話，喜娘也索性懶得再點醒，反正紅蓋頭都被她自個兒掀起來了。也不會有再壞的事了，不吉就不吉吧，也不是自家閨女兒嫁人。

不經意間瞥了眼陶大太太身邊，一個身著水紅衣裙的女子站在一旁，離得遠了看不大真切，但喜娘還是一眼認出來，是陶齊眉。

她做過最好的姻親便是陶家這個五姑奶奶和禮部侍郎了，門當戶對，兩人也十分相襯，兩家人出手更是都大方得很，不是有些大官之家那種施捨的感覺，而是出於真心的感激一般。

如今看陶家五姑奶奶的氣色紅潤，說話也是溫言軟語，微微笑起來的時候，喜娘甚至覺得比那個所謂傾國傾城的八小姐還要好看幾分。

美總是發自內心的才最是迷人。

待迎親的隊伍漸漸遠去，陶大太太舒了口氣。「這路是她自己選的，居家再是與我們陶家有什麼過節，也都是蕊兒自己要面對的事。」

齊眉微微點頭，看著迎親的隊伍消失成一個點兒。

「若所猜想的都是真的，那太學大人會不會根本就沒做過欲對蕊兒……的事。」陶大太太說起來也覺得不好意思，更是無法理解，若真的都是陶蕊一手策劃的，這個顏宛白生出來的女兒，可是一點兒好模樣都沒有學到。

用的全都是她生母那些不入流的把戲，雖然手段十分狠，揚塵而去的迎親隊伍也證明她確實沒有失手，可代價實在是太大太重了，若是有個什麼差錯，那陶蕊真真是完全毀了。

「太學大人……我也不是很瞭解，但我還是願意相信他不會做那樣的事，因為壓根兒就沒有必要。」齊眉道。

「那太學大人心中豈不是特別怨恨？」陶大太太一下子想起那日，陶蕊哭得梨花帶雨，居家二老把居玄奕打得遍體鱗傷，忽然腦子靈光一閃。「只怕真的沒有做過……」陶大太太眼神有些飄忽了。

那日居玄奕的反應十分反常，沒有真的做過錯事的歉疚，也沒有被冤枉後的不甘，好像塊木頭一般，任自己的父親母親下著狠手地打著。

當時陶大太太並沒有注意，細細回想，居玄奕好似十分的茫然，是被最親的人不信任的那種茫然。

難怪那日居玄奕少有的一、兩句話都讓人聽得糊塗——「我是你們親生的嗎？」——這樣的話現在想起來……

陶大太太覺得心裡有點兒悲涼。

「蕊兒的日子只怕……」陶大太太搖搖頭。

第七十三章

陶蕊坐在新房內，那些繁重的禮數終於完成，端坐著的姿勢並沒有維持多久，新房外都是吵吵鬧鬧的聲音，也不知今日為何會那麼吵。

明明已經順利走上了自己想要的路，不懂那種無法言語的不安和焦躁是從哪裡來的。拜天地的時候，她透過紅蓋頭看著地，卻看到了居玄奕的錦緞鞋頭，當時心裡是咯噔了一下的。

在閨房裡發了一通脾氣後，漸漸地冷靜下來她才猛然驚覺自己做了大不吉利的事情，看到了新郎官的鞋頭，就代表著日後的日子不會長長久久，因為她能看到「盡頭」。

沒有再把紅蓋頭掀開，摸著四周慢慢地走到桌旁坐下。

也不知現下是什麼時候，肚子餓得要命，可規矩也是夫君進來新房之前什麼都不能吃。罷了，反正規矩都壞了，最不吉利的事情她也做了，多做一件、兩件的又有何分別。

陶蕊摸索著拿了塊桌上的糕點，十分美味，很快地填飽了肚子。

漸漸地，覺得眼皮特別的沈，陶蕊努力地撐著不要睡下，但還是沒敵得過洶湧而來的睡意。

阮成淵和齊眉已經回了阮府，經過一天的忙碌二人都覺得有幾分疲憊。

換好了寢衣後，都爬上了床榻。

齊眉睡得迷迷糊糊的時候，好似聽到點兒響動，還有人交談的聲音。掙扎著一陣子，忽而醒來，坐起身子發現阮成淵正在換官服。

「我覺得才剛睡下不久似的，怎麼一晃眼就四更天了？」齊眉揉著眼睛，冬日的夜晚外頭都是黑得如潑了濃墨一般，白日也比夏日要來得晚許多。

「不，才一更。」阮成淵沈聲道。

齊眉一下子睜開眼。「出什麼事了？」

「宮中剛派人過來，說是皇上病重。」

嚴重到這樣的程度了？要把朝中大臣都叫過去？齊眉完全清醒過來。

「別慌。」阮成淵臨走前捏了捏齊眉的手。

怎麼就突然病重到這麼厲害的地步，齊眉覺得不對勁，若果是真的病重到無力回天，西王爺那邊就是快馬加鞭，趕過來事情都已成定局。

當然，並不只有這麼直接的計劃，即使太子登基，今生的西王爺和德妃娘娘已經不是前世的處境，大火怎麼也燒不到他們二人身上，但往後的路子會十分的艱險。

齊眉完全沒有了睡意，躺在床榻上，睜著眼直到天光。

梳洗打扮了一番，去到阮大夫人那兒請安，阮大夫人也知曉了阮成淵等大臣被急召入宮的事情，阮秦風亦是在半夜被叫起來，匆匆地換了官服離去。

阮大夫人有幾分不安地坐在椅上，看著齊眉福身過後，便招手讓她坐到身邊。「好端端的怎麼就……真真是太突然了，原先也只是尋常的小病罷了，說不準是宮中的人過分擔憂皇上，皇上洪福齊天，不會有事的。」

呢喃的念叨，衷心的期望，只因得若是一國之君倒下，再是順利繼位的情形也總會有人被波及牽連著出事。

陪著阮大夫人直到用過午膳後，齊眉也沒有回攬園，兩人都各自有各自的擔心，互相勸慰幾句也是好的。

傍晚時分，子秋在門外頭徘徊了好幾次，隔著半掀起的簾子能看到她有點兒焦急的身影，來來去去的走著，完全不似平時的沈穩，齊眉抬眼看著她，隔著門問道：「是不是有什麼事？直接說便是了。」

子秋欲言又止，猶疑得很。

阮大夫人也擺擺手。「在我面前難不成還有什麼是要瞞著的，直說無妨。」

子秋只好走進來，但還是看著阮大夫人不知道要不要說，阮大夫人大度的擺擺手，子秋馬上附在齊眉耳畔，低聲說道：「八小姐姻親沒有結成，居家說八小姐沒有和太學品正圓房，但是卻落了紅。」

齊眉驚得嘶了一口冷氣。「真的？」

「是，剛剛才過來稟報的，大太太想讓少奶奶您回去一下……」子秋低聲道。

「出什麼事了？」阮大夫人看著齊眉，她的表情先是驚訝繼而又變成平靜無波。

看子秋的模樣，似是出了不小的事，可齊眉卻並沒有多慌張的樣子。

可見與她無關，至少在她心中與她的關係不大。

阮大夫人猜測之間，齊眉已經站起身子，衝她福身。「八妹妹的姻親出了些事，媳婦得回去一趟，還望……」

「這……能出什麼事？總不是暈過去或者忽然病重？成，妳快去吧！若是有什麼處理不了的事兒，差人回來通稟我們一聲，陶家可不只是我們阮家的親家，有什麼難處，多多少少我們能幫上一些也好。」阮大夫人貼心地道，不過心中的疑團卻是漸漸清晰了些，能叫到嫁出去的女兒回去，也是因得陶大太太的性子使然，溫和更是懦弱，看來是出了大事，希望自己的女兒能伴在身旁。阮大夫人倒是把陶大太太猜得通透。

齊眉回到濟安公府，陶大太太已經是雙眼紅腫的狀態，一看到齊眉回來，立即把她拉到身邊。「妳可算回來了，娘都不知該怎麼是好……」

「現在究竟是怎樣的狀況？」齊眉打斷了陶大太太的話。

陶大太太捏起帕子擦了擦眼角。「蕊兒被扣在了居家，居家不願意放人回來，說蕊兒不潔身自愛，本就不是貞潔的身子，所以一直纏著太學大人，想讓太學大人當冤大頭，藉機會洗清自己才裝作『委身下嫁』給太學大人。」

「大哥有沒有回來？」齊眉問道。

陶大太太點點頭。「先前被召入宮，已經在回府的路上了，剛剛去通稟的小廝已經回來。」

「那居家可有說陶家什麼別的話否？」齊眉又問道。

陶大太想了想，搖搖頭。「妳父親去過居家一趟，已經回來了。回來後一直關在書房裡不願出來，我去問過幾句，是沒說什麼重話的，都只是責怪蕊兒罷了，說果然是個姨娘生出來的種，不自愛、不自重，還連累妳父親，敗壞武將之家的威嚴門風。」

齊眉微微地舒口氣。「那就好。」

「那就好？」陶大太詫異的重複。

「女兒不是說過嗎，這條路是蕊兒自己選的，俗話說得好，防人之心不可無，害人之心不可有。一旦有了害人之心，在做之前就要想盡辦法把心思掐滅，若是已經做了，那也要把傷害降到最小，這樣報應來的時候，說不定上天見憐，能把害人之人的罪惡減少一點兒。」齊眉看著陶大太太。「顯然八妹妹從頭到尾都沒有悔過的心思，也從不覺得自己有何不對的地方，那便是自作自受。」

陶大太太身子一頓，忽而想起當年顏宛白被趕出家門，而後抑鬱成疾的病逝。

確實，自作孽不可活。

今兒清晨，突然傳來的消息真真是把她震得差點兒跌下床榻。

本是昨晚已經出嫁的新娘子。應該是正幸福得不行的時候，就算可以說是算計連連的姻親，也沒有誰會想到隔了一夜就會發生翻天覆地的變化。

昨晚上賓客們鬧得厲害，居玄奕渾渾噩噩地睡在了書房，一晚上都沒有跨進新房一步。

可翌日，陶家派去的婆子卻拿到了落了紅的元帕，居玄奕揉著睡眼惺忪的眼睛從書房出來的時候，門外守著的丫鬟渾然不知大少爺竟然在裡頭，嚇得差點兒跳了起來。

兩邊的事情一對頭，居家二老登時就沈下了臉。

迅速地把事情傳回濟安公府，陶伯全立即趕去了居府，回來的時候陰沈著臉，誰都不敢靠近。

「得再去居府一趟，妳隨娘一起可好？」陶大太太拉著齊眉的手，陶伯全大抵是失望透頂了，也不願意再管這件事，陶大太太去書房問他的時候，陶伯全甚至說了，他剛剛去了居家一趟，已經對居家表明，陶蕊一切交由居家來處置，就當他沒有這個丟人的女兒。

齊眉知曉這次陶大太太與她是一樣的，並不是多心軟，而是這件事不能傳得太開，齊春和齊露都還沒有嫁人，齊賢也尚未娶妻，若陶蕊這件事兒被完全傳了出去，誰還願意娶嫁陶家的小姐或者少爺？更嚴重的，還會波及到他們這些已經嫁娶的人。

阮家自是不會有事，萬一真的波及到了西王妃，被有心之人加以利用的話，到時候到了西王妃也百口莫辯的地步，再冠上一個欺君之罪和戲弄皇家子嗣的罪名，甚至連蘇澤都不一定能好好過下去。

想到這些完全有可能的後果，齊眉才會立即趕回府上。

陶伯全已經去過一次居家，看來情形不容樂觀，也不知她和陶大太太再去會是怎樣的境況。無論如何不可能真如陶伯全所說的任由居家來處置，居家的狀況，鬧個天翻地覆都是有可能的。

居家本就不歡喜陶家，之前就與陶家結下了梁子，如今能抓住陶蕊這個把柄，自然是不會輕易放手，若是能把濟安公府整得雞飛狗跳，居家那二老還不知該怎樣高興，而且剛好能便宜了平甯侯。

坐在去居家的馬車上，齊眉和陶大太太都沒有出聲，陶大太太顯得十分不安，來回揉搓著手裡的絹帕，本來就質地柔軟的帕子被搓得縐縐巴巴的，如同她的心情一般。

居家的正廳裡，御史大人、居大夫人都在，而居玄奕倒是不見了蹤影。

御史大人坐在正位上，皺著濃濃的眉頭，顯得十分的生氣。

居大夫人也是板著臉，一副得理不饒人的模樣。

陶大太太有些艱難的開口。「不知蕊兒現在如何……」

「她能有什麼不好的？」居大夫人輕笑了一聲，面上盡是不屑的神情。「裝得跟朵無比純潔的白蓮花似的，內裡卻是見不得人的髒。」

陶大太太面色微微地變了下。「事情的前因後果我們也不知曉，還不能這麼快的下定論，說不準……」

「什麼不能這麼快下定論？尚書夫人的意思是，我們家在騙人？元帕都端出來了，哪裡還有假？奕哥兒昨兒一晚上都在書房裡，外面守夜的丫頭和小廝都能作證，根本不是他的話，那還有誰？」

居大夫人咄咄逼人，似是要把所有的怨氣都發出來一般。「在出嫁之前，新娘一切都是有婆子驗過的，也想不到是送了個破爛貨過來，之前那一滴滴的淚啊，在我們面前哭得梨花帶雨，真是不要臉的賤蹄子！」

齊眉看著居大夫人問道：「八妹妹現在在哪裡？」

居大夫人本是罵得心中有幾分痛快，忽而被打斷，狠狠地瞪著齊眉，對方的眸子卻是平靜無波。

居大夫人沒好話地說道：「做了那樣的醜事，自然是不能在新房裡待著了，把她安置在了廂房，居家可是書香門第，都是肚子裡有墨水的人，可做不出她那樣畜生的事。」

「帶我們去見她。」齊眉道。

「妳、妳怎麼命令起我來了？要知道做錯事的人可是你們家！」居大夫人指著她，氣得身子都顫抖起來。就算不是卑躬屈膝的模樣，也該忙著討好他們居家才是，出了這樣見不得人的醜事，也不怕他們傳出去告訴別人？

齊眉看著居大夫人。「驗身的婆子都是夫家的人，若真是八妹妹不對勁，婆子卻沒驗出來，便是你們居家辦事不力。」

「妳強詞奪理！我們居家從來沒有廢物，婆子是一定沒問題的。」

「那便是昨晚上出了什麼問題，而不是八妹妹本身。」齊眉淡淡地道。不是她要為陶蕊開脫，先不論事情的真實性，而是濟安公府不能就這樣被扣上骯髒的帽子。

「而且什麼都不知曉，光憑別人一面之詞就下定論。」齊眉抬眼看著居大夫人。「陶家確實和居家不同，不會這樣做，至少要親眼見過、問過。」

居大夫人一時詞窮。

那日在濟安公府，陶蕊哭得那樣厲害，她和老爺都下了狠手，居玄奕被他們帶回府的時候都已經快要走不動了，喘著氣整個人都透著血氣一般。

當時的她和老爺都只覺得恨鐵不成鋼，也不是沒有通房丫頭，哪裡需要這樣做？再聯想起他原先為了娶陶五姑娘的事，更覺得面上無光，即使居玄奕在家休養了一段時間，從回來直到傷好了後兩人都沒去看過居玄奕，只是心中氣得要命。

現在想想，莫不真是冤枉了孩子？

不過那也是居玄奕自己不爭氣，若真是沒有發生過的事情，解釋一下不就好了，傻不愣登的由著他們在外人面前打，現在想起來都覺得丟人得厲害。

居大夫人恨恨地擺手，讓丫鬟帶著陶大太太和齊眉去廂房。

還未到廂房就聽到裡頭傳來的哭聲，不是撕心裂肺的哭泣，而是帶著些隱忍的啜泣。

簾子掀開，昨兒個還喜氣盈盈的新娘子，一轉眼就變成了這般模樣。

廂房內的女子背對著身子縮在床榻上，身上還穿著喜慶的大紅嫁衣，金線滾邊增添了不少貴氣，正紅的繡線在衣領交疊處繡出了繁複的紅牡丹花，巧妙地沒被融在同色的喜服裡，不經意間一瞥，只覺得喜服巧妙非常。

寬大袖口讓她白皙若雪的滑膩肌膚若隱若現，一頭墨緞般的烏髮凌亂的披散在身上，再加上斷斷續續的抽泣聲，昭示著她遇上了讓人難以接受的經歷。

「大少……」領頭的丫鬟生得十分秀氣，本是要喊陶蕊大少奶奶，卻生生地把就要溜出口的稱呼給吞了回去。

從沒想過這樣的狀況，就是再不濟，再發生了天大的事，有了老爺夫人們的囑咐也是可以壓下來的，大少爺在書房待了一夜的事，最開始除了那幾個下人外也沒有別人知曉。畢竟這個女子跨入了居家的大門，便是居家的人，俗話說家醜不可外揚，但大老爺和大夫人卻是巴不得所有人都知曉似的。

丫鬟心中總覺得不妥，這樣的事情即使只被府中的人知曉，那也是抹了大少爺的面子，說得再狠點兒，失貞的嫁娘就是被浸豬籠了，大少爺往後的日子也不會好過。

府中這麼多丫鬟小廝公僕都明白發生了什麼大事，免不了其中有嘴碎的，有嘴上不把門的，一傳十十傳百。

「還請屏退屋裡的人，我們得單獨說說話。」陶大太太到底有些底氣不足，但看著陶蕊的模樣，還是覺得有幾分可憐。

丫鬟正要福身退下，齊眉卻叫住了她。「煩請這位姑娘把居大夫人請過來，事情總要當面問清楚，悄悄摸摸的，再是親口說的話，也免不了被懷疑。」

丫鬟掂量了一下，很快地去請了居大夫人過來。

「真是不想來這個地方。」居大夫人一跨進門檻就一臉的不悅，陰沈著臉，看著陶蕊的眼神幾乎能把她殺死一般。

「我和娘也是。」齊眉回了一句，不待居大夫人有空閒生氣，便繼續道：「如今都在這兒，還只缺一個人。我和娘是沒有立場去請，所以還要居大夫人讓下人去把太學大人也叫過來。」

「什麼？」居大夫人尖利的叫了一聲。「還要讓奕哥兒見這個不要臉的女人？妳知不知曉昨兒個的事會對奕哥兒造成多大的傷害？這麼丟人……還讓我們以後……」

「這事本可不必一下子鬧得這麼大。」齊眉坐到一旁的軟椅上。還未到冬日裡最冷的那一些日子，屋裡沒有燒暖爐，餘光瞥到陶蕊凍得瑟瑟發抖，從齊眉的角度堪堪能看到她的側臉，眼眸裡的自信和張狂沒有絲毫存在過的痕跡，取而代之的是呆滯和茫然，一如當時她算計居玄奕，居玄奕被居家二老下狠手打時的眼神。

現世報總是來得很快，就是不知是天意或是人為。

齊眉撫了撫身上穿著的朱紅秀梅斗篷，滾邊的絨雪把莊重貴氣的朱紅色澤襯出幾分調皮來。「如若御史大人和居大夫人是打心底裡的疼惜太學大人，也不會尚未弄清楚事情便鬧得這麼大，一路從正廳行到這個廂房，指指點點的聲音不絕於耳，丫鬟小廝公僕個個都是一副了然於胸的模樣。居府也是重臣之家，下人不至於這麼不懂禮，若不是有人縱容，給他們豹子膽也不敢這麼放肆。」

居大夫人語塞了一瞬，但很快地恢復過來。「妳以為誰都是床榻上的這個賤蹄子？偷了人還要死皮賴臉的賴著奕哥兒，恬不知恥的東西！妳莫不以為我這個做母親的和老爺這個做父親的，巴不得全京城的人都知道這樣的醜事？」

「是。」齊眉輕描淡寫地點頭。

居大夫人一口氣慪在心頭，被憋得怎麼都發不出來，只能乾巴巴的坐到一旁，狠狠地道：「我才不會讓奕哥兒過來，我是他的生身母親，我可從來不會去做在他傷口上撒鹽的損事。」

「妳已經做了，還不止一次，而且都做得很開心、很理所當然。」齊眉依舊清清淡淡地說著。

居大夫人正要發作，外頭丫鬟道：「大少爺到。」

齊眉坐在軟椅上抬起頭，弘朝出嫁的婦人和已經娶妻的男子只要不是獨處，在一個屋裡相見是沒什麼大問題的，再說這樣的情形，誰還有心思去拘泥那些個禮儀之事？

齊眉昨兒個並沒見到居玄奕，她一直在園子裡幫手，即使後來到前頭去看情況，也是差了子秋過去詢問，聽得有丫鬟在說，新郎官長得俊朗非凡，卻是一直沈著臉，完全不似那時候五姑爺的模樣，看著五姑奶奶坐著的花轎，那眼神都能把人給化了似的。

現在的居玄奕並不是眾人想像中的神情，他沒有遭了巨變或者經歷難以啟齒的重大打擊後那般頹喪模樣。相反的，居玄奕還算是精神，只不過大抵是宿醉了一宿，腳步有幾分虛浮。

和居大夫人一樣，居玄奕也是從進來到現在都沒有看過床榻上的女子一眼。

和居大夫人不一樣的是，他甚至連餘光觸及到那個方向都十分的嫌惡，眼眸裡的厭憎更是絲毫都不掩飾。

人都來齊了，事情總要有個解決。

無論如何，兩家都有不對之處，沒有誰是絕對受了委屈的一方，俗話說一個巴掌拍不響。

居大夫人靠在軟椅上，並沒有要先開口的意思，齊眉看了眼陶大太太，她始終是嫁出去的女兒，不全是陶家的人，只有陶大太太才最有資格詢問事情的始末。

「蕊兒，妳說說究竟是怎樣的事，這裡……怎麼說都是沒有什麼真正的外人在。」陶大太太說得猶疑，但聽上去好似又沒什麼不合理的地方。

居大夫人正要開口罵，被居玄奕攔了回去。

床榻上的女子動了動，看來並沒有因得打擊而完全失神，至少神智還算是清晰，能聽得清旁人的問話。

「我……」陶蕊只是說了一個字，卻好像費了很大的力氣。

「沒事，說吧。」陶大太太平和著語氣，有幾分溫柔，但卻沒像平時那樣，第一時間就坐到她身邊，把她抱在懷裡心疼的安慰。

除了居玄奕以外，所有人的目光都聚在陶蕊身上，偌大的床榻，喜服幾乎是披在身上的，穿得並不是完好，如此更顯得她瘦弱不堪，柔弱得讓人心裡發堵。

昨日陶蕊在新房裡等著新郎官的到來，外面一直鬧騰得厲害，她卻不小心睡了過去，醒過來之後，已經是白日。

身體痠痛的痕跡十分的明顯，只是一撐起身子就覺得好像要斷了一般。

出嫁前晚，陶媽媽拿了圖冊給她看，雖然沒有說得多麼細緻，但陶蕊還是明白發生了什麼事情，紅色點點的斑駁在元帕上，已經乾了，床榻的另一邊空無一人，陶蕊伸手摸了摸，沒有睡過的痕跡，枕上的味道也淡到幾乎沒有，感覺十分陌生。

原先她和居玄奕也是接觸過幾次，肌膚觸碰的時候能聞到居玄奕身上的氣息，並不是這樣的。

不過或許是味道清淡的緣故才會有些不同，無論如何，他們這門姻親是禮成了。

陶蕊輕輕地勾起唇角，心中還想著，果然即便厭惡她到了極點，也還是抵不住她這具身子的誘惑。

濟安公府的婆子把元帕端走，丫鬟們魚貫而入，正準備幫陶蕊梳洗，屋裡的大丫鬟還笑著道，大少爺昨日就派人屏退了園子裡所有的人，說是不許人打擾。

陶蕊唇角輕輕地抿起來，正要問居玄奕是去了哪裡，外面卻忽然又開始咋咋呼呼的鬧騰聲。

「她在不在屋裡？」

「回大夫人，在。」

陶蕊抬起眼，怎麼居大夫人會親自過來，應該是她過去請安才是，尤其這還是新婚後的第一日。

看外頭昏暗的光線，也並未過了時辰。

門砰地一聲被踹開，屋裡的丫鬟們都怔住了，大夫人身邊的老媽子衝丫鬟們做手勢，一會兒工夫屋裡便只剩下居大夫人和陶蕊二人。

居大夫人冷冷地看著她。「昨日奕哥兒並沒有回這個屋裡，而是在書房醒酒，元帕上的血漬是怎麼回事？」

之後再發生的事情陶蕊根本就不想再回憶。

齊眉看著陶蕊哆哆嗦嗦地說著這些事，就如同她親自揭開傷疤，給所有人看著血紅的傷口，疼得已經好像沒有知覺。

「居家難道不該徹查昨日靠近屋裡的人，就這樣一口咬定是八妹妹不貞？先看看這個書香門第裡是不是有什麼敗壞的老鼠才是最要緊的不是嗎？早就知曉居家行事犀利，但也沒想到會是這樣不講理的人，如今事情鬧得這麼開，再傳下去，等外人都知曉了，」齊眉看著居大夫人。「丟了臉面的可不只是陶家，御史大人一家也不能置身事外。」

居大夫人一愣。

「太學大人在朝中做事，這樣的事情傳出去，往後太學大人如何自處？」

「父親、母親是不是從未想過這樣的問題？」居玄奕沈聲開口，本是正值壯年的年紀，聲音卻有幾分蒼涼。「無論是父親還是母親，從來沒有想過這樣或者那樣的做法，會不會對兒子造成什麼傷害，而是一味的想著該如何利用兒子，踩著兒子攀爬到更高處。」

不長不短的一段話，卻讓屋裡霎時安靜下來，彷彿連陶蕊的啜泣聲都一下子沒了。

居大夫人大張著嘴，一會兒工夫臉便脹得通紅。「你！怎麼當著外人這樣說?!」

到了如今，還是最在乎自己的面子，而他的面子就可以肆意踩在腳底，或者拿出去招搖的給無數人看，只為能打擊報復到對他們自己不利的人而已。

「當時出了事，父親和母親從頭到尾都沒有聽過我解釋，而造成了這樣的局面。」居玄奕竟是輕笑一聲。「兒子年輕，不知該如何處理，但我不會再要她，晚上回府後，我想看到這個屋裡恢復成原先的模樣，我沒有娶過一個不自愛的女子。」

一聲淒厲的哭喊聲傳來，隨即就看到胡亂披著喜服在身上的陶蕊幾乎是連滾帶爬的下了床榻，緊緊地抱住居玄奕還沒邁出去的那條腿，棉靴上有些濕濕的，陶蕊卻毫不在意，卑微地俯在他身下抱住他，仰頭懇求道：「求你了，不要趕我走，我根本不知道發生了什麼事，定是有小人趁亂進來……」

陶蕊說不下去了，本來似是平復一些的心情又開始無法控制，梨花帶雨的模樣可憐得讓人心碎。

失貞的女子，尤其是在成親之後發生了這樣的醜事，居家真的追究起來，她就算不被處死也沒有臉面存活在這個世上。

怎麼說也是成親了的夫妻，她現在最能依靠的就只有居玄奕，只要他能鬆口，哪怕只是說那麼一、兩句話，那她就還有一線希望。

本來好端端的姻親，一步步的計劃到現在，到昨晚迷迷糊糊睡下前她還是得意萬分的，對未來的日子也有很長遠的想法，但不過一夜之間，就這樣翻天覆地，一點兒回轉的餘地都沒有。

她也是被人害的，她比誰都想知曉那個無恥的男子是誰！在新婚當晚毀新娘的清白，這樣破壞她的名聲，到底與她是有怎樣的深仇大恨?!

陶蕊愈想愈絕望，眼淚唰唰地往下掉。

從事情發生到現在，幾個時辰裡，她好像把淚都流乾了。

上一次發自心底的哭泣還是姨娘病逝，這一次是被絕望吞噬而無法控制地落淚。

第七十四章

居玄奕停住了前行的腳步，看著腳下哭得一塌糊塗的女子。

曾幾何時，她在自己面前總是高高在上，前世成親那麼多年，她真心喜歡自己這樣的話，還是從旁人耳中得知。

兩人的相處模式實在是太不平等，說出去誰也不會信，在外風光無限的他，回到府上卻被自己妻室壓得死死的。

直到現在他也不相信陶蕊前世有真心喜歡過自己，若果真的喜歡，又怎麼會這樣咄咄相逼？他感覺不到絲毫的情意，他的忍讓和順從，換來的只是她越發囂張的氣焰。

他們的孩子沒有一個隨了他，全是和陶蕊幾乎一個模子刻出來的性子，新帝登基後，他協助新帝攘外安內。時不時就要遠行，待到孩子們都長大了些後，性子已經無法改變。

所有所有關於陶蕊的回憶，都是糟糕透頂。居玄奕怔怔看著俯在腳下哭泣的女子，嘗試在記憶裡尋找，結果一絲曾經有過的柔情都搜尋不到。

一點痕跡都沒有，因為本就從來沒有發生，至少他是這麼認為的，如果真的愛一個人，那一定是希望那個人幸福，而不是仗著對方的感情和自己的地位，耀武揚威。

居玄奕這次是真的無所謂了，他已經警告過陶蕊，那是他唯一的，也是最後給她的善意。

此刻居玄奕只覺得，人和人之間，無論關係如何，擦肩而過的陌生人、互相相愛的良人，抑或是灌注了全部感情的父母、從小穿一條褲子長大可以張口互相調侃的兄弟，最重要的維繫從來不是情這個字，而是尊重，互相尊重。

只可惜，陶蕊從來沒有明白過這一點，屋裡坐著的母親，還在正廳裡生悶氣的父親也是一樣。

居玄奕越發的覺得失望。

他沒有想過讓事情鬧得這麼大，沒想到父親母親連這一點起碼的東西都不願意留給他。這條命是父親和母親給的，他很感激，所以他再是生氣、疑惑、難過、迷茫都還是順著父親和母親的意思，走著並不大願意走的路，娶了並不願意娶的人。

可是到了現在，他真的有些累了。

「是妳自己不潔身自愛，我沒有把妳押到官府已經是留妳一分面子，更是顧及濟安公府一家的心情。」居玄奕冷冷地說著。

「什麼賣面子？什麼顧及心情？你們居家還不是怕出醜罷了？」陶蕊霎時氣結。「我嫁入了居家，也就是居家的人，我們是拜過堂也禮成了的。如今我在居家，甚至是在新房裡出的事，你們不但不維護我，反而落井下石！若不是你們心虛，或者心中只顧及自己，怎麼會做出這樣畜生的事？」在這樣的時候，陶蕊已經徹底明白居家的態度，而接下來居玄奕的話更讓她心如死灰。

「比畜生還不如的事妳做得還少嗎？」居玄奕冷冷地看著陶蕊。

瞧見他眼底的冷意及決然，讓陶蕊的心也一下子跌入谷底。

「為什麼……」陶蕊喃喃地看著她，其實她也不知道自己在問什麼。

為什麼都不幫她？還是為什麼會落得這樣的下場？

陶蕊心中霎時絞痛難當，緊緊揪住居玄奕的力氣一下子消失，她吐出了一口鮮血。

屋裡忙亂得厲害，陶大太太和居大夫人留了下來，齊眉起身走到外面去親自吩咐要準備的東西。

屋裡幾聲驚呼，比之前幾乎聲嘶力竭的質疑和哭泣已經好了太多。

拐角處一閃而過的人影引起了齊眉的注意，她疾步追了過去，卻聽得交談的人聲。

齊眉立馬放緩了腳步，躲到屏窗後聽著。

「大少爺……我還是覺得心裡過意不去……我……」渾厚的男音聽上去應是個老實巴交的男子。

「沒有什麼好過意不去的，這是她欠我的。」居玄奕的聲音比在屋裡的時候還要冷。

「可是……」

「可是什麼？你在這裡徘徊不去，是不是巴不得被人知曉昨日她的事情是我讓你去做的？若果這事被濟安公府的人知道，你覺得我們居家會有怎樣的後果？」

「大少爺……小的只是有些不忍。」

「看看，一夜春宵，你就對她產生了感情，自然不是愛情，但已經足夠讓你不聽我的命令，更妄生出要去解救她的念頭。」

「不是的！小的，知道自己該怎麼做，不會給大少爺造成負擔，大少爺當年救了小的一命，小的這命本來就是大少爺給的……」

屏窗後沈默了片刻，齊眉不是習武之人，也沒有那麼好的耳力聽到內裡發生的事情。忽而一個身影衝了出來，與齊眉正好對視上。

是一個身形魁梧的青年男子，眉宇間充斥著英挺的氣質，看到齊眉的瞬間臉色大變。

「大、大少爺……阮大少奶奶在……」

「你走吧，她不會說出去。」居玄奕走了出來，眼睛看著遠處。

青年男子領了命，一步三回頭，心想廂房裡面那個女子應該還在瑟瑟發抖吧？青年男子腳步有幾分沈重，又帶著些不捨。

「妳都聽到了。」

齊眉怔了一下，微微點頭。「嗯。」

氣氛依舊是沈默的，齊眉主動開口。「你怎麼知道我不會說，那是我的妹妹，你做了這樣的事情……」

「我相信妳不會說的。」居玄奕手背在身後，屏窗外放眼望去全都是雪白的一片，在齊眉幾人到居家之後就開始飄起了雪，到了現在，薄薄的雪裹著蒼生大地，就像是溫柔又小心翼翼地覆在受傷的人身上一般。

齊眉張了張嘴，還是沒有問下去。

背對著身子，兩個人都看不到對方的神情。

前世裡，居玄奕以為他十分瞭解齊眉，所以他在齊眉面前總是那麼自信，直到看到齊眉的屍首被阮成淵抱著，在他眼前，好像活生生地把什麼東西在他面前殘忍地撕開。

脆弱又晶瑩的生命徹底消亡，而這個生命曾經毫無顧忌的對他展露少得可憐的笑容和幸福。

明明前世她是那麼的喜歡自己，這世卻又毫不猶豫地拒絕他，好像是順從命運一般地依舊嫁給了傻子，甚至絲毫都沒有想過要爭取幸福。

到了如今，剛剛四目相對的一瞬間，居玄奕知道了一件事——

這一世重來，齊眉早已不是前世的齊眉。

他從不曾真正地了解過眼前的這個女人。

如果對方能給他一個機會，如果一切能夠重來，他願意花盡心力去了解她……

但世上從來沒有如果，一切也無法再重新來過一遍了……

居玄奕手背在身後，背對著齊眉，兩人都看不到對方的表情。

他輕輕的嘆口氣，被齊眉知道他做過的事，不知道為什麼他心裡反而釋然了。

別人也許無法理解，但居玄奕是真心地輕鬆起來。

想起前世的她，從頭到尾看著他的眼神都如溫水，又如春風拂面，時不時會帶著崇拜甚至敬意。

而今讓齊眉見到他這樣不完美的一面，縱使齊眉不知道前世與他的糾纏，也算圓了他自己心中的一個遺憾，前世的齊眉只不過把他當成一個完美無瑕的英雄而已，那並不是真正的他。

「你真的有那麼恨八妹妹？」問出來後，齊眉又覺得這個問題太蠢，換作是誰會不恨，居玄奕算是悶不吭氣的那種了，不過也是攤上居家這兩位不分青紅皂白的人所賜。

「不。」居玄奕語氣輕鬆的否認了，在出這件事情之後，他都以為自己恨透了陶蕊，可在剛剛，陶蕊抱著他的腿哀求他的時候，他只覺得心裡一片悲涼，和陶蕊兩世糾葛，兩人之中總有一方走到窮途末路的地步，卻從來沒能好好的相處過。

齊眉看著他的背影，比記憶中的更挺拔修長了，而成年男子的陽剛氣質亦在他身上盡顯無疑。

「我也說不清楚對她的感覺，可以是討厭、憎惡、憐憫、好奇，但有一樣感覺我清楚地知道從來沒有過，那就是愛。」

居玄奕這樣平淡地對她說起他和陶蕊，身後的齊眉選擇了沈默，畢竟她和居玄奕從來沒有真正的熟絡到可以無話不談的地步，身分上也不適宜。

「她問過，那麼多人都能被她的容貌和氣質迷倒，為何我就不能對她付出哪怕一絲絲的真心，妳猜我是如何回答的？」

齊眉柔聲回答：「因為她和御史大人、居大夫人一樣，都只是為了自己。」

只是為了自己，他身邊幾乎所有的人都是為了自己。

居玄奕眼眶有些泛紅，這個答案，他本以為除了切身體會的自己，旁人無法知曉，更無從得知。

他不瞭解她，她卻比誰都要瞭解他的處境與心情。

兩人今生的交流比前世要多了太多，可是距離卻越來越遠，無法靠近，無法歸來。

居玄奕轉過了身，直直地看著齊眉的眼睛，彎彎的月牙眸子也在看著他，他努力探究著眼眸裡含著的感情，卻只有可憐的憐憫和關心，並沒有他所想要的、所需要的感情。

她並沒有喜歡他，也沒有機會深入瞭解過他，那齊眉對他的瞭解又是從哪裡來的？居玄奕的拳頭緊緊地捏起來，看著齊眉的眼神越發的深邃，會不會她也重生了，或者帶有前世的記憶？

這個想法剛從腦子裡冒出來，居玄奕便自嘲地笑著否定。

這樣驚世駭俗的事情有他一個就已經夠了，怎麼可能連齊眉也一樣。

「怎麼了？」齊眉看著男人的表情在短短的時間裡千變萬化，不解地出聲詢問。

「沒什麼。」居玄奕搖搖頭，微微地鬆口氣，眼神恢復了以往的模樣。

「妳聽到了我做的事，所以妳現在打算要如何做？告訴廂房裡的長輩們，還是悶在自己心裡誰也不會提起。」

齊眉沒有猶豫，只是把眼睛別開，望向遠處的風景，輕輕地啟唇。「這是你們之間的感情糾葛，你確實是做了惡事，而且是無法原諒的惡事。」

話說到這裡，居玄奕的眼眸黯下去。

「但事情發生到這樣的地步，蕊兒不過是咎由自取，如若不是她那般費盡心機的挖坑引誘你跳下去，也不至於反讓自己也跌落其中，讓你踩著她順利地逃了出來，而她自己卻再也無法爬上來。」自己挖的坑困住的終究會是自己。

「我沒想過要鬧到這麼大、這麼厲害，後果多嚴重我明白，只是她從前……」居玄奕頓了下，齊眉不知曉現在的他還帶有前世的記憶，所以也不可能理解他要說的話。掂量了片刻，才繼續道：「只是她從以前就是如此，我只不過是以其人之道還治其人之身。」

「這就是我想說的話。」齊眉看著居玄奕。「但既然是你做出來的事，要有始有終，不該把事情捅成馬蜂窩一樣，把大家都帶到蜂窩前，自己卻跑了，這不是男子行事該有的作風。」

「妳這樣說話的語氣，真像在說教。」雖然話是這麼說，居玄奕嘴角卻噙著笑意，深深地看了眼齊眉，從她身邊擦肩而過時輕輕地說了一句話，趁著齊眉怔住，故作瀟灑地離開了。

等到齊眉回到廂房，御史大人也到了，居大夫人的態度依舊是強硬的，得理不饒人的臉色擺得十分明顯，如若不是濟安公府嫁過來的小姐，有府上的人過來把事兒壓著，不然按著居家鬧騰的勁兒，只怕陶蕊如今已經被扭送官衙，等待她的無論是什麼樣的結局都將是無比可怕。

居玄奕把二老拉到了別處，廂房內只剩下齊眉和陶大太太，還有一個已經完全失神的陶蕊。

昨日還是充滿期待、洋洋自得，今天就變成了鬥敗的鳳凰，對手在不經意的時候俐落的一招，把她打擊得再無翻身之地。

「蕊兒年紀還輕，也不是她的錯，算起來居家也不是毫無責任，總不能真的就這麼把她……」陶大太太眼眶有些紅了，剛剛在廂房裡，居大夫人的態度強硬得很，罵罵咧咧之間透著等會兒就要把陶蕊依法處置的意思。

若陶蕊真的就這麼被扭送去官衙，一朵年輕的鮮花會被摧毀不說，帶來的無盡負面影響才是可怕得無法招架。

波及的不只是府中未出閣的小姐，出嫁的齊眉和齊英才是牽連最深的，陶大太太已經不敢再往下想。剛剛居玄奕和御史大人、居大夫人去到別處說話，明顯就是不讓她們陶家的人聽，看來事情真的一點回轉的餘地都沒有了。

「若是真的波及到妳，親家總不是外人，知曉我們陶家更明白妳的品性，怪責起來，我和妳父親會去一趟阮府，坐下來好好說一說，仁孝皇后那時候提起妳幼時的事，親家都能充耳不聞一般，全然站在妳身邊，這回應該……」陶大太太拉著齊眉的手，絮絮叨叨的，想起後果來，她的背脊就控制不住的發涼。

萬一齊英被因此胡亂扣上什麼罪名，再小也難以承受，齊眉也是一樣。

而且一旦鬧起來，西王爺和阮家還有他們陶家只怕無法再有平靜的日子，內裡動亂，外頭恥笑……

隔壁的屋子裡，居玄奕猛地站起身，不敢置信地看著御史大人。

御史大人一臉的平靜。「這就是平甯侯下的命令。」

「什麼意思？」居玄奕的唇角微微地抽搐，昨日是他下的令讓別人去辱了陶蕊的清白，沒有算計到的是父親和母親會這樣不顧他的面子，拚命地要把事情鬧大。

「我們居家的一舉一動，平甯侯都清楚得很，你怎麼不奇怪昨日在書房裡假意醉酒一夜卻沒有人發現？你真以為是因為你把新房園子裡的下人都遣走，別人都以為你在新房裡的緣故？」御史大人面上平靜地說著。

居大夫人抬起頭。「老爺這話是什麼意思？」

「你們一個是我的結髮妻子，一個是我最得力的兒子，卻怎麼都聽不懂我說的話？」御史大人反問了句，眉間微微地攏起。「一箭三雕，鬧得再大些，這一箭射出去的火就能生生地燒到三個家，這樣的意思明白了嗎？」

御史大人一早就選擇了太子這一黨作為靠山，而御史大人昨晚便知曉了新園子內的動靜，他任由居玄奕昨晚做這樣的事情，而今晨也算好了時間讓元帕之事和居玄奕在書房宿醉一宿未歸的事實同時捅破，這樣才能造成最大的影響，這樣陶家八小姐新婚失貞的消息亦才能傳得更快。

「關其餘人什麼事？為何要把他們牽扯進來？」

「現下皇上身子不好……而且是很不好，把一切有可能要爭奪的人絆住接著剷除，太子才能順順當當的繼位。」御史大人依舊面上平靜。

「如若陶八小姐身子不貞，那只要我命令言官上奏此事，陶八小姐是陶府出來的小姐，我再煽動些流言，與她是姊妹的阮大少奶奶，和嫁給西王爺的西王妃只怕也不是乾淨的身子，西王妃若是失了名聲可不是小事，那是能治欺君之罪的！你說說，西王妃倒了，西王爺丟了人，陶家倒了，阮家還能獨善其身嗎？」

居玄奕心中一下子掀起驚濤駭浪，此生他總是沈溺在糾纏的感情中，最可笑的是從頭到尾糾纏的好似只有他一個人，可悲的演著獨角戲，漠不關心其餘的事。

現下才猛然記起來，皇上病重的時間和前世不一樣了，提前了好幾年，然而現下聽到與前世相同的計劃和話語，他卻沒了當初的熱血和激動。

一旦走了前世的路，即使齊眉不是前世的病殼子，阮成淵也不是前世的傻子，西王爺更是一早遠離京城的喧囂，甘願過上貧苦的生活，只要陰謀再一次啟動，即使今生扣上罪名的緣由不同、即使不如前世謀反和與敵國互通那樣嚴重到無法扭轉，阮家和陶家受到的傷害也是極大的。

而在皇上病重的時候，朝中便是平甯侯和仁孝皇后獨大。

「不行。」片刻沈默之後，居玄奕聲音低沈地道。富貴權勢的生活他前世就已經過上了，付出了慘重的代價，阮家沒了，陶家沒了，齊眉也沒了。

如若今生還要犧牲齊眉或者陶家，那他豈不是還與前世一樣，只是個貪圖權貴的無恥小人？

「什麼叫不行？這並不是我的意思，在平甯侯面前，連皇上說句不行都得掂量掂量。」

「老爺！這話要傳出去，得招大禍來的！」居大夫人大驚失色，急忙站起來去外頭察看，還好外面的下人都站離得有些距離，而他們的交談聲也並沒有揚高，反而壓低了些，應是無人會聽到。

居大夫人放心地坐回軟椅上，正是寒冬的時節，簾子不過掀開了一陣子，冷風就從外廳穿堂而入，即使暖爐已經漸漸地燒得旺起來，沒有著斗篷禦寒的她也覺得有些凍人。

「誰能聽到？誰又能傳出去？」御史大人滿不在乎。「我在朝中打拚這麼些年，靠的就是我這張嘴和這雙眼，不識時務的話，誰能在朝中站得穩？要麼就甘願當個縮頭烏龜，萬事都隨大流，唯唯諾諾的度日，但這種處事法子只適於品級較低的官員，像我這樣的重臣，一旦到了要改朝換代的時候，不可能裝傻充愣。」

有些暖和過來的居大夫人輕輕地舒口氣道：「老爺不是一早就決定向著誰？」

「那當然。」御史大人晃了晃頭，又抬眼對居玄奕道：「你不也是跟著我的決定？」

居玄奕低著頭，沒有回答，脖頸處露出微微的淡色，是那一次任務失敗，平甯侯發怒要殺他，而留下的傷疤。

西王爺秘密回京的消息被平甯侯所得知，布下了嚴密的部署，小酒館的小二也被換了人，之所以不動掌櫃是因得不能太過打草驚蛇。

雖不知西王爺回京是為何，但無詔不得回京，好不容易冒大險回來一趟，相見的人竟然會是那個曾經的傻子。

本來是可以全勝的算盤，卻被居玄奕攪亂。

齊眉放的花炮仗，有敏銳的將士指出十分可疑，居玄奕卻道是將士杯弓蛇影。

而之後陶齊勇的到來，把事情完全翻轉了個方向，西王爺安然無恙地離開，平甯侯的精銳隊伍也就這樣被剿滅。

若果沒有齊眉忽而在小酒館外出現，又快速地把事情和陶齊勇一清二楚地說明白，而後又準確的指著廂房，事情都不一定能這麼順利。

平甯侯不知曉後來的事，只知道是居玄奕疏忽才導致陶齊勇能趕得及過來援救。

若果被平甯侯知曉當時要被迷暈的一屋子人，本來該是待在屋裡的齊眉卻被抱出了小酒館，而做出這樣事情的人正是當晚執行平甯侯命令的居玄奕，現下居玄奕也無法好好的站在這裡，他脖頸處的傷口到現在疤痕才褪去，可見當時平甯侯已是殺意盡顯。

居玄奕再三保證，俯在地上懇求平甯侯。

死罪可免活罪難逃，折磨人的手法有很多種，能讓人記住懲罰不再犯的法子也不在少數。

居玄奕落得滿身的傷，卻都能巧妙的掩蓋在衣裳裡，面上絲毫沒有一些痕跡，一如往常。

他還記得自己趴伏在床榻上疼得滿頭大汗也不言不語的時候，心裡都只想著齊眉。

「父親。」居玄奕從自己的回憶中抽離出來，喚了御史大人一聲。

對上兒子一如往昔的堅毅眼神，御史大人沒想過他接下來的話能讓自己比以前每次都要氣得更加嚴重。

「陶蕊的事情，兒子來處理，阮家不可以動，一絲一毫都不可以。」

「不是說了那個賤蹄子的事情你不管的？」居大夫人立馬反對。

居玄奕平靜地坦誠了昨晚的事，父親知曉，可母親卻不知曉。

居大夫人眼裡閃過一絲愕然，卻也只是稍縱即逝。「那是她咎由自取，要不是耍賴的要嫁過來，哪裡會遭這樣的事？當時你就是被她冤枉的，對吧？母親也是怕陶家的人胡亂動手，都是將門之後，難免動手不動口，拳腳相交的下來，到時候想保你都保不住。」居大夫人看著居玄奕，眼神十分溫柔。

遲來的詢問和心疼，聽上去越發的可笑，恰恰如同在傷口上又撒了一把鹽。

居玄奕捏了捏拳頭，抬起頭看著面上帶著歉意和對陶蕊充滿恨意的母親，半晌之後，嘴角扯出了一個微笑。

俊朗非常的男子無論做怎樣的表情都是好看非常，但這個微笑嵌在居玄奕臉上，十分難看。

居大夫人看著一怔。罷了，居玄奕從小就是如此，對她和老爺服服貼貼，但性子裡總有著奇怪的一面。不過他總體還是乖順的，而且相貌隨了自己，聰慧隨了老爺，怎麼看都是完美得無可挑剔。陶蕊是配不上她這個優秀至極的兒子，再是傾國傾城的容貌，滿肚子壞水也不是個好東西。

「陶蕊的事情我來處理，父親和母親這一次沒有插手的餘地。」居玄奕說著走出門。

御史大人一下子反應過來，怒氣沖沖地要追出去的時候，門卻緊緊地關上，外頭啪嗒落鎖的聲音清脆地碰撞著。

「你這個混帳東西，你這是在做什麼！」居大夫人氣急敗壞地拍著門。

御史大人卻示意居大夫人安靜下來，外頭清晰的聽到居玄奕吩咐的聲音。「這兒沒你們的事了，都去忙你們的吧。」

很快外頭便沈寂下來，好像一個人都沒有似的。

御史大人和居大夫人能看到窗外透著的挺拔身影。「父親母親桎梏了兒子這麼久，從未考慮過兒子的想法，這一次，兒子要自己作決定。而兒子決定的事情，不會有所改變。」

撂下這句話，居玄奕的腳步聲漸漸遠去。

御史大人和居大夫人面面相覷，半會兒都沒說話。

第七十五章

齊眉坐上了回阮府的馬車，居玄奕不知和居家二老如何說的，總之他獨自出來之後，十分快速地作了決定。

「出了這樣的事，誰都不想，鬧大了對兩家都十分不好。」

陶大太太忙點頭，時不時地注意著門口，也不知御史大人和居大夫人為何沒有一起過來。

等到一陣忙亂過後，現在的氣氛尤為平靜，讓人懷疑昨晚到前不久居家是否真的出了那樣羞人的大事。

下人們見到大少爺的模樣，也沒有什麼頹喪的意思，反而顯得精神奕奕、目光炯炯。

陶大太太回了府，齊眉不久後也到了阮府。

「八妹妹被送到靜慈寺了，對外只說她忽然害病，送去靜慈寺休養。過個兩、三個月就會以她身子病重的理由寫下和離書。」齊眉褪下了斗篷，內裡著的錦緞滾邊雪袍裙露了出來，屋裡燒著暖暖的爐子，小臉一會兒工夫便紅彤彤的。

「嗯。」阮成淵點點頭，又看著齊眉。「我不知道太學品正大人是不是受制於人，今日我從宮中回來的時候，得了消息，平甯侯有意藉這件事來重創我們三家。」

「阮家、陶家和西王爺？」齊眉問道。

阮成淵吸口氣。「對，但看來太學品正並沒有同流合污，不然事情絕對不會這樣處理。」

「那接下來要如何？」齊眉指的是他們這邊。

平甯侯已經有這樣大的動作，他們不可能再坐以待斃，就是沒有準備好，也必須要全力以赴的上前，不然等待他們的也許會是全軍覆沒。

「今日沒有人見到皇上，連平甯侯都沒有。」阮成淵沈聲道：「但是……太子被召見了，單獨召見，文武百官都候在殿外，只有太子被傳召進去。」

「能不能知曉說了些什麼？」

「蘇公公告訴我，是尋常的家常閒聊。」

齊眉疑惑地歪了歪頭。

這麼模稜兩可的答案？

在這種時刻，皇上單獨召見太子，就是不給傳位詔書，也不該是閒話家常。

「雖然沒有被召見，但平甯侯很滿意。」阮成淵補了一句。

「通知西王爺了嗎？」

「沒有，沒辦法通知。」阮成淵的語氣有些焦急。「我被盯得十分緊，若是貿然用飛鴿傳書，鴿子定會被半路打下，被發現信箋的後果，也一樣會波及三家。」

「……」齊眉坐在軟椅上，沈默了許久。

忽而抬眼望向阮成淵。「我覺得，皇上是在暗示著什麼。」

仁孝皇后滿意地靠在臥榻上，肩膀和腿都被宮女們揑著或者捶著，愜意地抿了口酒，覺得舒暢無比。

平甯侯大笑著進來，也不福禮，徑直坐到一旁，語氣十分的隨意。「姊，這個皇宮不久之後就是我們左家的了。」

「小聲點兒。」仁孝皇后責怪的看他一眼。

「老皇帝已經完全糊裡糊塗了，又有何懼？」平甯侯不在意地大笑一聲。「病重的一個月來，皇上隔三差五便會召見太子，也只召見太子。我們就等著好日子來吧！」

和離書送到了靜慈寺，雖然是暗地裡進行的，但也不是全然無人知曉。

陶蕊縮在廂房裡，悶不吭聲。

「八小姐，簽了吧，一了百了。」陶媽媽小聲地勸著。

等著陶蕊寫上自己的名字按下手印，再把和離書送到衙門裡，審過了後兩人便再無瓜葛。

居玄奕是沒有關係，陶蕊在靜慈寺裡度過了三個月看似清淨的日子，她幾度偷偷下山，卻總在山腳被抓了回去。

她是被軟禁起來的，很想跑，但不知能跑到哪裡去，很想找一個能幫她的人，讓她從這樣的處境中脫離出來，腦子裡翻遍了記憶卻沒有誰可以找。

不會有人來幫她，也不會有人願意再靠近她。
熟悉她的人都被蒙蔽了，以為她是不貞的人，和離書送出來的時候，消息也一同放出，說她得了重病，失了心智，說她瘋瘋癲癲的，所以居家無奈之下才如此。
陶蕊深深地吸了口氣，寫下了自己的名字，也按下了手印。
蕊，這個單名是祖父親自取的，她自然是沒有記憶，小小的她被很好的包裹在襁褓中，屋外的花蕊正在悄悄地開放，她也笑得十分好看。
祖父會給她這樣的特殊，當然不是因為她多好，這點陶蕊很清楚。
從小到大，她所獲得的那些寵愛和關懷，都不是因得她本身討人喜歡，而是陶家在娘嫁過去後，得了顏家的救助。
所以祖父他們這些長輩才會對自己這樣百般關懷，一切都是虛情假意，她從小就沒有活在真情之中。
這些認知是在娘出事後陶蕊自己明白的，如若真的愛她，如若父親是真的喜歡娘，怎麼會聽從旁人的謠言，信了娘真的會去做謀害的事情。
陶媽媽把和離書捧到來人面前，低聲說了幾句，居家的人便準備離開。
陶蕊本想喚住她問居玄奕怎麼不來，但終是沒有出聲。
居玄奕若來那才是奇怪，她就是這樣從頭到尾都得不到別人真心實意關愛的人。
她只能想盡辦法用一切手段，來獲得自己想要的，來為自己創造一個美好的人生。
只不過，好像是失敗了呢。

在和離書送上官府之後，有了居家和陶家事先的打通，很快就審過了，從此陶蕊和居玄奕再無關係。

「八小姐，吃點兒東西，這麼幾個月來您都沒吃些什麼，飯都是只挑幾口，這樣下去怎麼是好？」陶媽媽嘆了口氣，剛剛飯菜又熱過一次了，現下吃的話剛剛好。

只不過反覆的熱，菜本來的美味也消散了許多。

「我還吃東西做什麼？」陶蕊輕聲道。

和離書簽下後沒有人再軟禁她，但陶蕊只離開過一次靜慈寺，而後便再沒有出過廂房，因為她真真切切的感受到自己確實沒有一個地方可以去了。

沒有人在乎，也沒有人想起。

那次，在山腳下的小茶館，她戴著大大的斗笠，把妖媚的容顏都遮了起來，穿的是粗布麻衣，把曼妙的身形襯得有些臃腫，沒有任何人注意她。

連山腳下的人都說起她和居玄奕的親事，人人都說居玄奕重情重義，雖是一夜夫妻，但竟然誓言幾年內都不會再娶妻。

陶蕊冷笑了下。一夜夫妻？縱使她能打起精神來，縱使她想要再重新開始，也被居玄奕放出來的這些話給絕了後路。

一夜夫妻，她再不是清白的身子，就是能以極好的精神狀態呈現在世人面前，也沒有好的人家會要一個破了身子的女子。

除非是做妾。

捏著茶盞，陶蕊沒有像以前那樣隨興跋扈，沒有因得心中升起的火氣而拚盡力氣地發洩出來。

因為沒有人會再關注她了。

她再發火，也沒有像以前那樣會跪一屋子的下人，這兒不會有誰因得她砸了一個茶碗，或者眉毛蹙起來而驚慌失措地跪下，而後盡心盡力的服侍，只怕再遭她責難。

一著錯，滿盤皆輸。陶蕊直到最後也不會明白，居玄奕下了狠心的原因不只是她今生的所作所為，還加上了前世。

前世種下的因，由今生來償還。

「陶媽媽。」陶蕊忽然輕輕地出聲。「我想見一個人。」

「八小姐說是誰，老奴去請過來。」陶媽媽急忙起身，難得陶蕊會再主動說話，而且一開口就說要見一個人。

遭逢這麼大的巨變，陶蕊的變化陶媽媽不是一無所知，陶蕊從最開始的純淨可愛到之後的滿心算計，她自然是看得出來，縱容只不過是覺得情有可原，陶蕊的本性不壞，偏生自己走上了難以回頭的道路。

走到現在這一步，連最容易心軟的陶大太太都不曾來看過八小姐，便可知八小姐已經是無依無靠的地步，濟安公府把陶蕊順勢放在了靜慈寺，說是靜養，實則不過是讓她自生自滅。

陶媽媽記得，五姑奶奶在年幼的時候也是這樣，只不過五姑奶奶成功的回到了當時的陶府，路也一直穩穩當當地走下去，而八小姐卻是步上了五姑奶奶的後塵，而且毫無回轉的餘地。

人不能有惡心，一旦有了也要儘快的掐滅，如果正在做什麼壞事，不能收手也要減少傷害，這樣或許在報應到來的時候，老天爺能下手輕一些。

陶媽媽已經打算好了，她要去濟安公府，請示大老爺和大夫人，讓她帶著八小姐回祖宅，或者是去找顏家老闆，顏儒青那麼疼愛陶蕊，之所以對陶蕊的巨變沒有任何反應，是因得他在年初便遠去西洋做貿易。

她先帶著八小姐回祖宅，等到顏儒青回了京城，她已經託好京城識得的婆子，到時候給顏儒青消息，這樣八小姐就能被顏儒青接走，送到很遠的地方，重新開始。

「我想見……五姊姊。」陶蕊輕輕的聲音卻一下子把陶媽媽拉回了現實。

沒有想過八小姐到現在唯一想見的人是五姑奶奶。

陶媽媽一瞬間的怔神過後，還是立馬應下了，難得八小姐有想見的人，見了這一面之後說不準此生也不一定能再見到了。

她雖然只是個婆子，但到底還是有身分地位，恭敬的去請五姑奶奶，也不一定全無可能請到。

齊眉聽得陶媽媽過來的消息後，有些意外，聽到陶媽媽的請求後更是意外。

「八妹妹想見我？」齊眉有些疑惑地看著她。

「是……還請五姑奶奶能動身去一趟……八小姐幾個月來都鮮少開口，一開口就是想見一個人。」陶媽媽眼眶有點兒紅紅的。「老奴都沒有猜到，遭了這麼大的巨變之後，八小姐想見的人會是五姑奶奶，到底是姊妹情深……」

「我不去。」齊眉端起茶盞，輕輕地抿了一口。

陶媽媽沒有想到齊眉會這麼俐落的拒絕，還以為是自己聽錯了。

齊眉又重複了一遍後，陶媽媽才知曉不是聽錯，是真的。

「五姑奶奶……」陶媽媽想要再勸。

齊眉不是個冷心的人，在陶媽媽的認知裡，五姑奶奶和八小姐是從小就交好的姊妹，雖然長大後或者有些誤會，也是因得上一輩的錯事，五姑奶奶通情達理，應是不會怨恨到八小姐的身上才是。

「不是因為這個。」齊眉看得出陶媽媽千變萬化的表情裡所藏著的意思，直直地看著她，微微露出些笑容。「她能主動說話了就很好，自己調整調整心情，靜慈寺也是個好地方，周周圍圍都是清淨和乾淨的。

「陶媽媽走吧，我不會去的。」齊眉看了眼子秋，子秋忙過去把有些愣神的陶媽媽半攙扶著出去。

回了靜慈寺，陶媽媽腳步有些沈重，齊眉拒絕她之後她沒有離開，而是在齊眉的園子外跪了很久，阮家的下人瞧見後都頗有微詞，但內室的簾子始終是垂下的，一絲動靜都沒有。

直到夕陽西下，陶媽媽明白五姑奶奶是不會出來了。

打開門的時候，對上了陶蕊滿心期待的雙眼，在確認只有她一個人回來後，那雙帶著神采的眸子一下子黯淡無光，陶蕊坐到一旁的軟榻上，低垂著頭。

「八小姐，五姑奶奶她……有事分不開身，所以……」陶媽媽想要把話說得好聽一些。

「是她不願意來。」陶蕊卻一語中的，垂著頭，玩著自己的手指頭。

都知曉她是個滿心詭計的人，所以到了她真心想要見誰，想要和誰說說話的時候，對方反而杯弓蛇影，再也不敢相信她，以為又挖了個陷阱，以為又是一個局。

沒有什麼局，只是真的想起了五姊姊。

陶媽媽看著陶蕊有些失魂落魄的模樣，本是要留下，卻讓陶蕊揮手趕了出去。

陶蕊從懷裡掏出藥包，倒在茶盞裡，這藥包是陶媽媽離開後，她自己又悄悄下山買的，她心裡有感覺，五姊姊不會來，但同時又帶著一絲期待，想起那年為娘親求情的時候，所有人都不願意幫四處跪著求人的她，只有五姊姊站在她身邊，遞給她絹帕，讓她擦去眼淚。

然後由著她靠著，在樹下哭得一把鼻涕一把淚的，陶蕊還記得那淡淡的月季花清香，十分的舒適、溫暖。

在她年幼的時候，頭一次見心裡默念過許多次的齊眉，十分神秘的五姊姊，是府中不可被觸碰的禁忌一般。

她四處詢問打探，想知道關於這個素未謀面的五姊姊更多的消息，卻總得不到。

沒有誰知曉五小姐的長相、生辰，下人中更有甚者連府裡有個五小姐被放在城郊的莊子內靜養都不知。

在陶蕊小小的心裡，齊眉的形象變得十分虛幻，也更激起她的好奇心。

到底是個怎麼樣的人竟這樣不被允許談起，她腦子裡勾勒出這個五姊姊的長相——大臉盤，血紅血紅的眼，赤色的嘴唇露出兩顆長長的獠牙。

越來越多的幻想，卻在齊眉回到府中後被打得破碎無比。

五姊姊竟只是個比她個頭高一丁點兒的瘦弱女娃，像個被截了一半的竹竿子似的杵在屋裡，還是彎彎的那種竹竿，身子曲著，連頭都不敢抬起。

身上的斗篷質地精緻，繁複的花紋也顯出其貴重，內裡的裙襬露出一些，也是金貴的布料，卻和五姊姊的身形一點兒都不搭，顯得有幾分突兀。

陶蕊十分的失望，不過就是個普普通通的人，沒有任何出奇的地方，她卻心心念念了老長一段時間。

直到齊眉抬起頭，陶蕊窩在老太太懷裡，順眼看過去的時候，第一次看清楚齊眉的臉，只覺得面黃肌瘦。當時的她年幼，齊眉又本因得身子和在城郊莊子靜養的緣故，再是清秀溫婉的一張臉，沒有長開之餘也被病態遮去七七八八。

陶蕊卻被齊眉的眸子吸引，不是多漂亮，卻微微彎起流瀉出淡淡笑意。她能感覺到屋裡的長輩們幾乎都不歡喜五姊姊，五姊姊卻還能笑得出來，有些怯懦的姿態卻意外的顯得剛剛好。

從齊眉進來後陶蕊就一直盯著看，好奇心使然，即使失望也沒怎麼挪開目光。齊眉沒有對別人笑過，就獨獨對她一個人笑了。陶蕊心裡有些說不出來的得意。

就是這個對她來說特別更是吸引人的笑容，讓陶蕊樂開了花。她咕嚕嚕地從老太太的腿上滾下來，接著五姊姊主動喚了她，叫她八妹妹，陶蕊更是開心了。五姊姊秀麗的容貌被病態掩去太多，聲音卻還是溫柔又清麗，聽著就讓人想要親近。

陶蕊記得自己一直圍著瘦巴巴的齊眉打轉兒，真要說對齊眉從好奇轉變成敬佩和喜歡，便是接下來她送給老太太的禮物。

一把匕首，年幼時的記憶總是會模糊甚至遺忘許多，但是匕首這個禮物在陶蕊的記憶中尤為清晰，寒光一閃嚇壞了她，嚎啕大哭過後，淚眼朦朧的偷看跪在老太太面前的五姊姊，本來瘦弱的身影不知為何讓她覺得十分挺拔。

而後更是知曉了齊眉回來前的事，心中的敬佩之情一下子炸裂，天天前腳後腳的跟著齊眉，圍著她打轉兒，覺得她做什麼都厲害無比。

漸漸地，那股新鮮好奇的勁兒過去，陶蕊依舊像小鴨子一樣的跟著齊眉，當時不明白是為什麼，現在的陶蕊明白了。

年幼時候的她都知曉，五姊姊是真心對自己好。

手撫上銅鏡，鏡中的女子美麗絕倫，那時候圓滾滾的小胖女娃娃如今正值荳蔻年華，卻還不如年幼的五姊姊。

現在的她，只餘下一副虛幻的皮囊，就是連這副皮囊都沒有法子再去迷惑住他人，再去讓誰為自己傾倒，沒有這個本事了。因得她無法再正經的嫁人，更別提站到高處，而若是與人為妾，她寧願孤獨終老。

心中的驕傲不允許她淪落至此，在變得更糟糕之前，還是讓她親手自我了斷的好。

事情為何演變成這樣，她不明白，也不想再去深究，因為已經毫無意義了，只是可惜了，自以為多姿的日子，到頭來連個會掛記自己的人都沒有，如果還有來生的話，她想試試愛一個人和被愛的感覺。

她來到這個世間的時候，集萬千寵愛於一身，身邊的人都圍著她、逗她，只為了讓她能格格地笑出來。

她想要抓住一切能抓住的東西，不管方式好壞，不管自己變成什麼模樣。

如今當她離開這個世間的時候，寵她愛她的不是人已經離去，便是心已經離去。

陶蕊端起茶碗，仰脖飲了下去。

茶碗握在她手中，很快就毫無依託地掉落墜地。

哐噹一聲，齊眉手中的精緻茶盞掉落在地上，裂成了碎片。

「大少奶奶這是怎麼了，是不是剛端上來的茶燙手？奴婢去訓訓廚房丫頭去。」迎夏急急忙忙的過來，仔細檢查齊眉的手有沒有被燙到或者劃傷。

「沒有，沒事……」齊眉喃喃地說著，眼睛微微眯起來，心裡不知為何湧起淡淡的情緒，說不上來是什麼，便也沒去深究。

陶媽媽狼狽萬分地跑回濟安公府，口齒不清地說著話。

月園外守門的丫頭嚇了一跳，怎麼也聽不清楚陶媽媽在說什麼，只能大聲問著。「媽媽您慢點兒說，是怎麼了？」

「八小姐……八小姐沒了！」

陶伯全下朝的時候正看到陶大太太吩咐著下人，走近了看，她的眼眶紅紅的，但面上沒有淚的痕跡。

「是不是昨兒個沒休息好？」陶伯全關切地問道。

「蕊兒去了……」陶大太太聲音有些沙啞。

「啊？」陶伯全愣了一下，顯然有些沒反應過來，一直沒再去理會過陶蕊的事，實在是太丟人，也讓他失望得無以復加。

本想著讓她在靜慈寺待著一段時日，等顏儒青回京後把陶蕊領走，眼不見為淨，卻沒想到最後的結局竟是如此。

陶大太太擦了擦眼角，終還是落了淚。

美貌如花的女子，若是性子能好一些，也不至於到這樣的地步。

陶大太太對於陶蕊的所作所為也漸漸想明白了，最開始她是將信將疑的，但隨著陶蕊被送到靜慈寺幾個月的時間，她心中也有了數。

若陶蕊真的什麼壞事都沒做，齊眉不會一句都不問，居家亦然。

一個是小時候一起玩耍的姊姊，一個是嫁進府門拜過堂的夫君，卻是一點兒動靜都沒有。

陶蕊下葬的時候安安靜靜的，與她出生時不同，只有陶媽媽在邊上抹淚，陪著。
陶伯全和陶大太太親自吩咐下人，張羅了不少餘後的事情，也算是給足了她面子。
別人都當陶蕊是得了失心瘋而死，卻不知她是自行了斷，更不知內裡會是那樣大的事。

阮成淵在書房裡寫著字帖，今日在宮中，引著他進門的小太監悄聲與他說了幾句話。
小太監是德妃娘娘的心腹，普普通通的相貌、偏瘦的身形，十分不打眼的模樣，也難怪他沒什麼印象。
簡單的幾句話，幾步路便說完了。
西王爺的情況不明，再去聯繫也已經來不及，他們可以等，皇上的身子等不了。
小太監最後遞給阮成淵一張字條，一直握在手心裡，等到回府後打開，墨跡已經被染開了些。
看著字條上的字句，阮成淵眼眸裡閃著微微的光，齊眉和他想的都沒有錯，德妃娘娘送來紙條，道出皇上一早動搖另立太子的心思。
陶齊勇在兩月前被派到邊關進行例行的巡查，回來的日期不定。而這段時日並不是旁人所以為的，朝中大權落入他人手裡。
皇上依舊把政權握在手中，即使說話都很困難，只能躺在床榻上讓蘇公公代為執筆，但也沒有把奏摺給別人去批閱，除了小事以外，其餘的任何事務依舊都是自己過問。
而把太子叫過去，也只是如之前仁孝皇后所得知的閒話家常，太子曾主動提出要幫助皇上批閱奏摺，皇上震怒地訓斥道：「朕還沒有死，你就盯上了朕手中的摺子，那麼多事你都不懂，貿然批閱會出多大的亂子？」

說來說去還是不信任太子，但除了太子以外，京城裡哪裡還有別的皇子可以繼位？阮家和陶家越發的沈默下來，好像因為知曉新主即將繼位而尤為擔憂。

平甯侯派去的那些探子，回來稟報的消息都大同小異。

皇上已經完全不能起身，意識也是模模糊糊的，睡老長的時間，只醒過來那麼一小陣子。

仁孝皇后發了很大的火氣。

「你們若是醫不好皇上，誰都別想活下去！本宮就讓你們同皇上一起陪葬！」御醫們霎時跪了一地，資歷最老的御醫挺直背脊。「啟奏皇后娘娘，御醫院所有的御醫都在這裡，從微臣到資歷最淺的，沒有落下一個。而從皇上開始害病，御醫院每一個人都盡心盡力，希望皇上能儘快好起來。

「但現在，皇后娘娘就是遷怒於所有人，微臣也要斗膽說出來，皇上已經快不行了。」

一說完，仁孝皇后跌坐在地上，平時莊重貴氣的姿態全無，就像是普通的婦人即將要失去自己夫君般痛到心底的模樣。

嬤嬤把皇后扶起來，眼眶也不自覺地紅了。

「出去，你們都給本宮出去！」片刻之後，皇后費盡了力氣大吼出聲。

資歷最長的御醫面露難色。「皇后娘娘，現下皇上最需要的是清淨……」

「清淨？你這是在指責本宮吵鬧？皇上還在這兒呢，你竟是當著皇上的面說本宮的不是？輪得到你來說？」仁孝皇后說完便大哭了起來。

「不只是皇后娘娘，弘朝上上下下都在為皇上擔憂。」老御醫拱手說了句，而後抬眼看著躺在龍榻上的皇帝。

本是高高在上的君王，一旦害了不可挽回的病痛，與任何人都無異。

行醫多年，雖是在宮中行走，但看過的生生死死不比宮外要少，甚至更多，多少冤魂在宮中飄蕩，如今也只不過是要多添一縷罷了。

老御醫站起身子。「皇后娘娘，老臣退下了。」

第七十六章

屏退了所有的人，仁孝皇后獨自在龍榻旁陪著皇上，淚眼婆娑的看著變得老態龍鍾的男子。

當年是多麼英勇不凡的一個人，如今斑白的髮鬢，因得害病而了無生氣的容顏，看上去真是……

仁孝皇后嘖嘖地搖頭，龍榻上的男子微微地動了動，有點兒費力地覆住仁孝皇后的柔荑，兩人差了十來歲，仁孝皇后又保養得宜，撫摩著她的手，竟是如綢緞一樣的絲滑。

剛剛仁孝皇后的聲嘶力竭，他都聽到了，再是生命在一點點流逝，他也還能聽得到身邊發生的事，也能偶爾開口說話，只不過他沒多表現出來罷了。

當年選了左家的長女入宮，一路扶搖直上，最後成了他親自點下的皇后。

仁厚孝順，看上去無懈可擊，性子是如此，容貌更甚。

第一眼看她就被她驚豔，不是沒有見過漂亮的女子，但沒有見過容貌精緻到這樣地步的，妖媚中帶著柔美，舉手投足的靈動讓人覺得她只可遠觀。

張口的女音能撩撥得人霎時就心醉神迷，比陳釀的美酒都要厲害。

而能把這樣的女子緊握在手中，讓她滿心滿眼都是自己，無疑讓他滿足了征服的慾望。

而如今他已經快要逝去，仁孝皇后竟也能這樣萬分難過到儀態盡失的地步。

他總算在逝去之前，能收得一分真心。
「皇上，皇上？」輕輕的聲音在耳邊響起，皇上迷濛的視線裡盡是仁孝皇后淚眼矇矓的模樣。
「太子一直守在外頭，幾天幾夜沒吃東西了，真是孝順得不行，臣妾看了心疼又勸不住。」仁孝皇后說著又擦起眼淚。「皇上定不會離開臣妾的，臣妾不答應！這麼多年了，皇上對臣妾的愛都沒有變過，一直有皇上在臣妾身邊，如今……臣妾實在是捨不得……」語句都變得斷斷續續的，完全泣不成聲。
皇上的心早被化成了一灘水，抬起手撫摩著仁孝皇后的臉頰，然而接下來的話卻讓他手都頓住。
「太子雖是有些頑劣，但自從娶了太子妃後，整個人都收斂了不少，比原先都要勤奮，孝心重的人責任感就強……皇上不如先把詔書拿來，太子是與皇上最親近的人。有太子能在臣妾身邊的話，也能像皇上還在……」
「朕還沒死！」怒吼後，劇烈的咳嗽聲不斷。
本是撫摩著臉頰的手猛地收回來，盡了力氣地甩了一個巴掌。
仁孝皇后跌坐在地上，雙眼裡的淚水一下子蓄滿，不敢置信地捂著被打疼的臉，又一語都不敢發。
這一聲怒吼耗了皇上太多力氣，有些洩氣地擺擺手，也不再看皇后。「妳先下去吧，朕心裡有數。」

哪裡有什麼真情？不過都是披著柔情的皮，內裡全是算計！

從小他就活在算計和陰謀之中，世人都道皇宮是世上最好的地方，連地上的石子路都是金子鋪成的。

他所待的地方，全是華麗裝飾的囚籠，而眼裡所見的都只有黑暗。

哪怕一次也好，身邊能有真心待他的一個人，沒有摻任何一點兒利益的雜質，只因為是他而對他好。

仁孝皇后得了想要的答覆，起身走了出去。

即使他咳嗽還沒有停止，邁出的步伐也沒有收回來，厚重的門簾落下，皇上閉上眼，覺得心中疲累萬分，意識也模糊得厲害。

迷迷糊糊之間，只覺得有一雙略微粗糙的手覆在他額上，和仁孝皇后細膩的柔荑不同，但卻溫暖百倍。

會是誰呢？

皇上努力想要睜開眼，想要醒過來，但還是無能為力。

他發了高熱，絲綢巾帕涼涼的覆在額上，好像能消退一些不適，但其實已經沒有用了。

他的身體他自己最清楚，御醫說得沒錯，他很快就要不行了。

所幸他作了正確的選擇，至少在他心中是這樣的。

胳膊和腿被輕輕地按摩著，緩解了身上的疼痛。

「唉……」似有若無的嘆息卻清晰的落入他耳中，有幾分熟悉的女音，和他一樣蒙上了蒼老的意味。

臉頰忽而被冰了一下，他身上的高熱太過厲害，即使該是燙燙的淚珠落到他臉上也涼涼的。

啪嗒啪嗒的越掉越多。

他已經聞不到身邊人身上的氣息，但被溫柔地照顧著，紛繁複雜的心緒也漸漸地平息下來。

等到他費力的撐起眼皮，身邊卻又空無一人。

反覆了幾日，皇上覺得自己的精力已經被抽乾了，應該說是被老天爺一點點的吸走。

回想過去的這幾十年，對不起百姓的地方很多，自己定下的目標也很多，一一的努力去實現，到了如今，仍然留下不少遺憾。

但只要下一個坐在列祖列宗坐過的龍椅上的人能盡心盡職，那些遺憾也不會是遺憾。

他的身子情況已經是十分的糟糕，但並不是那種痛徹心腑般的病痛感，前段時日身邊滿滿的宮人們也不見了蹤影，都被改調到別處。

皇上心知肚明，是平甯侯在準備太子的登基大典。

這樣大膽的舉動，太子即使是儲君，可他還沒有把龍位交到太子手上，對方就已經這樣迫不及待。

平甯侯這樣的行為，完全可以治個謀朝篡位的罪名，可惜他已經連下這樣聖意的能力都沒有了。

除了蘇公公以外，每日都還有個人在照顧著他，十分熟悉的感覺讓他覺得即使就這樣離去也不會太難受，但被照顧的印象始終是模模糊糊，大概是高熱燒壞了腦子，記憶也被抽去了不少。

「皇上可是醒了？用不用飲點兒熱茶？」蘇公公聽到了動靜，忙上前詢問。

皇上微微搖頭，動了動身子，訝異地覺得力氣回復了不少。

「皇上，人來了……」

皇上眼一下子睜開，布滿血絲的眼眸裡透出微微的精光。

「帶進來。」

「要進宮了嗎？」齊眉幫阮成淵換著朝服，現下是一更的時候，正是夜深人靜。

皇上病情惡化牽動著許多人的心緒，再加上阮府出了大事，齊眉和阮成淵這段時日都睡得很淺，這幾日更是沒怎麼合眼，聽到宮人前來急報，阮成淵一個翻身下了床榻。

隔三差五都要上演這樣的一幕，皇上一旦有了不好的情況，無論是什麼時候，他們這些大臣都會被召入宮中。

「嗯。」阮成淵俯身擒住她的櫻唇，好一會兒的工夫才放開。

齊眉看著他遠去，卻沒有再睡下。

皇上害病之後，太子即將登位的消息愈傳愈烈，本就是順理成章的事，但被這樣大肆宣揚反而讓人覺得奇怪。就好像是心虛的人明明沒有這樣東西，卻偏生要用這樣的方式來證明自己的存在一般。

宮中一直不平靜，各家亦然。

太子一黨最近這樣死死看緊阮家的舉動，引得阮府騷亂無比。

就在前不久，皇上病重之後，阮秦風被關入了大牢，還是老掉牙的罪名——文字獄。

此次牽連並不廣，但目的性極強。

不是皇上所為，而是平甯侯串通了刑部。而皇上雖然堅持每日儘量自己批閱奏摺，但奈何身子已經不聽使喚了，連下床榻都十分困難，更遑論平甯侯他們要做什麼手腳，皇上完全無法知曉。

關進去的都是沒有站到太子這邊的人，為首的便是阮秦風，而陶伯全因得濟安公護國有功的緣故，並沒和阮府有著相同的命運，但濟安公府的狀況比阮府更糟糕，層層包圍著，插翅難飛。

除了陶齊勇在幾月前奉了皇命遠行，太子一黨一直在派人搜尋陶齊勇的下落，這麼長的時日過去，找是找到了人，但每日都是老老實實的巡查，並沒有任何異常。

「你定是想得太多，皇上若真是有意改變些什麼，犯不著花這麼大的力氣，而且他都成那副模樣了，還能做出什麼事來？成日等著宮人餵膳，等死才是他要做的。」仁孝皇后撇了撇嘴，自那日被打了一巴掌後，她也懶得再費力氣地過去看那個糟老頭子。

已成定局的事情，她和平甯侯只不過是在錦上添花和穩固時局罷了，既已板上釘釘了，任誰也拔不出來。

「西王爺在西河，成日逗著那小雜種，和西王妃一起過著平民似的日子。」仁孝皇后也知曉這個消息，拿出來當笑話說著。

平甯侯的眉頭始終鎖得很緊，不知為何，明明能夠反抗的大臣都或者被一道聖旨便處理掉，或者被一起關到天牢，明明皇上已經半點力氣都沒有，只能任由他呼風喚雨，可他沒有仁孝皇后那種安心的感覺，反而總覺得哪裡出了差錯，但又想不出來漏洞在何處。

齊眉在屋裡來回踱步，宮中已經連著幾日深夜急召大臣們入宮了。

如此反覆的行為，再是有真心擔憂皇上的龍體安康，也被磨去至少一半，已經有大臣頗有微詞，但礙於現下的情形，並沒有大張旗鼓的議論，小群體的私底下說幾句也就作罷。

議論的聲音是小眾的，但也有人站出來說皇上這幾十年的工夫過去，弘朝在他手下是實現了國富民強，歷代君主裡，能做到這樣地步的並不多。

而他們這些在朝中做事的大臣，都是國之棟樑，分擔皇上的病痛是不可能了，但好歹心意能傳達到也是好的。

如此，連小小議論的聲音都消失了。

只是人的心始終散了些，沒有像前幾次被緊急召入宮中的那種心慌感。

阮成淵在天光乍亮的時候回來，身上散著疲憊的氣息，衣裳邊角也染上了幾顆晨露。

「如何了？」齊眉忙問道。

「老樣子。」阮成淵說著搖搖頭。「不過大臣們的議論已經消散了不少，皇上已經到了這個地步，再說風涼話的人也太沒有良心。」

說著坐到軟榻上，撫了撫身上的朝服。「那些人的名字我已經記下了，往後是一定要剔除的。」

「皇上真的已經決定了？」

「嗯。」阮成淵微微點頭。「但事情不會走得多順，皇上的身子狀況是最大的問題，妳大哥也已經在回京的路上，不日就能抵達京城，希望能趕得及。」

說了會兒話，氣氛始終沈悶。

「父親如何了？」阮成淵問道。

齊眉抿了口茶，眉目間有些擔憂。「獄卒買不通，多少銀子也不敢收，但還是有確切的消息，不說日日飽飯，但至少沒有害病。」

阮成淵重重地吸了口氣。「沒有害病就好……委屈父親了，還有岳丈，也是多日未能出府門了。」

「現下的忍讓都是為了之後的好日子，兩位長輩都是明白的，父親還怕我們擔心，特意悄悄託了人給我捎了消息。太子一黨這樣明顯的動作，誰都能看明白他們針對的是我們。雖然從不曾明明白白的和長輩們坦白過計劃，但他們現下對我們要做的事情，和對我們要扶持西王爺登位的心思都明白得七七八八。只是西王爺也在暗地裡做出這麼多動作的消息倒是挺隱蔽的，他們沒有算到這一層。」

「若是父親和岳丈能想到，那太子一黨也瞞不過，他們並不是沒有動作，只是太子一黨從西河那邊一直無法真正掌握西王爺的一舉一動。」阮成淵撇了撇嘴，眸子裡透著光彩。

所有的大臣都聚集在乾清宮外，這一次的急召，除了皇子和公主被召到內殿以外，和尋常也沒什麼太大的區別，而且已經好一陣子沒有什麼動靜。

仁孝皇后和德妃娘娘都陪伴在龍榻旁，皇上抬起手，看著最後陪在身邊的這兩個女子。一個美得不可方物，年歲在她面上似是畏懼了般，沒有刻下太深的歲月痕跡，恍惚之間，皇上彷彿看到與仁孝皇后第一次相見的場景。伸出手似是要撫摩她的臉頰，但她卻不著痕跡地避開了。

這並沒有讓他有任何傷心的感覺。

畢竟他本就不是要觸碰這個人，有些枯燥的大手往前伸，落到了另一個女子的臉頰上。柔和靜美，只要待在她身邊，再焦躁煩悶的心情也能很快地平息。涓涓流淌的清泉自然沒有岸上的鮮花動人和吸引目光，但人可以離開花朵，卻離不開泉水。

「皇上……」德妃娘娘輕輕地出聲，一如往常的柔和，自己的手覆在皇上的大手上，緊緊地交纏。

「妳這是在做什麼？皇上已經不行了，妳還在這兒想著爭寵？」仁孝皇后不滿地把德妃娘娘一把推開，顯然是猝不及防的緣故，德妃被推得往後仰，還好穩住了身子，並沒有直直地摔下去。

「想著爭寵的是妳，一直是妳，我從來都沒有過這樣的想法。」德妃娘娘不怒反笑。

「從皇上還是少年的時候我便在寢宮內服侍，從最外面打雜的宮女到了近身，承蒙聖上垂憐，一路坐上了妃嬪的位置，雖然……位置一直在變換，身分也一直往上不斷的升，可我的心從來都沒有變過。」德妃的目光自始至終都在皇上身上，雖然是對仁孝皇后說話，但話裡的內容卻更是真情流露。

皇上努力的集中精力，這樣的話他從來沒有聽過，很早以前他還問過德妃，但她從沒正面說起過什麼。他是天子，誰不是努力的想要靠近他，只為博他一瞬的注視。

可德妃卻總是那樣溫溫軟軟，以前覺得受用，之後覺得膩煩，而在她帶著蘇邪隱居在宮中角落後，他偶爾會想起，但也再沒放到心上。直到十幾年過去，她再一次出現在自己面前，不經意的方式，卻鋪天蓋地的蔓延著熟悉的感覺，清泉再一次注入心中，再沒有消失的跡象。

她是一直一直愛著自己的，皇上如是想著，心中泛起最後的絲絲溫暖。

皇上感覺到生命力的流逝，看了眼蘇公公，蘇公公明白地福身，而後取了個錦盒上前，內裡的兩卷奏摺靜靜地躺在裡頭。

已經無法完整地出聲，皇上抬起手，還未觸碰到奏摺，呼吸已經急促得厲害，忽而兩眼一翻，手垂了下去。

「皇上駕崩了！」仁孝皇后眼裡同時閃出淚花，假惺惺地大哭。

一聲聲地把訊息傳出去，裡裡外外都是漫天的哭聲。

平甯侯急忙進來，仁孝皇后眼眶裡都是淚水，手卻緊緊握著兩卷奏摺，兩人一起走到殿外。
阮成淵看著站在最前的兩人，面上雖是悲痛之色，但卻隱隱地有著藏不住的喜氣。
與所有大臣皇子和公主一般，一同跪在殿前，阮成淵心中些微緊張起來，他不是神算子，只是比其餘的人多知曉幾分事，自然無法揣測聖意。
「這……」攤開奏摺。仁孝皇后的手開始顫抖起來，遲遲不唸奏摺上的內容。
本是悲痛的大臣們都覺得有異，面面相覷了一番，也無人敢出聲詢問，只當仁孝皇后是太過悲痛而語不成字。
平甯侯看了一眼，腦子裡轟地一下炸開，第一封奏摺上清楚的寫著一大段話，綜合下來只有四個字——廢除太子。
皇上決定廢除太子？
平甯侯拿起另一封奏摺，只看了一眼便恨不得扔到地上。
仁孝皇后臉色慘白著。
不過片刻，平甯侯恢復了平靜，身後就是乾清宮，內裡傳來的哭聲證明了一件事，現在他說什麼便能是什麼。他這樣想著，捧起奏摺，聲音洪亮絲毫不亂。「朕年邁之人，諸王大臣官員軍民與百姓等無不愛惜，今雖已壽終，朕亦愉悅。現太子人品貴重，深肖朕躬，必能克承大統。著繼朕登基，即皇帝……」
「侯爺這樣睜著眼睛說瞎話是不是太猖狂了？假傳聖旨的後果，侯爺不是不知曉吧？」
醇厚低沈的男音從身後傳來，平甯侯反應遲了一瞬，不敢置信地轉頭，站在他面前，穿著錦緞白綢滾金邊長袍，唇角和眸子裡都透著自信的味道，即使面上沈痛萬分，也只讓人覺得他俊美得不像人間的男子。

這個人不是西王爺還能是誰？

「無詔不得回京。縱使皇上病重，沒有詔書回京那便是謀反之人！來人，把他給我抓起來！」

平甯侯的怒吼沒有得到回應，太子在邊上看到了奏摺，有些失魂落魄地癱坐在地上。平甯侯把太子一把揪了起來，已經不顧什麼禮儀尊卑。「現在太子已經是皇上了！你們還不快參見皇上！」

大臣們有些猶豫，平甯侯一黨倒是立即跪地呼應，也有將士過來把西王爺緊緊地按住，西王爺倒是沒有掙扎，反而嘴角帶著不屑的意味。

「你！」平甯侯伸手指著西王爺。「一點兒風聲都沒有的回京甚至入宮，其心可誅！」

「參見皇上，皇上萬歲萬歲萬萬歲。」阮成淵的聲音在此時響起，顯得十分的突兀。

「這才是識時務的人。」平甯侯得意地笑起來。

「微臣參見皇上！」接二連三的跪拜，聲音裡都不約而同的帶著驚詫甚至欣喜。

平甯侯這才察覺到不對，猛地回身，本來以為駕崩了的皇上竟然就站在他身後，怒視著他，眼裡的狠勁似是要把他吞噬一般。

「朕親手寫下的奏摺、蓋的玉璽，廢除太子，立西王為新皇，君無戲言。」

蘇公公和德妃娘娘一左一右的攙扶著皇上，最後四個字皇上說得特別用力，在大臣們的喧譁聲中，最後的力氣終是被抽乾，皇上就這樣倒了下去。

先前派陶齊勇去邊關，只是為了聲東擊西，這麼明顯的破綻，自然會引得有心之人掘地三尺的追逐，在大部分關注力都在陶齊勇那兒時，西王爺已經悄悄地入京，那些探子們所見逗弄小王子的男子不過是個身形與西王爺有九分相似的替身罷了。

另立新君的決定並不是突然的，太子一而再、再而三的做出愚蠢的事，對比實在是太過明顯，無論從哪個方面來看，真正適合做君王的只有蘇邪。

但另立新君並不是易事，皇上一面暗地裡動作，一面也是暗地裡觀察西王爺，拔去了平甯侯不少黨羽，所以在這樣突然的時候，平甯侯幾乎沒有反擊的力氣，不是不能，而是沒有想到。

殿內，德妃娘娘撫摩著皇上的臉頰，已經冰冷得一點兒溫度都沒有。

皇上留了最後一絲力氣，看似是為大局，實則也是為了她和蘇邪。

從蘇邪出生後就沒有得到過父親的關愛，縱使她拚盡了全力去教導、去疼愛，還是在蘇邪的成長道路上有所不足。

非要到了最後的時刻，皇上才憶起這個兒子的好，也算是君王之家的悲哀。

德妃娘娘輕輕地嘆口氣，良久都沒有再出聲。

蘇公公在一旁恭敬的福身。「請德妃娘娘先移步寢宮。」

是了，縱使是一代君王，死後多年也只是一副白骨。

潔白的絲綢長布蓋上去，再也見不到世間的醜惡或者美好。

德妃娘娘出了乾清宮，她剛剛的話並沒有說完，她對皇上的心一直沒有變過，無論是皇子也好，太子也好，之後繼位成了皇上也好，都只是她服侍的人。

她唯一交出了真心付出了真情的，只有蘇邪，她唯一的兒子和寄託，所有的母愛都化成溫暖給予到他身上，她沒有愛過人。

所以她看得比誰都清楚，皇上也是這樣的人，皇上也從來沒有愛過任何人。從始至終，皇上得到的都是虛情假意，久而久之，連他自己都分辨不清了，衝口而出的愛或者喜歡，只不過是個詞語而已。

德妃慶幸自己的清醒，但同時又覺得有幾分悲涼。

剛走出去，德妃就聽得外頭一陣騷動……

第七十七章

鎮國將軍之子帶著兵馬闖了進來，而四周本是宮人裝扮的人也瞬間抽出了腰間藏好的刀劍，平甯侯做了兩手的準備，早在宮中內外安插了人馬。若是有變，他即便勢力被削弱了不少，快人一步總是勝算大。

頃刻之間，本來一片悲痛的殿外已是兵戎相見，霍霍的廝殺聲，平甯侯一邊勢如破竹。

本來是一邊倒的局面卻在下一刻改變，另一隊將士呼喊著衝了進來，領頭的男子面色俊冷，一刀結束一個，簡單俐落的動作，同時高呼著。「保護皇上！」

宮中救援的護衛也熱血沸騰，站在殿前的男子才是他們未來的君王，是先皇親手寫下的詔書。

隊伍為首的男子是陶齊勇，陶家三代忠臣，不會有錯。

兩方僵持不下，誰也沒占上風。

就在此時，鎮國將軍之子把刀架在西王爺的脖子上，德妃娘娘的臉色霎時蒼白。

「皇位是太子的，而不是你這個西王的！明眼人都能看出來是你們在弄虛作假，皇上明明已經不行了，怎麼又能再出來說這幾句話？你們竟是連皇上最後一刻都不放過，死後更是不讓他安心！」

「這話應該是我來說。」西王爺並沒有半分驚惶，彷彿架在他頸間的並不是武器，他抬眼看了看因慌亂而四處逃竄的大臣們，只有一個男子挺直了背，面上與他一樣沒有絲毫的慌亂，站在紛亂的人群之中，他的沈穩顯得尤為引人注目。

下一刻，還未反應過來，鎮國將軍之子的手臂便飛了出去，隨著一聲淒厲的慘叫，剛剛還氣勢洶洶的他便倒在了地上。

阮成淵的武功和陶齊勇不同，他從來都是快狠準，躺在地上的人艱難地動了動身子。蘇邪撇了撇唇，阮成淵手中的劍立時扎破了他的胸膛，血噴湧而出。

「阮侍郎護駕有功，皇上龍運震天！」平甯侯立馬拱手上前。

蘇邪瞥了眼跪在腳下的人，平甯侯依舊有勢力，若是當場殺掉定會有無盡的後顧之憂。

正這麼想著，平甯侯卻直直地倒了下去，露出身後站著的阮成淵，平視著蘇邪，拱手道：「平甯侯意圖謀朝篡位，在混亂中被亂刀砍死，在場所有人皆可為證。」

蘇邪愣了下，還是微微點頭。

此時天邊已經泛起白光，齊眉手來回搓著絹帕，已經變成了一團縐巴巴的布料，終是忍不住的起身決定去宮中，是死也好是活也好，她想知道阮成淵的消息，與他相處可以說很長的時間，也可以說很短。

短不過幾年，長是因得跨越了前世今生。

在這焦躁不安的等待時光裡，她腦子從紛亂複雜到一片空白，再到現在的滿眼清明、清亮明和。

她想和阮成淵長久的相處下去，只要睜開眼能看到他，睡下之前也能在彼此的眼眸中看到自己，就是她想要的生活。

這一次若是成了，阮家和陶家都功不可沒，但阮成淵卻陷入了危險的境地。功高震主的後果她已經見得太多，她不想連阮成淵都落得那樣的下場，一代忠心若只能換得一杯毒酒，那還不如一開始便萬事不理。

青緞滾銀邊靴出現在眼前，低沈的男音帶著疲憊的沙啞。「我回來了，媳婦。」

齊眉抬起頭，被滿身血的男子驚得幾乎要暈過去。

幾步走到他面前，仔仔細細地檢查著，眼裡無法克制的閃出淚花。「我還以為這血是你的！嚇壞我了……」

大概是太久沒有落過淚，這一下眼淚似是開了閘一般不停地流出來。

阮成淵抱住她，血跡同時浸染著兩人的衣裳。

「我沒事，西王……不，皇上也沒事。」

登基大典很快就要進行了，是按照奏摺上先皇親手寫下的意思，但因得守孝，還是按照蘇邪的指示一切從簡。

西王妃被接回了京城，齊眉與她見了一面，長談了一個白晝。

回到府內，齊眉想起齊英坐在華貴的殿內，看著外頭千篇一律的風景，眼神中有幾分掩藏不住的哀傷。

二姊到底還是喜歡自由的生活，蘇邪有沒有與她坦誠過齊眉無從得知，但即使齊英會有遺憾，這一世也算是美好的。

在齊英有些神傷起往後生活的時候，忽而嬤嬤抱著哭哭啼啼的小皇子進來，齊英伸手把蘇澤抱到懷裡，剛剛還大哭不止的傢伙立馬就噤聲，瞪著圓溜溜的大眼兒盯著齊英看，接著綻放出一個大大的笑容。

齊眉看著齊英的唇角也不自覺的牽起。

齊眉想，待到登基之後，齊英便是皇后，之後的紛爭動亂那又是另一番場景，只要現下的齊英心甘情願，往後縱使會有後悔的時候，也不會覺得那麼辛苦，至少還是幸福過的。

況且，蘇邪對齊英的感情之深，齊眉是知道的。

太子和仁孝皇后被貶為庶民，終身不得再入宮，位高權重的左家亦然。被抄家之後，府內的人走的走，散的散，再不復原來的輝煌。

樹倒猢猻散，平甯侯一死，許多狐狸尾巴就再無保護的露了出來。居家是反黨的事情也暴露無遺，御史大人被革職查辦，居大夫人受不了從高處跌落到谷底的刺激，成日瘋瘋癲癲。

居玄奕並沒有跟著御史大人助紂為虐，而且站在了西王爺這邊，由阮成淵和陶齊勇親自啟奏給皇上，他的活罪也免了，只不過終身不得再入官途。

阮府，甄姨娘滿臉怨恨。為何阮成淵這樣好的運氣，現在立了大功，只等著繼續平步青雲，而阮成書卻還是軟蛋一枚，什麼能力什麼作為都沒有。

之前在小院落裡的啞巴丫鬟也不見了蹤影，四處遍尋不到，卻更讓她心中怨氣大增。沒了證人也無妨，現下正在改朝換代的時候，最是動亂，隨便一點兒風吹草動就能把人逼到死路去。

在登基大典當日，蘇邪沒有鋪張浪費，下達了聖意放所有人三日的假，並且減去各地部分稅收，並準備在一月之後進行微服私訪，查看各地的民情。

阮秦風和陶伯全在大亂當日就被放了出來，陶齊勇被擢升為大將軍，一如當年陶老太爺的風光。

所有人都有了各自的獎賞懲罰，只有阮成淵沒有被升官，也沒有做任何的變動。

微服私訪的前兩日，皇上在京城裡巡視一番，正要回宮的時候，忽而一個婦人攔住了去路，霎時無數把劍都架到了她脖子上，瑟瑟發抖的婦人努力握緊了拳頭，大聲道：「啟奏皇上，民婦知曉阮侍郎的欺天大罪！」

坐在馬車內，雪緞絨布掀了起來，只剩珠子串起來的簾子輕微地晃動，蘇邪動了動唇，眉毛挑起一些。「說。」

「阮侍郎並不是阮成淵，阮成淵早在當年出生後便當場亡故了！當時的易媽媽在後院門口撿到了現在的阮侍郎，也是個小嬰孩，阮大學士怕阮大夫人太過悲痛，所以拿了這個小嬰孩來替代！

「阮侍郎這是犯下欺君之罪，利用阮成淵的身分來應試、考科舉、做官。」

「那又如何？」

清淡的聲音讓甄姨娘心裡一抖。

暗暗地給自己鼓了勁，而後聲音帶著些顫意。「阮侍郎原名居安，是梁國太……」話還未說完，蘇邪只是微微地動了動手指，甄姨娘便被一劍封喉，再也無法出聲。

甄姨娘了無生息的倒在地上，眼睛大睜著，似是不甘心還未說完的話。

可阮成淵是梁國皇子的消息還是走漏了出去，兩日的時間，大臣們的奏摺幾乎要堆成山。

齊英靜靜地坐在一旁，看著蘇邪。「皇上真打算這樣處置？」

蘇邪半晌沒有出聲，良久後才道：「阮家護國有功，且一直忠心耿耿，確是功勞甚高……阮家自是可以免去罪責，只是阮成淵不可以。」

已經出了這樣的事，就是把所有人的嘴巴都堵住也是無用的，不是他的過錯，但奈何他才是源頭。

「五妹妹那日過來與臣妾長談，早說明了這件事，臣妾一直拿捏著不知該不該告知皇上。」

那日齊眉來到宮中，帶來了兩個丫鬟，一個是啞巴，一個有耳疾，有耳疾的名喚清濁，啞巴丫鬟是當年居安換成淵的見證人之一，也是唯一的一個。除了她以外，當年的人都被遣散離開京城，說是遣散，離開的人都是再無音訊的，這樣的事知道的人越少才越好。

啞巴丫鬟是易媽媽的侄女，為了安全地留在府中，拚命證明自己不會說出去，喝了啞藥，斬斷了能寫字的手指。

齊眉一早覺得不對，在宮中動亂的時候，多留了一個心眼，把這個啞巴丫鬟偷偷地帶到清濁那裡，當然也知曉了當年事情的始末。

但齊眉和阮成淵都不知曉的前世，那時阮成淵真正身分之所以會走漏風聲，並不是甄姨娘去攔聖駕告密而起，而是平甯侯一黨所得到的訊息——

梁國在改朝換代過後，太后想尋找當年的孩子，那個太后在年輕的時候衝動生下的孩子。當時還只是富家小姐的梁國太后就要奉命嫁入宮中，她性子強硬，非要與自己的情郎結合，結果被發現了，情郎被當下殺掉，而她與家人哭鬧無果，被送到家中在外的宅子中休養，家人覺得她羞恥，只讓她帶了一個侍女去服侍，那時她已經有了身孕，她一直瞞下了懷有身孕的事，待到孩子生下來，為了不被家人發現，她只能把剛出生不久的小嬰孩送走，給孩子取了個名字，隨父姓居；希望他能一輩子安康，便取名叫居安。

居安被秘密送到別國，使者看著阮家的人把他抱進去，又等了好幾日得了確切的消息才回去稟報。而待到皇上駕崩，太后想起了當年的孩子，派人前來尋找居安的時候走漏了風聲，於是阮家這個李代桃僵，養的還是梁國太后所生孩子的事便奏上了新帝，私通敵國的罪名便扣下了。

當日在阮成淵趕回去之前，平甯侯已下了命令，阮家與敵國通氣，罪不可赦，一個活口都不能留。

但這一世的阮成淵，已不是前世那樣的癡傻兒，他記得清清楚楚，自己是梁國太后所生。

「妳早該說給朕聽。」蘇邪睜開眼。「阮成淵太聰明，而且看似性子和順，實則做事比我還要狠辣，這樣的人留不得，朕是說不能留在身邊。」

「可五妹妹是無辜的！五妹妹已經有了兩月的身子！」齊英見蘇邪已經決定了一般，急得一下子站起來。

「這世上，有誰會是全然無辜的？」蘇邪卻是反問了一句。

就算有齊英為他們開脫求情，阮成淵和齊眉還是被打入大牢，弘朝便是夫妻連坐，蘇邪沿襲了前朝的規矩。

阮成淵擇日處死，考慮到曾經立過不少大功，不會斬首示眾，而改成了飲下毒酒，而齊眉則是發配邊關。

行刑這日，皇上微服出巡的同時，阮成淵正端起毒酒，什麼也沒說，就那樣閉著眼飲下去，很快地全身無力地倒下。

城門口，陶大太太哭得整個人都站不起來，拉著齊眉的手不肯鬆。

居玄奕揹著包裹，準備四處遠遊，他站在遠處凝視著齊眉。

沒有像尋常的處罰一般把齊眉關在木籠子裡，或者手戴上鐐銬，反而是穿得整整齊齊的衣裳，褪去一身華貴的裝飾，卻只顯得越發清麗。

「娘，不會有事的。」齊眉握著陶大太太的手。「娘有空的話去去阮府，讓府中的人也不要過分悲痛和擔憂。」

阮大夫人早就暈了過去，阮秦風也是呆呆地坐在府中，直到有人送去了一封密信，阮秦風看過後，半晌才長長地嘆了口氣。

這樣或許是最好的結局。

兩年後——

西河一帶已經被治理得很好，雖然及不上京城的繁華，但風景宜人，住在這兒的百姓個個都神清氣爽。

皇上微服私訪的最後一程便是這裡，下了馬車，百姓們高呼萬歲，夾道歡迎。

「來，我們去那邊看看。」皇上拉住皇后的手，卻被毫不留情地揮開。

幾不可見地嘆了口氣，其實他已經解釋過很多次了，他沒有讓阮成淵真的喝下毒酒，也沒有讓齊眉真的發配到邊關，而是讓兩人先後來到西河這兒相見，相生，相守。可他那火爆脾氣的皇后還是不原諒自己，說他刻意刁難，刻意折騰。

說起來，唯一吃得準他的大概就只有眼前的這個女子。

「不去那裡嗎？那裡可是有英最想見的人。」

說完這句，齊英眼睛一亮，急急地提著裙襬，跟著蘇邪一路小跑地過去。

道路漸漸地變得蜿蜒，兩旁風景越發的清爽迷人，層層疊疊的花草圍繞著樹木。

一個院落慢慢地出現在眼前，蘇邪一早屏退了左右，正要回身讓齊英快些走，卻見她老早就撒開步子跑到前頭去了。

「熙兒！……慢點！」

熟悉的女音讓齊英眼眶一下子紅了一圈，一個小身影跌跌撞撞地跑出來，臉都笑成了小花，看到齊英站在面前，一下子嚇得大哭起來。「娘！爹！」

「怎麼了？」隨著焦急的聲音，修長挺拔的身影很快地出現在門口，跟在他身後的女子也探出頭，看到來人時，兩人的眼眶都紅得泛出了眼淚。

「五妹妹、五妹夫……」齊英抹著眼淚，當日蘇邪就和她解釋了，但她還是生氣，齊眉已經有了身子，卻還要讓她這樣折騰，實在是無法原諒。這會兒見齊眉安好，她心裡的大石頭總算放下了。

蘇邪也走了過來，沒有讓他們福身行禮，如朋友一般地點頭笑著寒暄了幾句。

「爹，娘……為什麼哭……」熙兒窩在阮成淵的懷裡，頭歪了歪，努力地想要說話，牙牙學語的他還沒能說出完整的句子。

還沒等他回答，熙兒又道：「娘昨晚也哭了，被爹欺負的！熙兒看到了！還壓……」

齊眉的臉一下子紅起來。

「閉嘴！這句你怎就說得這麼順溜！」阮成淵立馬捂著小傢伙的嘴，吼道。

——全書完

番外篇——居玄奕

院內，齊眉、阮成淵、熙兒、齊英和蘇邪都在歡聲笑語，而站在院外的男子腳步輕輕地離開，他終於可以放心地走了。

在齊眉剛被發落到邊關的時候他真以為是要去邊關，說實在的，心中還是燃起了希望，齊眉沒有了夫君，他是不是就能有機會再走入她的心裡。

一路不近不遠地跟著齊眉保護她，也沒有露面，只怕會嚇到齊眉，何況她現在心下定是萬分悲痛，他出現也不會有什麼好作用。

護花使者當到了一半，漸漸地他發現這並不是去邊關的路，齊眉拐到了另一條大道，是通往西河的。

而且趕路半個月，齊眉便坐上了馬車，一路也是好吃好住的照料。

居玄奕微微地閉上眼，其實從一開始齊眉便不需要他。

燃起的希望也同時被冰冷的水澆滅。

他在西河住下，遠遠地看著齊眉被送到現在的這個院子裡，沒多久阮成淵也到了，兩人相擁而泣的畫面真的很刺眼。

看著兩人平淡又幸福的相處，看著齊眉的肚子一天天大起來，在生產那日屋內的痛叫聲連他都能聽到。第一次他不怕暴露的站到了窗下，幾乎都要衝進去的時候，阮成淵進屋的舉動喚醒了他。

透過薄薄的窗紙，能聽到阮成淵柔聲的安慰。「齊眉不怕，我在這裡。」

沒多久，嬰孩的啼哭聲響起。

接生婆道賀的聲音讓他覺得十分刺耳。

「恭喜！是個帶把兒的小少爺！」

「取什麼名？」是阮成淵在詢問齊眉。

他聽不到躺在床榻上的她回應，但接著阮成淵便笑著道：「就叫熙兒吧。」

也是叫熙兒啊，前世兩人的兒子就是這個小名。

居玄奕覺得有些苦澀，不知道自己留在這裡的目的是什麼。

而直到今日再看到皇上和皇后來到西河，他真真切切地覺得自己沒有在這裡的必要了。

只是還有一個願望，想和齊眉再見一次，近一點就好。

皇上和皇后很快便要回京，阮成淵去送他們，齊眉留在家中看著熙兒。

熙兒一直吵吵嚷嚷的很不安分，齊眉哄了半天，乾脆輕輕地捏住他的小鼻子，說道：

「再哭的話就不給你糖糖吃了噢。」

小傢伙立時安靜下來，眼眶裡卻蓄滿了淚水。

齊眉噗哧一下笑出聲。「你這模樣像極了你爹。」

院外一陣響動，齊眉有些疑惑地起身，把熙兒抱到床榻上，出去察看。

院子裡安安靜靜的什麼都沒有，只有一盞合歡花燈和一個桂花香囊。

她遲疑地拿起來，忽而想起了什麼，眼眶不知為何有些濕潤起來。

居玄奕清清楚楚的看到她的表情變化，心中有些漲得發痛，他將她給自己留的回憶在這一刻全都交還給了她，他相信自己一定有一天可以全然忘記。

他步伐堅定地離開，乘船漫無目的地遠行，一個姑娘安安靜靜的坐在他身邊，一不小心靠在他肩膀上，卻一直沒有要起身也沒有道歉的意思，看來她似是暈船了，已經虛弱得無法支撐起自己。

居玄奕頓了下，由著她靠在肩上，反正也無處可去，與姑娘聊了幾句，心中沒有排斥的情緒，見她孤身一人去尋親，索性一路護送。

年輕女子生得皮膚白淨，有著齊眉溫婉柔弱的氣質，但居玄奕清楚的知曉，她不是齊眉。

舉案齊眉 4 完

國家圖書館出版品預行編目資料

舉案齊眉 / 蘇月影著. --
初版. -- 臺北市 : 狗屋, 民102.12-民103.01
冊 ; 公分. --（文創風）
ISBN 978-986-328-212-9（第4冊 : 平裝）. --

857.7　　102024267

著作者　蘇月影
編輯　王佳薇
校對　黃亭蓁　林若馨
發行所　狗屋出版社有限公司
地址　台北市104中山區龍江路71巷15號1樓
電話　02-2776-5889～0
發行字號　局版台業字845號
法律顧問　蕭雄淋律師
總經銷　知遠文化事業有限公司
電話　02-2664-8800
初版　103年1月
國際書碼　ISBN-13　978-986-328-212-9
原著書名　《举案齐眉》，由起點女生網〈www.qdmm.com〉授權出版

定價250元
狗屋劃撥帳號：19001626
網址：love.doghouse.com.tw　E-mail：love@doghouse.com.tw